革命與詩

陳芳明

目錄

〔自序〕

殘酷與唯美的辯證史

自剖的文字，便是剖開時間的假面與神情的表面，再一次深入內心世界探索曾經有過的喜悅與悲涼。也許對許多人來說，記憶是美好的體驗，可以再次召喚發生過的幸福與喜悅。捧讀那樣的記憶時，我常常情不自禁給予祝福，因爲那是我未曾企及的境界。當我開始回頭眺望自己在海外的流浪生涯，潛伏許久的痛楚隨著文字的浮現而再次回到我心裡。對於那十餘年在海外所承受的鄉愁，有很多時刻簡直是不堪回首。每一個人生都有飛揚與沉落的時刻，我也不能例外。每次造訪舊金山唐人街的時候，我會告訴孩子，在一九八〇年代來這個陳舊街道散步之際，正是我處在人生的最低點。兒子與女兒總會帶著迷離的眼光注視我，那段時期他們那麼開懷又那麼興奮，怎麼可能會與父親的落魄時刻連結在一起。他們可以看到我的表情，卻無法進入我的心情。舊金山的繁華與喧囂，在我生命軌跡烙下深深的刻痕。

兩年前開始寫「晚秋書」時，便是帶著一種期待，希望在記憶裡重新走過我的七〇、八

○年代。那時的主觀願望是，只要勇敢面對從前發生過的一切，便是在進行一場精神治療。那樣的願望，並沒有像預期那麼順遂。那些年發生太多複雜的事件，每個過程都像刑求那樣極其漫長，極其殘酷。那麼多年已經過去，常常有人情不自禁問我，如果生命可以重來一次，你還會繼續投入海外的政治運動嗎？那是沒有確切答案的提問。只要想起那種時間與空間的凌遲，我必須承認自己也會感到畏怯。但是如果換一個方式問我，對於那長期的漂泊會不會感到後悔？我可以毫不遲疑地說，絕對不會。人生從來沒有捲土重來的機會，對於發生過的一切，究竟以怎樣的態度去接受，恐怕才更貼近內心的感覺。

我曾經動搖過，甚至瀕臨崩潰。那是二○○八年貪腐事件爆發時，我驟然感覺微近中年時期的投入是那樣不值得。懷抱過那麼多的夢想，追求過那樣高的價值，卻因爲政治領導者的脆弱，使得自己建立起的心靈城池幾乎搖搖欲墜。在那段時期，我一夜之間失去許多朋友，也招來排山倒海的誤解。那個情境多麼像極洛杉磯時期的孤立，曾經付出那麼大的代價，卻換取了一無所有。所有的理想已經在望，卻在瞬間被剝離淨盡。在絕望的末端，總是有一股聲音祕密傳來，如果終於怯懦了，在海外穿越過的那些折磨便更加不值得。在驚險時刻，反而是流亡時期所累積起來的意志，挽回了我。憑藉那股意志，我繼續完成夢想中的《台灣新文學史》，並開啓日後無窮無盡的書寫。

在教書生涯的最後階段，好像是迴光返照那樣，蓄積了更多的創造力，同時也鍛鍊了百毒不侵的勇氣。正是藉由這樣的轉折，我決心更進一步去直視千迴百轉的漂流生命。二〇一四年初春，終於開筆寫出海外記憶的第一篇文字〈詩的湖泊〉。那時我便預見許多挫折、痛楚的記憶，又將不斷回來。這本回憶散文，與過去自己的文學作品，有很大的落差。尤其二〇〇八年完成《昨夜雪深幾許》時，充滿了太多喜悅。同樣是回憶過去發生的事情，我專注在幾位長者的描寫。他們在知識上、人生上，帶給我太多的啓蒙與引導。寫出那部散文時，無疑是向我自己成長的歲月頻頻致敬。

如今站在太平洋這一邊自己的土地上，回望另一個海岸所發生的生命起伏，不時會感受到時間如洶湧的海浪席捲而來。所有的書寫都是淨化的過程，許多不堪的、黯淡的、污穢的記憶透過文字過濾，可以到達某種程度的昇華。然而，一旦陷入記憶深處，許多企圖遺忘的經驗事蹟，竟然是那樣生動地浮現在眼前。穿越在時間的甬道之際，彷彿是走過死蔭的幽谷，那些遠逝的魂魄再度回到我的桌前。那些靈魂，無疑就是那個時代的縮影。他們一個一個死於匕首與刑求之下，似乎也在告訴我，他們的命運也就是我的。揭開記憶的封面時，死亡的氣息撲鼻而來。與死魂靈相對時，我也一樣被帶到一個看不見光的黑暗所在。只因爲我的政治信仰與意識形態，與那些劊子手全然兩樣，就必須接受那殘酷的暴力審判。到現在我還深深相信，他們的赴死，其實就是爲我付出代價。

一個正在撰寫博士論文的書生，有必要爲了知識以外的信仰，而投入政治漩渦嗎？在靈魂底層，我頗知自己是一個唯美的浪漫主義者。那種浪漫往往帶著無可實現的狂想，只要能夠實現一點點理想的夢幻，便覺得付出任何代價都非常值得。政治場域是所有污穢價值的集散地，凡是落入其中，就有一股巨大的吸引力拉進無窮深淵。身爲台灣戰後的知識分子，長期受到權力的綁架，受到鷹犬的監視。即使稍有不慎的言論，就有可能招來殺生之禍。我的唯美，其實只在追求生命的最低尊嚴。畢竟面對的那個時代，是多麼殘酷、多麼充滿暴力。如果沒有親身陷身於泥淖裡，就不可能獲得救贖的契機。

身爲唯美的理想主義者，對於美的定義其實是非常寬鬆。只要不受到誣衊，或不受到侵犯，這個世界就值得活下去，而稀薄的人生也可以堅持下去。政治從來都是無所不在，權力也是無時無地在運作。在政治（politics）與詩意（poetics）之間，常常存在著緊張關係。權力干涉多一點，詩意就減少一點。而詩學增加之際，政治就可以退縮一些。如果不投入醜陋的政治裡，在那個時代就永遠處在被支配的位置。於我而言，人權與生命尊嚴往往不容於權力在握者。我對人權議題看得特別嚴重，因爲那是生命美感的本色。只要放棄了抵抗，大約就放棄了做人的權利。面對鐵蒺藜圍起的權力城堡，反抗行動的本身，就是一種美的展現。

縱身投入起伏不定的政治運動中，一方面要抵禦來自當權者的迫害，一方面又要忍受來自同樣陣營不同路線的挑戰。在兩面作戰的過程中，幾乎可以探測到生命的韌性與耐性。那時不斷提醒自己，只要能夠完成一篇批判的文字，生命版圖就可以擴張一點點。尤其發現自己的文字，能夠回到故鄉發表，便覺得有一種偷渡的快感。更重要的是，覺得自己又回到島上與朋友對話。然而，我不能不覺得感傷，經過了美麗島事件、林家血案、陳文成命案、盧修一事件，不能不讓我覺得返鄉的道路是何等崎嶇難行。

如果關在書房專注書寫論文，把整個邪惡的時代關在窗外，其實也可以心安理得。然而不然，加入了國際人權組織之後，故鄉不再是我青春時期的夢土。那麼多的羞辱、損害、屠殺，在暗地裡祕密進行，必須到達異域之後才全盤理解。知識的建構，究竟是在現實的基礎上，或是在脱離現實的夢境裡。這樣的懷疑曾經在我的內心展開激辯，我終於不能不承認，作爲一個浪漫主義者，不會這樣輕易饒恕自己的逃避。有一把美的標尺暗藏在心底，那也是以人的尊嚴爲基準，如何去衡量外面那可疑的世界。被放逐在遙遠的異域，我從未輕易放棄那把尺。雙重視野的對比，在任何時期都存在著。當權者在島上施行的暴力與迫害，我都是用人權的準則進行批判。站在我的對面，是不斷墮落的權力慾望；存在我的內心，對人權的尊崇則未嘗稍懈。這是我的流亡生活，永遠進行著辯證思考，一正一反的詰問也未嘗稍讓。

海外流亡生涯爲我保留的遺產，便是不斷向權力講眞話。我寧可站在被損害、被屈辱的這一邊。而這樣的思考，也延伸到我日後的歷史書寫、文學創作、政治批判。長期在海外的生活，讓我養成了離群索居的脾性。我從來不會成群結隊，也不會譁眾取寵，在恰當時刻，我勇於參與遊行示威，願意與被壓迫的弱者站在一起。即使生活在最孤獨的空間，我與我的家國時時都在進行無盡止的對話。能夠回到自己的土地，我爲自己感到慶幸。這樣我可以確知，有一天自己的骨骸就要葬在這個海島，葬在燥熱而潮濕的土壤裡。只有嘗盡漂泊滋味的人，才知道這樣的夢想是多麼美，是多麼無懈可擊。尤其進入晚境時刻，回顧自己曾經參與過的每場戰役，我確實是盡情燃燒了自己的生命。穿越過無數的醜惡，那麼多無數的試煉，我一直都是義無反顧。坐在書窗前，一字一句寫下我的晚秋書之際，我爲自己身爲台灣人感到驕傲無比。

二〇一六・三・十八　政大台文所

（感謝洪瑋其，陳雨柔，蔡佳甄，在撰稿期間幫忙打字）

詩的湖泊

「奧斯維辛之後，寫詩是野蠻的。」

——阿多諾

1.

後來再也沒有回到那湖泊，回到北國針葉林圍繞的那廣大藍色水域。寧靜的湖，從天空俯望，深邃如一隻晶瑩的眼睛。如今回望時，仍然夢見那隻眼睛，不時對我凝視，對我眨眼。這時才驚覺，蜿蜒的旅路原來是以那湖泊為界，既終結了前生，也開啟了餘生。離開那湖之後，生命立刻被沖刷進入跌宕的激流，從此陰陽切割，明暗立判。

三十三歲，距離現在正好是過了半生。那年冬天的移動速度特別緩慢，已經跨年到達二月，松林傳來的寒氣依舊逼人。在嚴冬季節，樹林的顏色近乎墨綠，倒影在水面卻呈暗黑色。

我那時的情緒，說有多暗，就有多暗，一如湖水的冷冷微波。寒風裡，隔著海洋，傳來美麗島事件的消息。坐在湖邊，遠望著白色水氣緩緩飄浮，終至吞噬了對岸的杉木群樹。在那時刻，自己的命運好像也被淹沒，完全不能辨識方向。霜氣已經消散，但整個身體竟覺得特別寒冷。彷彿被安置在冰窖裡，自己的魂魄關進一個不見出口的牢房。湖面寂寂，卻滲透著濃郁的苦澀，後半生便這樣開啟了。

如果懷抱理想的知識青年，都必須以失去自由為代價，則自己若生活在台灣，想必也會毅然介入，並且也遭到逮捕吧。在報紙上，讀著那些姓名，竟然有熟識的朋輩也在行列之中，甚至是過從密切的文學家。記憶裡，他們把生命看得很高，也把文學藝術看得更高。報導中加諸於他們的罪名，顯然已經超出所有的想像之外。不久之後，他們次第入獄，頂著「叛亂」的指控。這種政治定義，似乎也為不在現場的知識分子做好量身訂作的準備。

那年的冬天是那樣遲緩，二月下旬竟來了一場暴雪。從校園高處俯望，每株杉樹覆蓋著白雪，它們都穿著白色服裝，好像準備出發到遠方參加葬禮。正是那個時刻，走出歷史系的走廊，朋友告知台灣發生一個令人髮指的血案。他描述說，林義雄住宅被凶手侵入，奪走他母親與雙胞胎女兒的性命，長女身中十餘刀。一時之間，毫不設防的心好像也被深深刺入，血液汩汩流了滿身。簡直無法承受，不禁腿軟蹲下來，全然抵禦不住廊外襲來的冷風，整個身軀幾乎是遭到棄擲。縱然沒有目睹現場慘狀，也強烈感受了人性是何等殘酷。朦朧中，似乎也看見自己躺在血泊裡，一直沉下去，沒有援手可以挽住，朝著紅色深淵不斷沉下去。穿著白色長衣的杉樹，一排一排魚貫而來，祭悼一個理想主義者之死。前生所有的夢，至此全然埋葬。

春天來時，陽光很弱，雪已經融化，綠波倒影迎接早春季節的到來。那時，台灣仍然活在審判中，命運的巨斧等待著落下。上面那神祇默然不語，靜靜俯望海島上即將開啟的美麗島大審。戰後世代的知識青年，正要跨過三十歲的界線，活生生見證了一場權力與正義的對決。有史以來，軍法審判第一次公開在新聞報導中，法官與美麗島受難人之間的對話與辯詰，彷彿給那時代的青年帶來思想上的洗禮。艾略特說，四月是最殘酷的季節，紫丁香正恣意滋長，台灣青年的四月也是極其殘酷，見證著傲慢的權力無情蔓延。隔著海洋，閱讀大審判的最後辯論，受難人說出的每一字、每一句，好像是種子那樣，一一播種在每個人的心裡。有生以來才知道，歷史閘門開啟時是多麼艱難，從林家血案到軍法審判，無疑是一次重要的思想跨越。從前不懂、不解的民主政治，在最短時間裡完全被催醒。

政治啟蒙的節奏是那樣迅速，遠遠超過年少以來的知識啟蒙。身陷在苦悶中，才意識到過去的文學與歷史教育是那樣無助，是那樣束手無策，對一位十二世紀中國史的研究者，相當熟悉北宋、南宋的政經變化，也對當時社會生活的脈動瞭若指掌。然而面對自己的故鄉，卻忽然感到陌生異常。想到林宅的黑暗地下室裡，無辜的母親與雙胞胎女兒躺在血泊中，竟找不到絲毫合理的答案；想到高舉人權民主旗幟的政治運動者，在高牆背後，在鐵窗裡面，接受權力的凌辱，忍受時間的鞭笞，更是無法找到恰當的解釋。

坐在西雅圖的書窗，舉目瞭望滿天星斗，彷彿看見自己的時代無邊無際，卻無法為自己的生命定位。書桌上疊高的宋代研究史籍，彷彿是墓碑那樣，埋葬著曾經有過的一個青春靈魂。坐在奇異的星光下，忽然看見知識的荒謬，有能力解決歷史上的困惑，卻沒有智慧處理當代的問題。在事件發生之前，每個晚上，牆壁上都投射著一個勤奮閱讀的身影，那種姿態極其謙卑，冀望著博士論文完成後，就立即返鄉。那種充滿期待與希望的身影，在事件發生後竟完全消失無蹤。西雅圖夜空的星光，倏然像淚光懸掛在窗外，憑弔著一個理想主義者之死。

焦慮、苦惱、悔恨，充塞在每個新的一天。只要思考清醒時，就有一個聲音在內心質疑著、拷問著、刑求著：龐大的知識可以找到時代出口嗎？這輩子，從未對知識追求懷有任何疑問，卻在八〇年代開端，驟然產生動搖，彷彿是雪崩那樣，僅僅是些許鬆動，立即一瀉千里。生命的轉變來得太快，只是從冬季跨向春季，就已經無法認識自己。在政治上以自由主義者自命，在文學上以現代主義者自許，如今才覺悟完全不能回應海洋那邊故鄉的召喚。整個身體好像被拋棄在荒涼的土地，體內的血液如驚濤駭浪，卻發現自己什麼都不是。在找不到精神出口的時刻，只能拾起聶魯達的詩集反覆閱讀。有一天下午，偶然遇見詩中的兩行：

「當你的朋友坐在監牢，你在獄外做甚麼」，像驚雷那樣擊打著心坎，不期然在心房的角落也祕密寫下這樣兩行：「當歷史關在鐵窗，你在域外做甚麼」。這樣提問時，就隱約感知未來道路已經到達一個分合的路口。

2.

美麗島大審結束，陽光回到繁花盛放的校園。騷動的思維，未嘗有一個時可靜止下來。曾經對自由主義傳統深信不疑，不僅以為必須為自己說出的每一句話，寫下的每一段字，都必須負責。而且也以為發表出來的所有語言，只要屬於誠實，就會受到尊重。年輕時閱讀《胡適文存》，深深折服於他對權力講真話的勇氣。但是，一九六〇年雷震事件發生之後，似乎可以察覺自由主義有其現實上的極限。至少在台灣，威權體制的干涉，使戰後知識分子的思想出路受到阻斷。美麗島事件帶來的最大打擊，便是認清言論問政的途徑必然會遭到挫折。這種最溫和的姿態，最低調的運動，如果置放在美國的社會，似乎不可能產生絲毫波動。

在出國之前，見證草根型的民主運動正在萌芽，也看見鄉土文學運動已蓄勢待發。那種活潑的空氣，是前所未有的文化氣象。如果沒有離開台灣，一九七〇年代初期帶來的衝擊力量，必然會一步一步被推入政治的漩渦。對於自由的信念，隨著年歲成長，也受到美國自由社會的感染，似乎越來越堅定。遠在海外，難以準確評估台灣社會的歷史進程。鄉土文學論戰在一九七七年爆發之際，錯覺地以為一個更開放的時期即將降臨。作為書生的愚妄，莫此為甚。那時，獲得博士候選人資格之後，找到較為從容的時間，開始提筆撰寫政論。如果要追溯自己的問政企圖，大約可以在這時窺見端倪。

敢於這樣嘗試，是因為對於宋代歷史研究漸漸感到無奈與不耐。隔海望見那麼多民主運動者含冤入獄，對於知識的效用不免發出懷疑。過去從來沒有發生如此動搖。最徬徨的時刻，亟需尋找立即的答案。就在進入五月時，許信良專程來到華盛頓大學。與他坐在可以望見湖水的校園咖啡室，漫談著台灣民主前景。他說，現在能夠努力的方向，便是在海外重建美麗島精神。對威權體制的最好答覆，就是不容批判力量停頓下來。

自己身為人權工作者，從一九七五年開始，就介入聲援第三世界政治犯的活動。加入國際特赦會以來，曾經寫信給中南美洲的強人政權，也支持過菲律賓與南韓的政治運動。能夠站在受害者的立場，表達最深沉的抗議，竟對自己故鄉的受難事件保持沉默，豈非是懦弱而退卻？五月陽光擦亮了落地窗，使湖面的反光更為強烈。怔忡遠望著那藍色湖水，好像有某種意念正暗自形成。如果決定離開校園，不僅進行中的論文即將中斷，也有可能很長一段時間不能返回台灣。

在南下洛杉磯前的三、四個月，內心掙扎許久。但是，想到護照被拒絕續簽時，總覺得好像被放逐到世界的一個盡頭。美麗島事件發生前的半年，前往辦事處申請重簽，完全遭到拒絕。櫃檯後面的辦事員，以著輕蔑的語氣，鄙夷的神情說：「你被拒絕的理由，你自己知道。」在錯愕裡，生平第一次嘗到國家機器是如何欺負著國民。落寞拿著那本護照，忽然不知道國家的意義為何。回想過去的重大事跡，只記得在圖書館裡翻閱中國的《人民日報》，只記得開始接觸馬克思主義的書籍，只記得與同學在餐廳聚會裡談論時政。如果這就被視為滔天大罪，那麼美麗島人士更是罪不可赦了。一個冤案的構築，並非是受害者具有怎樣的野心，也並非是訴諸如何的非常行動，只不過是權力在握者沒有絲毫安全感，也不過是統治者的自私與貪婪禁不起受到批判。

終於決定參加許信良籌備的《美麗島週報》，無疑是漸近中年時的關鍵決定。那時開始偏離文學，也終於離開學術。南下之旅，等於背叛了親人與朋輩的殷切期待，也背叛了十餘年苦苦追尋的詩學道路。詩與政治之間，是多麼遙遠的距離。阿多諾（Theodor W. Adorno）說：「奧斯維辛之後，寫詩是野蠻的。」在一夜之間，忽然理解其中的真義。作為入世的哲學家，阿多諾對現代文化充滿批判精神。他見證了納粹在奧斯維辛的大屠殺，人間的抒情也跟著一起毀滅。在文明廢墟之上，在人體犧牲之上，如果還藉用寫詩來逃避，顯然是非常野蠻的行為。對於那時期的靈魂來說，詩忽然變得極其遙遠。

詩是什麼？那曾經是一種救贖，在青春時期無以排遣苦悶之際，詩的語言與節奏，有一定的淨化作用。在精神層面提供一把梯子，容許受困的魂魄爬到某種高度，可以看見囚牢以外的世界。詩是什麼？它的音樂性，是緊張情緒的鬆弛劑；它帶來的想像，使狹窄空間變得更加開闊，使僵化的思維轉為活潑。詩是庸俗與超俗的對決，是凌駕在政治之上的純淨藝術，使內心污穢可以得到豁免，使醜陋受到淨化。

時代浪潮沖刷而來，應該是醜陋的權力受到清理。如果歷史航行沒有偏離方位，則詩的方向無庸懷疑。跨過事件時，整個天地定理竟然是以顛倒的形式出現。醜陋恆居上位，權力依舊橫行。人權與正義反而受到羞辱，受到審判。如果繼續寫詩，是否間接為秩序顛倒的威權背書？詩已經失去拯救的力量，當返鄉的道路驟然切斷，

離開西雅圖前，再度驅車回到華盛頓湖。

當親情受到凌遲，當生命意義被嚴重扭曲，寫詩是多麼悖理。

決定離開西雅圖之前，再度驅車回到華盛頓湖。那時已經是盛夏，水色乾淨得無可置信。遠離台灣如此久遠之後，仍然斷斷續續與龍族詩社維持信息相通。從一九七〇年詩社成立以來，詩是唯一的信仰。對於詩的狂熱，無論是閱讀或書寫，未嘗稍懈。學校的圖書館收藏中國三十年代的詩集甚豐，從七月詩派到九葉詩人的作品，都整齊放在架上。最初有意要整理失落的詩史，還特地到史丹福大學，尋找謠傳已久的詩集。那是最神聖的歲月，每首詩都進駐著一尊神，以圓熟之光，撫慰漂泊之心。

從來未曾預知，流亡的日子已經準備就緒，而且將連綿延續未來十餘年。巨大惡運之神張開巨大的網，徹底吞噬了前半生的詩學。如果要確切定義湖畔歲月，那可能是文學生命的古典時期。投入政治深淵之後，好像身軀被置放在一架龐大的縫紉機，一呎一吋慢慢遭到肢解，撕裂之後又重新縫合。離開華盛頓湖以後，也就離開寫詩的時代。如今回望那湖，才發覺每一道波紋都是詩行。

二〇一四・一・十九　木栅

地下室看初雪

1.

那場雪來得很急，從下午就開始無聲無息落在所有的屋頂。舉目望去，第五十街與大學路上已薄薄鋪上一層銀絨。聖誕節音樂，從咖啡室飄揚出來，那節奏竟似配合著雪花降落的速度。上揚的音符，下降的初雪，紛紛落在行人的肩頭。那是生命中最難忘的冬季，窗外的雪，體內的血，第一次展開交鋒。站在地下室的玻璃窗前，仰首望著燈下的積雪，才發現每片雪都帶著精緻圖案，以等比的花形張開。那時住在一座古老房屋的底層，從窗口望出，正好可以看見地面的綠草。周遭所有的建築，都很陳舊，彷彿儲存了過剩的歷史記憶。有些是戰前的舊樓，龐大，莊嚴，又掩飾不住衰敗的老態。柔軟輕羽的雪，旋轉著，搖擺著，一片一片覆蓋在斑駁的紅磚，黏附在生鏽的鐵門。時間看來是那麼緩慢，那麼慈悲，那麼令人想要放棄一切。

如果再往北走幾條街，可以看見教堂外面有一個小小墓園。生與死是如此友善相處，雪花公平地落在教堂尖頂，落在墓碑，落在短牆枯萎的藤枝。白雪似乎在傳達著一個信息：季節是胸膛寬宏的母親，所有的死亡與未亡，都要受到大自然的撫慰。一個強悍的台灣留學生，意志無論有多傲慢，終究不能不融化在如此雪白無垢的風景裡。面對天空無止無休飄下的寂靜雪片，仍然還是不能抑止欲哭的情緒。這時，故鄉海島想必也在風寒的冬季，卻不可能以這樣巨幅的雪景來摧毀思之心情。從下午開始，整個靈魂就慢慢被撕裂。直到黃昏時，積雪盈吋，好像蓄足一定的重量，幾乎要壓垮脆弱的情感。生命中的第一場雪，簡直是在試探南國身軀的耐力，也在考驗異鄉人感情的承受能力。窗外是冰肌玉骨的櫻樹，室內卻正有火焰等待引燃。

如果要溯回思想風暴的源頭，大約都要回到一九七四年的抵達西雅圖之初。那年秋天，展開了賃居在地下室的歲月，只要走過五個街口，就可到達校園。在那近似古堡的密室裡，開始囤積許多未曾閱讀的禁書。靠近窗下牆面的那排書架，羅列著《魯迅全集》，以及毛澤東的選集與相關書籍。床邊的矮矮書架，則置放著一本英文書 *Formosa Betrayed*，也就是後來譯成中文的《被出賣的台灣》。那是最早觸探思想禁區的兩個起點，一是朝向左翼中國，一是朝向戰後台灣。這兩種取向，顯然與我原先涉入的宋代歷史，已經出現一定落差。生命的轉向，來得如此迅速，如此劇烈。那年九月離開故鄉，台灣猶在盛夏。九月的西雅圖迎接我時，卻已是寒風凜凜的秋天。季節的轉換之快，似乎不是這單薄身軀所能承受。寒帶的北國，對我的意義恐怕不只是換季而已，空氣裡隱隱也在釀造著某種爆炸的力量。季節無語地改造我的體質，而靈魂也在知識的沖刷下慢慢切換跑道。

無知，或者不要嘗到知識的滋味，往往使人感到幸福。當我捧讀魯迅的〈故鄉〉，不免使人落入無盡的感傷。他與兒時玩伴閏土重逢時，訝然發現兩人之間已經畫出鴻溝；無論在知識或階級上，再也不是屬於同一個世界。留學歸來的魯迅，與從未接觸現代文明的閏土，已經不能夠對話。閏土暗喻著傳統中國的鄉土，魯迅則是意味著追求變革的現代知識分子。這是無知與啟蒙之間的強烈對比，知識的重擔落在魯迅肩上，使他看見世界，也看見歷史。魯迅的精神歷程，在我地下室的歲月竟體會得特別刻骨銘心。經過了他，我開始到達中國三十年代的詩與小說，也慢慢啟開左派經典的閱讀歷程。

然而，衝擊心靈最大的是，我在遙遠的土地上發現了台灣。捧讀那冊巨大政治事件的英文書，好像穿越一個時間隧道。從洞口看不清到底會有多深，卻可以感知一個歷史的探索長路就要展開。身為歷史學徒，全然無知於自己土地的過去。在那初雪之夜，心底浮起了一陣難以遮掩的羞恥感，或許還揉雜著無法壓抑的憤怒吧。成長時期的受教過程中，還有多少知識遭到蒙蔽？這樣自問時，隱隱感覺生命就要與年少時期慢慢切開。遠行的預感，似乎帶來些許惆悵，也有一絲畏怯。

知識的再啟蒙，忽然發生在我接近三十歲的階段，好像經歷了一場脫胎換骨的蛻變。風雪的日子，緊緊禁錮我在光線幽微的室內。鎖住的肉體，終於還是無法抵禦稀罕知識所瀉出的光。思想的轉向，正是始於魯迅文字的誘導。年少以來辛苦構築起來的信念，就在這時次第宣告崩解。左的意念，鬼魅般震懾著右派的心房。帶著某種罪惡感，卻又暗藏著致命的好奇，我漸漸開始閱讀毛澤東與馬克思。好像是做了褻瀆的事，不願與友人分享，也不敢與朋輩分擔。內心深處先是起了騷動，然後是震動；如一座火山礦苗無意間點燃，越燒越旺，只在等待恰當時機噴發出來。

那年冬天，關在地下室瘋狂閱讀，追趕著已經遲到的知識旅程。雪後的西雅圖，是一個凍僵的城市。室外都是瘦骨嶙峋的枝幹，必得把上個季節的殘葉枯枝都剔除乾淨，新生的葉片才會歸來重生。或許，我也是其中的一株，等待腐朽的，多餘的，剩餘的，緩緩掉盡。

2.

華盛頓大學擁有一個東亞圖書館，隱藏在密密的松林後面，上下共五層樓。收藏之豐富，超越想像。就在那裡，預約了我未來的心靈框架。在書櫃之間搜尋時，罕見的詩集，左翼小說，海派文學，往往不期而遇。後來才知道華大是冷戰時期的重鎮，是白宮決策的智庫。凡與亞洲國家政經人文的相關書籍，都在收藏的行列。中國近代史、台灣史、日本史、韓國史、西藏史的資料極其豐富。這圖書館若設在台灣，至少有一半以上是禁書。那是離開台灣後，強烈感受了知識天地的無限寬廣，那種鬆綁的快意，在體內串流，導電一般，每個細胞都被喚醒。就在那個冬天，第一次發現何其芳的完整詩集與散文。一九三〇年代的封面，幾乎可以嗅到戰爭的氣味。五本瘦瘦的小冊子，使我耗盡整個季節全盤認識了這位悲劇文人。

如果說，思想轉變始於禁書閱讀，亦不為過。在台灣的閱讀，完全被淨化過，很安全，很馴良，很不是滋味。從詩行出發後，一條長途跋涉的路從此就拉開了。如果每個作者是一個驛站，我最先到達的是毛澤東，然後是瞿秋白，馬克思，列寧。會那樣閱讀，完全是受到當時釣魚台運動餘波的衝擊。對心靈最強烈的碰撞，便是一方面接觸中國的書籍，一方面見證校園裡美國學生的反對越戰。那種騷動，前半生未曾經驗過，更未意識到那騷動，開啟往後道路的奧祕。看不見的那條精神道路，就要把自己帶到遙遠的邊境，遙遠到了無法迴旋的地步。

第一次閱讀毛澤東選集，好奇心遠遠壓過罪惡感。翻開其中的第一冊時，從未預料這位政治人物終於與我的學術研究產生交會。閱讀之初，頗為著迷於他極其流暢的白話文。他說出的每字每句，既富邏輯，又具煽動，是我從未遇見的白話高手。在此之前，總以為胡適的白話文寫得最精采。未曾預料毛澤東的淺白文字還更到位，那種說服力，劍及履及。乍聽之際，簡直毫無反駁餘地。如果說，毛澤東是我正式進入左派閱讀的墊腳石，並非誇張。

最令我又沉迷又心碎的經典，則非瞿秋白莫屬。他生前留下的最後一篇文字〈多餘的話〉，曾經使我輾轉難側。一介文人，無奈涉入政治浪潮之後，再也沒有回頭的機會。彷彿落入深淵，淹沒在驚濤駭浪裡。在被槍決前夕，他所寫的遺書，字字敲打著我的心房。這位寫出《赤地心史》與《餓鄉紀程》的留俄知識分子，被政治浪潮席捲時，充滿多少理想抱負。他死後，不僅沒有獲得同情，反而遭到共產黨的批鬥與鞭屍，認為他的黨性不夠堅強。政治運動的欠缺人性，是左派風潮給我最早的警訊。在白色雪國閱讀紅色書籍，似乎預告了我往後道路的崎嶇難行。

思想變化之激烈，使西雅圖成為我跨越生命分水嶺的城市。那不只是氣候節氣對身體的改造，也是學問與心靈開始發生激盪的地方。所謂左，其實沒有那樣深奧。它只是追求公平正義的一種思維方式，

華盛頓大學東亞圖書館隱密松林後，裡頭藏書豐厚。（Travis Juntra, CC Licensed）

也是要求自己投入知識實踐的一種哲學。沿著牆壁堆疊起來的左翼書籍，蜿蜒羅列，隱隱指向一個模糊的前方。循著那個方向前進，可以察覺自己做學問的態度，漸漸與年少時期出現斷裂。在台灣所受的歷史訓練，從未觸及社會階級的問題。討論一個時代的學術，大約停留在學風與學派源流的分類，輕易避開政治經濟的結構分析。從右到左的橫向跨越，是漫長的過程。初讀時，闖入陌生的水域那般，頗覺茫然，卻似乎可以意識到在什麼地方隱藏著漩渦，很有可能在什麼時候急轉直下。

攜帶我的靈魂跋涉更為遙遠的邊境，或許不是左的思考，反而是台灣歷史。重新洗刷內心的價值觀念，使過於傾斜的偏見慢慢扶正，竟是從台灣史的基礎閱讀展開。回顧出生當年的事件時，每每從心底升起一股燒焦的情緒，希望可以發現更多真相。校園裡的東亞圖書館，並沒有任何專書可供參考。那年冬天，意外發現特藏室收納了相當完整的報紙。戰後台灣初期的《民報》、《人民導報》、《台灣新生報》，完全沒有遺漏，靜靜擱在恆溫的鐵櫃裡。被引導去拉出長長的抽屜時，彷彿是打開潘朵拉的盒子。人生憂患知識始，大約就是初睹史料時的感覺。進入泛黃的紙葉，幽幽進入一個幻境。窗外是冰涼的空氣，而流動在血液裡的情緒更為冰涼。第一次與土地的歷史相遇，未嘗擦出火花，卻是以最冷酷的表情互相照面。每翻一頁，心情就下沉一些。從最喜悅的光復節，到驚心動魄的二二八前夕，短短一年四個月時間，種種信息帶著暗淡的色澤，非常陰翳，氣味幾近窒息。在死寂的圖書室裡，第一次感受歷史流動的速度，像疾風那樣吹拂而來。曾經長期在靜態史料爬梳中，已經可以感覺時間完全是停滯狀態。翻閱戰後初期的報紙，竟有一種顫慄的氣氛席地而來，越貼近事件的日期，越可望見整片天空沉重壓下來。大地上，四處竄逃著驚惶的面孔，其中有一張臉，想必就是父親。

從來沒有發現，在歷史甬道徘徊搜巡，竟是一種尋親的過程。受到切割那麼久的血脈，必須要到達最遙遠的異域才開始找到連接點。微近中年時，一個恰當的空間浮現，容許與過去的時間對話。年少以來，把聰明才智都投注在宋代中國的研究，幾乎對十世紀歷史人物的動向，瞭若指掌。非常熟悉他們的名姓，也知道他們的生平過程，甚至如何發生黨爭，如何造成禍亂，也多了然於心。然而，應該承認的是，沉浸在那遠古的時代，並不曾使內心感情發生波動。

知識與心靈之間，如果未曾有所感應，就很難進入生命底層。知識是靜態的，是從別人的書寫移植過來。學問才是屬於自己的，那是從體內的血肉中迸發出來。閱讀出生那年的報紙，縱然是初識，竟有一股強烈的導電，直奔胸懷。歷史的力量，一如火山爆發，所有的岩漿在四肢百骸，甚至在神經末梢，到處點火燃燒。坐在室內，望著陰霾的窗外，彷彿有一個聲音在低語：就是這裡，就是要從這裡，開始走長遠的路。

從雪地走過，絲毫並不畏寒，只因確切知道不久之後，將有工作的目標。即使並不明確

宜謙（右）攝於東亞圖書館前。

那目標是什麼，在模糊狀態裡，一股再出發的欲望已經啟動。無可否認，離開圖書館時，確實是帶著淚痕。如果不要看見不該看見的，如果未曾翻閱無需翻閱的，整個心靈可能還停留在安全穩定的疆界。蒙蔽太久的歷史事件，已經有太多世代企圖尋找真相，卻都不得其門而入。而我可能是其中的一隻觸鬚，在茫茫摸索中恰好進入了歷史閘門。門啟時，靈魂好像接受了洗禮的儀式，既像祭悼，又像重生；陰陽從此分割。

幾乎整整有一個月的時間，不斷回到圖書館的特藏室，只希望能夠熟悉報紙上的每一則文字。因為無法影印，只能用手工方式筆記下來。那時好像具有野心，企圖把所有的新聞報導銘刻在記憶裡，深怕稍有遺漏，就會造成遺忘。幽室裡，閉門閱讀的那段時間，極其漫長，簡直沒有終點。陷在一個非常奇異的時空，似乎可以聽到自己的生命，受到凌遲、折磨、鞭笞。有時還會產生畏怯，不敢再回到歷史情境。分擔先人遺留下來的苦痛，畢竟是需要一些勇氣。而我終於還是承擔下來，嘗試去消化反芻，以至成為自己的血肉。

西雅圖的第一個冬天，也是生命中的初次雪天。一層潔白冰涼的雪，鋪在內心的曠野，所有的生物都靜止下來，那是魚龍俱寂的天地。幼鮭還在河流上游孵育，浣熊還在洞穴冬眠，楓樹楊樹抽芽的時間還在遙遠，已經有一個充滿生機的意念在心底埋藏。只要季節恰當，氣溫回暖，融雪開始注入河流，歷史研究的方向從此重新定位。

地下室的歲月，前後綿延一個學期。那麼短暫的時間，知識追求立即分向兩頭，一是朝向左翼中國，一是朝向戰後台灣。季節從寒冬進入初春後，才搬離那古堡式的舊樓密室。離開前，走到五十街轉彎處的教堂，隔著欄杆，望著那些零落的墓碑。不知多久以前的亡魂，靜靜躺在那裡。春來時，看見櫻花盛放，綠蔭滿地，庇護著他們的記憶。秋深後，細碎的橡葉與巨大的楓葉，覆蓋著他們。墳墓的年代已無法確知，可能有一個時段與我出生那年是互通的，但是命運卻全然兩樣。他們安然找到寧靜的歸宿，接受四季循環的祝福。我的先人，仍然遊盪在不知什麼地方的天地。經過那場初雪，生命的滋味全然兩樣，一隻看不見的手，牽引著我走向遼敻的荒野，往後的日子只有更加苦澀而艱難。

二〇一四．二．二十四　木柵

不安的海岸

1.

從雷尼爾山（Mount Ranier）下來時，初春已經到達。驅車上山時，積雪猶在。這座高聳的山，位居華盛頓州南邊的塔可瑪市（City Tacoma），當地日僑直呼它為塔可瑪富士山（Tacoma Fuji），其體型卻稍嫌壯碩，沒有日本那座的優雅秀氣。在寒天裡，它四面八方招風，吸納來自太平洋濃厚的濕氣，也承受從阿拉斯加襲來的寒流，整個冬季都頂著一個雪白的帽冠。那是我看過少有的莊嚴氣象。

雪融後的冰水，點點滴滴形成無數細小的澗流，注入亂石累累的急湍，從峰頂蜿蜒穿越雨林，奔向迴旋在丘陵上的河川。走在斜坡的蔥鬱針葉林裡，仍然覺得寒意嚴峻。陽光被茂密的枝葉遮斷，森林深處距離春天還在遙遠。林外坡地殘留著未融的雪塊，反射陽光時特別刺目。林中行走時，完全不知道自己的方位。但是，極目遠方，依稀有一泓藍色水域在望，便確定是朝向北方，那裡就是華盛頓湖。湖邊左側上方，顯然就是華盛頓大學的校園。安詳的四月，整個世界看來特別平靜。至少坐在山頂之際，確定自己是站在安全的這一邊。

初春最早的信息，始於櫻花苞蕊的爆裂。華大文學院旁邊的方型庭園，近百株日本櫻樹蟄伏了整個冬天，曾經是枯枝殘柯，羅列在雪地裡。沒有人發現它們潛藏著忍不住的欲望，等待恰當的氣溫脫身而出。彷彿是合唱團的演出，只要有第一個高音拔起，所有花苞便加入合音的行列。此起彼落的櫻花，毫不掩飾地怒放。花開之際，說有光，光就來了。進入繁花盛放的庭園，頓覺陽光特別刺眼。每個花瓣從純白到淡紅，相互輝映。陽光的聲音，特別喧鬧，令人產生錯覺，好像置身於震耳欲聾的演奏廳。第一次見證華麗的北國春天，簡直無法置信。微風裡，離枝的花瓣翻飛著，滑翔著，飄落著，充滿了赴死的喜悅與悲傷。

滿天飛揚的櫻花，果然也挾帶著死的訊息。四月五日，西雅圖電視播出蔣介石去世的消息。風中之櫻，剎那間忽然有了歷史意義。電視的影像中，台北市看來是那樣肅穆而悲戚，即使置身在另一個海岸，也抵擋不了那沉重的氣氛。在短短時間裡，簡直又過了漫長的一生。對於這位政治強人，內心裡翻騰著複雜的感覺。至少在生命的成長過程，一直感受著他投射過來的龐大身影。他的名字，與國歌、國旗是同義詞。在小學時期，蔣介石要到左營海軍基地巡視，所有幼童都被安排站在基地門口，列隊歡迎。小小的手，持著一面小小的國旗。老師反覆叮嚀，只要看到黑色的座車出現時，都要高喊「蔣總統萬歲」。那已經是非常遙遠的記憶，但記憶裡，還存留著當時吶喊的聲音。

不知道這位從未謀面的領袖，為什麼震懾著每個孩童的魂魄。他的形象，一直停留在模糊狀態。即使那時站在小學生的行列裡，他的座車呼嘯而過，完全不見他的身影。稍縱即逝的一幕，始終以巨人姿態占據我思考的核心。如此雄偉的人格，雕像般矗立在胸臆，生命中每一階段，都保持著頂禮膜拜的敬畏。即使已經身在海外，即使他已經化為幽靈，存留於體內的恐懼感依舊徘徊不去。

他的離去，好像台灣歷史翻過了一頁。只是內心非常清楚，強人政治還是牢牢支配著台灣命運。距離一九七四年秋天到達西雅圖，才只過了半年，生命彷彿經歷了一場脫胎換骨的蛻變。偉人的去世，使這場蛻變的節奏驟然加速。許多記憶陰影又鮮明地一直回來，那是閱讀禁書的恐懼，被教官警告的恐懼，同學親戚是政治犯的恐懼。

最早引導我去閱讀政治文字的啟蒙者，是高中英文老師。他的面容，在回憶中，至今還是生動無比。他的名字是姜林洙，高二時跛著腳走進教室。在圖書館常常與他相遇，察覺我讀著一些文藝刊物。一個夏日午後，在教室外的走廊，他遞給我一本柏楊的雜文《聖人集》，低聲說：「你可以嘗試讀他的書。」似乎是慎重交給我一把鑰匙，就要開啟我思想的另一扇門。他說，不要讓同學知道。那可能是我最早的政治啟蒙，或遲或速，命運已然安排走向這條道路。在靈魂深處，對蔣介石若有任何貶抑之意，或許是那年夏日就開始慢慢蓄積了吧。

如果沒有經過姜老師，大概不會那麼快到達《自由中國》與《文星》。閱讀的火種點燃後，從此未嘗稍止，一路燃燒到大學時期，以至研究所階段。在輔大校園，近乎瘋狂地收集文星雜誌與叢刊。如此關鍵的知識觸媒，隱約中引導我在文學上探索現代主義，在政治上銜接自由主義。雙軌式的思維，漸漸把我推移到威權體制的對立面。現代主義文學，追求無意識世界的解放。自由主義思想，則是尊崇言論的解放。那看不見的偉大人格，也在知識攀爬的路途上日益萎縮。縱然沒有訴諸文字，對蔣介石的鄙夷與嘲弄，早已在私密的內心世界暗暗進行。寒夜讀禁書的癖好，也某種程度反映了年輕心靈對黨國的抗拒。

在東亞圖書館的中國歷史架上，偶然發現兩本書並列，一本是《民族救星蔣總統》，一本是《禍國殃民的蔣介石》。如此悖反的書名，不免在心裡產生褻瀆的反差。連夜讀完兩本書，第一次感受到前所未有的動盪。在書中，同樣年代，同樣事件，卻有著不同的解釋。兩書都提到五四運動，前者說「運動的精神是民主與科學」，後者強調「五四運動是中國馬克思思想傳播的起點」。解釋北伐成功時，一說「擊敗軍閥統治，促成中國統一」，另書說「蔣介石掠奪革命果實，開始展開清黨」。午夜裡，捧讀兩本書時，不免扣問自己：是誰在寫歷史？

生平第一次開始質疑歷史的真實，當政治立場迥異，寫史的態度也截然兩樣。就在那春天深夜，終於有了徹底覺悟，原來歷史都是由權力在握者所書寫。在台灣接受的歷史教育，讀的不是歷史，完全都是由國民黨所鑄造的文字。整個成長歲月形塑出來的尊崇與畏懼，早已盤踞了肉體。那不僅僅是歷史教育而已，凡是受教過的國文、歷史、地理，都注入一定的意識形態。教育旅程越長，鑄成偏見也越深。從小學，中學，到大學的知識啟蒙，完全都是處在蒙蔽狀態下。看待世界的角度，也跟著完全傾斜。

抵達最遠的海岸，等於是在知識彼岸登陸。精心構築起來的內在思想迷宮，正在次第崩塌。蔣介石正是知識災難的罪魁禍首，他的離去，似乎象徵著一個除魅儀式的開端。巍峨的黨國，偽裝的知識，披著自由中國的虛構，再也不是那麼莊嚴。在另一個海岸，也開始出發走出另一個心靈旅程。曾經是華麗的外衣，以著悔恨的心情，一件一件卸下。靈魂的決裂，簡直是發動一場無形的肉搏戰。在心臟裡，在血管裡，無處不在進行著巷戰。如果那是告別蔣介石的儀式，只能這樣來形容：烽火四起，血跡斑斑。感受這樣的生命改造，無法避開內心的淒涼。戰後世代的青年，無辜被送進一個巨大監牢，隨時等待著審判。我只是幸運的逃獄者，站在地球另一端，回望那一排排鐵絲網，彷彿是提早進入了我的餘生。

2.

四月，果然是殘酷的季節。櫻花開落時，又傳來一個失敗的信息。打了將近十年的越戰，美國狼狽地宣布從戰地撤軍。對我們這一輩的知識青年，美國是如此崇高，如此壯美，扮演著世界警察。伴隨蔣介石去世的消息，美國電視報紙日夜都密集披露戰場失利的實況。北越軍隊已經直逼越南首府西貢，難民被迫乘桴於海上。對於這個帝國，真是情何以堪。

那時，常常與一位美國同學 Darrel Doty 坐在餐廳朝湖的窗口，討論著詩。四月裡，兩人焦慮地轉換到越戰議題。他寫詩，也是反戰的成員。在學校廣場，他們高舉強烈口號的標語：「American Imperialism Gets Out of Vietnam」（美帝國主義滾出越南）。看到這樣的吶喊，整個心情陷入極度震撼。怎麼可能有學生如此反對自己的政府？當他們的同輩正在遙遠戰場衝鋒陷陣，為什麼不在精神上聲援，卻這樣打擊士氣？從台灣來的留學生，全然不能理解他們的心理狀態。

還未出國之前，對越戰的認識，都是來自政府的宣傳。台灣不僅支持美國的軍事行動，還提供軍事基地給美軍使用。一九七〇年在清泉崗服役時，每當深夜或清晨之際，總有美國機 B-52 起降。夜空亮著巨大的機翼燈光，好像是一隻巨獸憑空而降，每每被驚醒。台灣青年並不知道越戰的意義，只是受到驅使去贊同美軍反共的行動。一九七二年，我竟懷著滿腔悲憤寫下〈升高越戰〉：

爲了要活得像一條湄公河

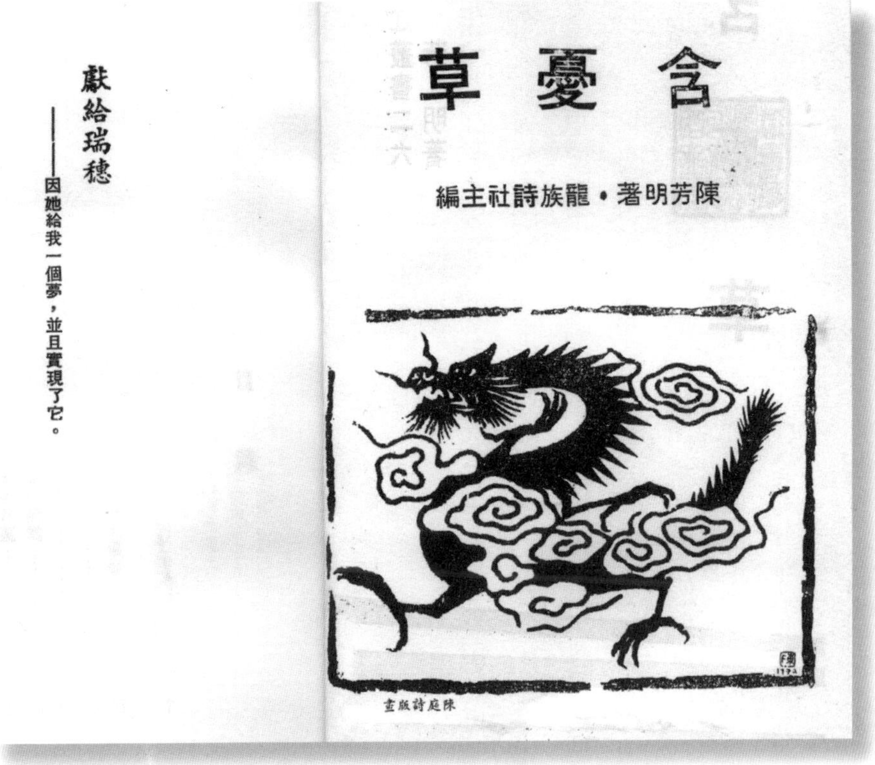
獻給瑞穗
——因她給我一個夢，並且實現了它。
含憂草
陳芳明著・龍族詩社主編
陳庭詩版畫

〈升高越戰〉一詩收入在詩集《含羞草》。

爲了要活得更像一塊中南半島
他們勢必要
升高越戰
升高轟炸機
升高彈頭的命中率
。
。

這或許是當年的心理狀態，書寫時非常真誠。全詩十三行，並標誌日期：「六十一．七聞越軍反攻廣治城」。哪裡是廣治城？越軍為什麼反攻？完全是一片迷霧。完全無法釐清真相，便勇敢下筆直書。如果要找出自己受到蒙蔽的證據，這首詩恰好是典型的代表。在台灣嘶聲呼應的那段時間，正是美國青年反戰運動進入高潮的時候。戰後嬰兒潮世代，進入三十歲左右的階段，漸漸意識到所有的教育思維，仍然滯留在戰前的僵化模式。一切的知識生產，長期掌控在西方、白人、男性、資本家的手中。夾帶著帝國中心、種族中心、男性中心、資產階級中心的價值觀念，都在知識行銷過程中，注入西方青年的內心。作為下游的台灣，全然不能遁逃於這網羅之外。

遠眺藍色湖水，忽然驚覺這位朋友噙著淚說：「我們都被騙了。」如果帝國的青年都受到欺騙，台灣青年何嘗是例外。他說，一九六八年的巴黎學潮，是這個世代最重要的思想跨越。那時，他與我一樣，都是高中學生。經過那個事件的衝擊，他們在一夜之間就立即成熟了。聽他那樣敘說，讓我暗自感到汗顏不已。我在同樣時期，還正在摸索著精神出口，還在畏懼著威權體制。六〇年代，整個地球都騷動不安，只有台灣還生活在最安靜的時代。巴黎學潮，美國反戰，日本學運，中國文化大革命，都處在改朝換代的激烈動盪中。只有我的島嶼，安然接受扮演被帝國使喚的角色。

四月三十日，美國所有的媒體轉播美軍逃離西貢的實況。每當下課，便匯集到電視之前注視著事件動態。有一個鏡頭，令人終生難忘。在西貢美國大使館樓上，直升機不斷盤旋，一架一架接送著美國僑民與越南難民，直奔海上的軍艦。每一張面孔，倉皇、恐懼，失神，那不只是亡國而已，而且也是亡命的起點。大使館牆外，菌集無數人頭，黑壓壓覆蓋著每一條街道。在歷史課本上，讀過不少朝代滅亡的景象，都只是屬於靜態的平面文字。莫若親睹這活生生的歷史現場轉播，哭泣的表情，溢滿眼眶的淚，提著簡單包袱的背影，牽著幼兒小手的慌亂，放大鏡頭呈現在電視畫面。

歷史從來沒有想像那麼遙遠，在言論開放的國家，即使面對戰爭失利的事實，也毫不隱藏掩飾。想必我朋友有無比的挫敗，當他說到欺罔，指的是華府長期說謊，驅使多少青年到遠方戰場赴死，卻無法說出合理的使命是什麼。那是一場沒有目的、沒有意義的戰爭，他說，對抗越共並不能增加美國的文化價值。那麼多無辜越南人民遭到美軍屠殺，卻又不斷宣稱站在正義的一邊。他特別強調，作為美國人非常可恥。湖邊的靜靜對談，於我是前所未有的衝擊。每個人的意識覺醒，都遵循不同的管道。可以與美國青年這樣貼近對話，交心那樣的坦白，勝過閱讀無數書籍與雜誌。

歷史洪流急轉直下，在巨浪滔滔中，不免有時空倒錯的幻覺。台灣報紙寄達時，所有的信息傳遞竟完全走樣。政府持續瘋狂進行各種反宣傳，製造海上難民的假象。甚至還冒名越南難民身分，印刷一本題為《南海血書》的小冊子。在國內宣傳尚嫌不足，還大量郵寄給海外留學生。手持那握可盈手的書冊，感到可笑又可恨。歷史才發生過，當權者就迫不及待製造虛構的故事。對許多知識分子，這也許是另一個決裂的開始。在最徬徨的時刻，見證一代巨人倒下，也見證一個帝國倒下，帶來精神上的淘洗，完全無法抵擋。

一個國家的歷史如果可以改寫，個人的心靈史也不能不分流改道。一九七五年春天，是無法忘懷的季節。靈魂的某一塊角落發生顫慄，繼而動搖，終至開始崩潰。我無需為這樣的精神改造感到抱歉，更不必對曾經受過的教育致歉。座落在思想中心的堅固城堡，再也不是那樣輝煌燦爛。在一定的歲月裡，也許是我遭到放逐，但從我主體的思考來看，應該是我徹底拋棄身上枷鎖的契機。在那現場，不曾預知自己身在何處，但可以確知日後道路的選擇已經決定了。只是不知道會是那樣布滿荊棘，又是那樣苦澀無比。

櫻花落盡後，方型庭園綠意盎然，我迎接生命裡第一個北國之春，也迎接一個奇怪的訪問者。一位相貌堂堂的紳士，年紀稍長些，前來自我介紹，說是遊學於西雅圖。他遞給我名片，上面寫著「張良任」，自稱是我的讀者。談話之間，似乎非常熟悉我的思維，我立即察覺他的可疑身分。他非常謙遜有禮，帶著笑意，侃侃談論他的理念。從那時刻開始，知道自己已是政府關心的對象。以後回鄉道路變得特別漫長，或許那春天的見面是一個起點。

與現實政治的接觸，是如此輕易，又是那樣不經意。圖書館裡閱讀來自中國的報刊雜誌，竟是變成敏感議題。在餐廳與朋友討論越戰的結局，也成為政府的重要關切。點點滴滴的瑣事，似乎在蓄積某種易燃點。什麼時候會燃燒起來，都在未知的未來。然而，埋藏在內心許久的能量，已經不是從台灣伸出的長臂可以阻攔。偉人駕崩，帝國慘敗，帶來的思想教育，遠遠超過從前的任何歷史閱讀。我與我的時代交錯而過，擦出的火花何等灼熱，何等難以逼視。這樣的大震動，都發生在遙遠的、不安的海岸。

二〇一四・三・二十六　木柵

薛西佛斯的夏天

1.

站在白色木屋的前院時，西雅圖正要進入盛夏。樓高兩層的木屋，建於一九二〇年代。斑駁的木柱，剝落的漆色，充滿歷史記憶。如此破敗的木造建築，座落在校園外面的第九街。遠遠望去，極為朽舊古老。屋外的草坪整修得非常整齊，幾株蒲公英已經長出毛茸茸的球絮，準備開始迎風散播。搖曳的微風，讓人錯覺這是南國的春天。站在這裡，並非造訪朋友，而是準備開始我第一份的油漆工作。

從來未曾預知，留學生涯竟是如此辛苦。身為歷史系的研究生，除了在東亞圖書館兼差，校內已無多餘的工作。那時，已經知道生命中的第一個孩子就要誕生。有生以來，初次感受到生活的壓力。這裡沒有親戚，沒有摯友，命運提早通知我，所有的援手已經斷絕，從此必須仰賴自己的體力。看到這棟龐大的房屋，簡直無法預測需要多少時間才能完成。

夏日陽光特別明亮，縱然木質牆壁的漆色有些頹敗，但反射出來的光線，簡直使人目盲。把長梯擱在屋簷，拿著噴水機器的管子，爬上屋頂。站在高處，望見橫跨聚合灣（Union Bay）的高速公路鐵橋，疾馳著北上南下的汽車。第一次占據如此罕見的角度，瞭望被海灣切開的西雅圖南北城市，氣象非常開闊。涼風從港口襲來，拂過聚合灣，吹進華盛頓湖。坐在屋頂，環顧這還未熟悉的空間，只覺得最生動的季節交替，就發生在眼前時刻。港口，海灣，湖泊，都是一片蔚藍。圍繞水面四周盡是綠色植物。

朝向海天混融的風景，驚覺自己的生命似乎就要進入艱難的階段。如果繼續留在台灣求學，不可能瞭望如此壯麗的景色，也不可能背負如此艱苦的生活。站在長梯上，手持噴槍，朝著剝落的舊漆射出強烈水柱，一片一片掀起，翻飛於風中。必須先徹底刨除舊漆後，在刷上一層底漆，最後才正式加髹全新油漆。在豔陽下，開始感覺汗水已經滲出，卻因為濕度乾燥，立即就蒸發於空氣中。整個上午，只完成南側的牆面。手臂與腿彎，隱隱有些痠痛。

噴射水柱時，必須順著風的方向。陽光下的水花，隱現著亮麗的彩虹。生平第一次做油漆工作，用盡全身體力之後，才完成屋牆的一部分。屋簷下懸掛著蜘蛛網、蛾繭，也有一個空了的鳥巢，都必須一一以水柱噴走。充滿著時間刻痕的老屋，容許我仔細觀察樑柱結構。屋主說，上次油漆是在十餘年前。推算之下，一九六〇年代初，我仍然還在高中階段。遙遠的時光另一端，生命裡根本不存在飄洋過海的念頭。那時的青春軀體，完全被埋葬在升學壓力下，對於未來還沒有抱持任何夢想。十餘年過去，這座木屋在北國季節流轉中逐漸蒼老。那位高中少年，則完成了大學與研究所的階段。因為接受歷史教育，對於時間的速度特別敏感。面對這幢老屋，也情不自禁回首遙望自己的成長過程。兩條不同的時間軸線，終於在我人生的困頓點交會。

是怎樣的命運安排我在這裡工作？幻影中，彷彿看見孤獨的自己。有生以來，驚覺自己開始嘗到浪跡的滋味。從故鄉的土地連根拔起，在遠天異域飄盪，心靈從來沒有停泊的時刻。那時仍在計畫，距離返台的時間，應該只在五、六年之間。所有的折磨與痛苦，也許是過渡時期的必要代價吧。藉由這樣的思考，才有可能心甘情願完成這份辛苦的工作。

午餐時，坐在屋頂上慢慢咀嚼早晨做好的三明治。環顧周遭景色，內心禁不住發出讚嘆。空氣是如此透明，沒有任何煙霧的遮攔。遠眺港口吞吐的船隻，歷歷可數。近處每株植物清晰可辨，彷彿每一枝幹都各具特性。夏天邀請所有的針葉林，到水邊攬鏡映照。盈盈的倒影，水波裡暈開了多少喜悅。風中振動著綠葉的柏樹，楊樹，樺樹，櫸樹，橡樹，似乎欣喜於生命又重新來過一次。倒影在湖水的整排杉木，以巨大的沉默列隊向藍天昂首致敬。季節的詩朗誦，從高音到低調，從峰頂到水邊，相互協奏，隨著風聲向南吹送。即使是出沒的海鷗，毫不作聲，寧靜地飛翔過水面，唯恐破壞了合唱的演出。北國季節交替時，來自海面的微風，在西雅圖天水之間，擦拭出兩幅巨大的藍色玻璃，多麼深邃又多麼透明。

辜負了這華麗夏天的水色，我又繼續投入枯燥而重複的勞動。午餐後，開始在北牆再次以強力噴水刨除舊漆。夾層的木板累積的多少時間塵土，終於都片甲不留。露出的底層木板顏色，沉澱著風雪霜雪的刮痕。細微木紋牽引著它曾經有過的年華，每條紋路想必暗示了過去的陰晴圓缺，也象徵著前生的四季循環。直到黃昏時，完成整棟房屋的清除工作。在夕陽下，木屋顯得更加蒼老。有些白漆仍然黏附牆上，看來像是遍體麟傷。

最辛苦的工作緊接而來，第二天繼續站在長長的鋁梯上，以扁平削刀刮去殘留的原漆。一吋一吋緊貼牆伸前進，由左而右，由上而下，如是工作三天之後，讓這嶙峋木屋更加裸露了。每一道刮除，都需要腕力臂力腿力。午餐時，坐在樹蔭下休息，立即就跌入睡夢。從來沒有在陽光下午寐的經驗，睡醒時，竟不知道身在何處。驚覺還有工作未了時，竟對自己的午睡帶有強烈罪惡感。如是循環三四天後，徹底把牆上舊漆的殘餘剔除淨盡。

第二週，屋主囑咐還要塗上一層底漆（primer），為的是使正式的上漆更加牢固。這時，我才真正理解什麼是薛西佛斯的懲罰（Sisyphean punishment）。他被罰推巨大石頭上山，天神又讓石頭滾下來。他必須重來一次，如是周而復始，循環不已。在長梯上爬上去又爬下來，好像是推著石頭上山，工作並未完成。做完水槍工作之後，繼之以扁平削刀刮除木板舊漆，如今又要塗上一道底層，才有可能把最後的油漆工作全部結束。底層漆是一種白色油脂的成分，極富黏度，必須把木板上的裂痕、縫隙填滿。站在鋁梯上面，身體懸空，慢慢把最上面的木牆仔細刷過一次。循序而下，速度非常緩慢。又過一週之後，才全部打好底層。

這時才進入第四週，八月已經降臨，微風中逐漸夾帶潮濕的涼意。做為夏天的薛西佛斯，我又一次爬上長梯，用白色膠貼覆蓋所有玻璃窗，只容許木框裸露出來，從此開始上漆。毛刷在木板上運行時，忽然感覺有些快意。總覺得工作快要接近尾端，趕在秋天到來之前，可以看見整座房屋就要翻新。屋簷下的樑柱，屋後的排水管，所有窗口的框架，都一律刷上白漆。凡是白色走過之處，全新生命就跟著誕生，像是孵化的過程。還未揭開謎底之前，很難想像老屋新生的模樣。到最後一天黃昏時，屋前短簷下的四根柱子，全部都刷上了白色油漆之後，工程便宣告完成。

收拾工具時，身體有些虛脫，內心的情緒卻非常飽滿。我刻意走到第九街的路口，回望剛剛出爐的房屋，發現它在夕陽餘暉下熠熠發光。這時才感受到秋風襲來，卻完全感受不到寒冷。像是一個剛出爐的蛋糕，傲慢坐在那裡，顧盼自雄。暑假兩個月，盡耗於斯，換取了掩抑不住的喜悅。覺得自己彷佛是被貶謫的靈魂，必須苦其心志，勞其筋骨，才有可能刷新魂魄。就像那座木屋，承受兩個月的沖刷，磨削，刷新，完全除去時間的傷痕，而終於脫胎換骨。

2.

從校園到第九街的行道樹，一夜之間開始變黃。櫸樹，橡樹，楓樹，楊樹，柏樹，樺樹，從綠轉黃，人行道上鋪滿了枯葉，風來時，沙沙作響。秋天的感覺比任何時刻都還深層，總是忍不住一再回去那幢新漆的老屋。那裡有著辛苦而辛酸的記憶，對自己是充滿了豐富的暗示。它是一個終點，前半生脆弱、猶豫、徬徨的心靈，都在那裡消逝。後半生強悍、粗大、緊繃的意志，開始融入自己的軀體。開學後，完全換了心情。

剛剛到達校園時，才知道所有博士生在主修之外，還被要求進修兩門副修。在台大時所寫的碩士論文，就是以北宋時期為專題。華大的歷史系，則是以歐洲史著稱。來到西雅圖，仍然繼續延伸宋代史研究。我的指導老師陳學霖先生，來自香港，普林斯頓大學畢業。他長期致力於宋遼金元史的研究，產量相當豐富，在美國學界頗受尊敬。他建議我注意歐洲的歷史，可以協助我建立更健全的歷史觀點。對於近代史，我一直保持高度好奇。一是英國史，一是俄國史。當時的動機是為了補足自己西洋史的缺漏。

知識的邊界，生活的邊界，地理的邊界，都同時浮現在我二十九歲這年。跨過邊界，就要進入壯年的國境。而知識追求也在這時候準備跨越，生活的挑戰緊跟著增加重量。在生命轉型的階段，台灣的記憶忽然變得分外鮮明。那時接受的歷史訓練，基本上都是閱讀史料。

開始接觸歐洲史之後，才知道歷史並非是靜態文字的演繹，而是延伸到政治學、社會學、心理學的領域。閱讀維多利亞時期的英國，不再只是停留在政治演變，也涉及一個社會的心靈。在研讀過程中，才知道每個時代都有具有特定的心靈框架（frame of mind）。那是很重要的心靈史演變，牽動整個時代的精神動盪與思想起伏。

閱讀十九世紀的俄國史時，生平第一次接觸到農業社會的革命運動。屈萊果（Donald W. Treadgold）先生是我的俄國史老師，曾經到台大擔任教授。那是一九六〇年，台灣還處在嚴酷的戒嚴時代。與他對應交換來華大的教授是夏濟安，他停辦了《文學雜誌》，卻也促使他的學生白先勇創辦《現代文學》。如此的交錯，開啟一個文學上非常輝煌的時代。

到達屈萊果的教室時，我對俄國史還處在相當懵懂的狀態。如果沒有經過他，我可能就不能連接馬克思主義，以及列寧主義。仍然記得第一次下課時，他交代必須讀完七本英文專書。對一個英文閱讀猶在摸索的留學生，真的是極其沉重的負擔。那時日以繼夜留在圖書館苦讀，無論如何還是無法讀完。屈萊果頗能諒解外國學生的閱讀能力，他容許我讀完一本英文專書即可。正是在那樣的折磨下，慢慢鍛鍊出一股強韌的意志。

在知識追求上，英國史與俄國史的閱讀，協助我理解工業革命之後歐洲歷史的兩種模式。一個是資本主義的高度發達，一個是共產主義的全速發展。馬克思曾經預言，英國將會

作者受屈萊果教授的《二十世紀俄國史》影響甚深。

發生工人革命。這樣的預言並不準確。發生革命的是在俄國，而且竟是農民革命。如果沒有讀英國史，就不可能理解資本主義的內容。同樣的，如果沒有接觸俄國史，日後也就不可能到達馬克思主義的閱讀。因為了解社會主義的真相之後，以後才慢慢涉獵中國共產黨史，最後才到達毛澤東。這是在海外最初的思想旅程，一個台灣知識分子的心靈重塑，便是如此受到啟發與暗示。整個歷史視野擴大之後，才發現自己距離台灣的歷史訓練已經非常遙遠。

進入十月，校園內所有植物的葉子全部掉光。幽暗的叢林，如今已經可以望見藍天。夏日裡在枝幹上奔跑跳躍的松鼠，如今都一一現形。牠們開始忙著囤積糧食，每天都精神專注地咬開刺果，把果實埋在樹幹下的泥土裡。那種勤勞的神態，不能不使人在內心致敬。挪威楓的葉子特別巨大，變色時一片暗紅，隨著微風飄落在地下時，鏗然有聲。季節變化的速度可以清楚察覺，林下人行道兩邊都堆著盈寸的落葉。樹木之間，傳遞著悼亡的氣息。

秋氣漸濃之際，期中考試的日子也逼近了。最沉重的打擊，就在這個時刻發生。英國史考試前夕，右手腕驟然發生劇痛。有生以來，第一次才感受到痛徹心肺的滋味。那時不知道原因何在，只覺得完全失去握筆的力量。英國史教授頗知我的苦惱，特別允許我在他的研究室作答。記得是從早上十點開始，一筆一劃慢慢在答案紙上寫字，簡直是一種凌遲。尺幅有限的白紙，如今於我竟是雪地千里，困頓地運筆跋涉。完全寫好答案時，已經是下午一點。那是我度過最漫長的一堂考試，說有多絕望就有多絕望。

當天下午，立即到華盛頓大學醫院掛號急診。照過X光，仍然看不出任何症狀，只是手臂手腕一片紅腫。醫生決定開刀檢查，頓時整個心情落入谷底。在醫院裡被安排度過一個晚上，第二天清晨被推進手術房，整個人被麻醉。朦朧中只覺得醫生帶著一群實習學生進來，隱隱感覺手腕被劃上冰涼的一刀。半醒半睡中，只聽到醫生在做講解。心裡有一個聲音告訴自己，這根本是不必要的手術（unnecessary surgery）。不知經過多少時候，醫生開始縫合的手術，才慢慢甦醒過來。好像有萬般委屈，淚水情不自禁流淌下來。

第二天回診時，醫生才確定告知，是我的免疫系統失調，造成類風濕性關節炎（Rheumatoid arthritis）。這時才終於覺悟，為什麼年少以來，後腳跟總是會發生疼痛。尤其在寒天早晨，下床的第一步，總是非常疼痛，卻不知道原因。只要經過走動幾次，疼痛便不覺消失。醫生開給我一種藥，叫做ibuprophen，是最新出廠的藥方，完全不含類固醇。醫生說，「You have to live with it.（必須與它共存亡）」。

這是暑假打工帶來的最大懲罰，因為不了解自己的身體，過度使用了自己的腕力，以致傷害脆弱的關節。那是永恆的傷害，鑄成手腕關節硬化，從此影響握筆的姿勢。因為關節硬化，最好避免過度運動，特別是慢跑。在油漆房子時，完全使用右手的腕力，不知不覺中引起免疫系統的抵抗。那是到達西雅圖第三年的開始，我也提早迎接生命的秋天。樹葉紛紛落下時，內心彷彿也有一排白楊開始進入枯萎的季節。

在那個難忘的夏秋之交，見證城市進入最絢爛的時刻。湖邊的楓葉，把水岸也倒映出火紅的顏色。好像整個天地向我傳達訊息，所有最美的景象，也暗藏著生命的異象。第一次看見那樣龐大的生死交替，那樣華麗的榮枯輪迴，分不清自己是站在怎樣的邊界。好像處在一個輝煌王朝盛極而衰的轉折點，每一株落盡鉛華的樹木，都變成向著天空揮舞吶喊的手。寒氣逐漸降臨，我也觀察自己的手掌，已經失去求救的能力。年少時曾經學習胡適的字跡，大學時也曾經玩過吉他技藝，如今似乎都被宣告要次第放棄。那個動人的夏天，以右腕的力量改造一座古老的木屋，翻新成為蛋糕似的城堡。進入秋季後，類風濕性關節炎併發，無疑是一個王朝的盛極而衰。那個夏天，果然是屬於薛西佛斯的神話。

二〇一四・四・二十四　木柵

楓紅的伊瑟瓜

1.

沿著五號州際高速公路驅車北上，從西雅圖直接到達加拿大溫哥華，這是第二次的造訪，第一次是在一九七四年，接近聖誕節的時候。那時到達加拿大海關，雪急遽降下來。在國境看到雪景，內心兀然升起一片荒涼。發現自己的中華民國護照受到質疑時，更是惆悵無比。矗立在關口附近的白色建築，象徵著兩國的國門。徘徊在雪地上，遙望那龐大建築，看見門上鐫刻一行字：Children of the Common Mother（共同母親的孩子）。那是意味著美國與加拿大的移民，都是來自大英帝國的後裔。

一九七四年，台灣與加拿大斷交。事件發生時，人還在島上，完全無法理解斷交的意義。終於出國之後，才開始感受國家力量與自己生命的關係。旅行到達北國，其實也負載著家國命運在身上。而這樣的命運，必須在美加國境的邊界上，才深深感受。同行的另外三個同學，來自日本與韓國。他們拿出護照，便順利過關。而我的身分，竟是那樣無可辨識。當國家不被承認時，所有的身分證件也不受承認。有生以來，第一次嘗到痛苦的滋味。面對著那白色國門，雪花迷濛了我眼睛，情不自禁在內心低問：你的國家在哪裡？你是誰的孩子？迎面撲來的雪花，極其無情，完全沒有帶來任何答案。蝕骨的冰涼，終於刻下最難忘的記憶。

又過兩年，再次驅車到達美加邊境。來自台灣的父親與母親，坐在車子後座，以家鄉語言談論親朋故舊的近事。懷孕的妻，在前座協助查閱地圖。這是離開台灣以後的家庭聚會，心情有一種溫暖，卻也夾帶著哀傷。母親才手術後不久，便決定跨海來探望兒子。當她走出機場時，帶給我極大震撼。短短兩年之內，她驟然從中年變成老年。那時她才五十二歲，已經不是我所認識的母親。看到她瘦弱的身軀，不免想起從前她容光煥發的神情。空間的隔離，造成時間的切割。親情彷彿變得特別急迫，不時渴望牽著她的手，緊緊擁著她的肩。

盛夏的溫哥華，以青翠的楓樹與杉樹覆蓋滿城。高聳的樹尖，紛紛舉向藍天，躺在陰涼處仰望，彷彿是面臨一個深淵，簡直就要墜落進去。飛雁在草地漫步，烏鴉在林內叫囂，母親望著那些悠閒漫步的禽鳥，好奇地問，這是誰家養的？她不知道北國的禽類相當平易近人，如果有所謂天人合一的景象，就已經浮現在眼前。母親也不知道，她的孩子也變成她所不認識。坐在她的面前，離國兩年的孩子，似乎非常焦慮地關切政治。母子兩人心理上的距離，恐怕比想像還要遙遠吧。

如果遠離台灣，思想完全沒有改變，反而是非常奇怪。這裡沒有鐵絲網，沒有監獄高牆，沒有鷹犬的檢查，自然而然會被安排去閱讀魯迅與毛澤東。開始閱讀《魯迅全集》時，訝然驚覺，三〇年代的中國與七〇年代的台灣，何其相似。魯迅曾經受到緝捕，見證自己的弟子遭到槍決。當他寫下〈為了忘卻的紀念〉，不能不感嘆，懷抱著理想的青年，無故遭到劊子手的處決，甚至找不到屍首。在黑暗年代，布滿肅殺氣氛，他所寫下的每一個文字，都帶著生命的重量。在另一個海岸，接觸這些文字時，仍然能夠感受到沉沉的壓力，窒息那般充塞了胸口。禁區以外的閱讀，隱隱攜帶一顆徬徨的心，到達知識觸鬚所未能及的歷史世界。一個台灣讀書人，在北美邊城閱讀一九三〇年代的文字，忽然處在毫不設防的國境，左翼思維像風暴那樣橫掃了心靈曠野。那是寧靜的革命，未嘗驚動周邊朋友，也未在生活裡揚起漣漪。

父母親無法察覺這種看不見的變化，即使能夠察覺，也不可能理解那是什麼意義。在他們眼中，只是發現兒子帶著一絲憂傷，而且微微蒼老了些。他們一定會想，這位曾經是品學兼優的孩子，到了海外仍然還是保持從前的性格吧？母親並不知道，投向無邊天涯後，我正慢慢學習如何單獨消化哀樂的情緒，如何單獨咀嚼孤獨的滋味。在陌生土地上，知識轉折的力道，帶來的衝擊果真是雷霆萬鈞。心靈結構不斷跟著調整，已經習慣的感情也不能不發生相應的變化。進駐在身體的魂魄，不再是優柔寡斷的青年。時間與空間劇烈變化時，潛藏的意志也受到刺激，漸漸粗壯起來。

母親告訴我家鄉近事，誰與誰離婚，誰與誰交惡，誰變成爸爸，誰已經病逝。聽她說得那樣瑣碎，給我一種錯覺，好像我已經又回到左營。鄉井傳說再度圍繞在身邊，許多遙遠的面孔又浮現眼前。蜿蜒千里的鄉愁，都在母親柔和慈祥的聲音裡化為烏有。成長歲月裡，只能與母親分享所有的挫折與委屈。在感情上，確實與父親較為疏離。記憶裡，幾乎未曾有過與父親講內心話的時刻。母親十八歲時就已結婚，第二年便生下大姊。然後，每隔一年或兩年就懷孕一次。二十九歲，已經是六個孩子的母親。四十四歲那年，立即升格成為祖母。從青春到中年，從未擁有私密的時間，分分秒秒全部都被家庭與孩子剝奪殆盡。

父親沉默的時候居多，似乎隱約知道我心情的起伏。當他正在端詳手上的楓葉時，我低聲說，現在終於了解什麼是二二八事件。父親的神情有些訝異，卻不知道如何接話。我說，必須弄清楚我出生那年究竟發生過怎樣的事件，不能永遠活在歷史的陰影之下。如果沒有來到美國，如果沒有翻閱戰後初期的報紙，或許對那事件毫無所悉。父親很難啟齒，卻又不能阻止我說下去。當我說出「我們不能一直成為歷史的囚犯」，就已經解開長年以來父子之間的最大禁忌。這個禁忌，似乎可以追溯到我童年時的記憶。

故鄉左營最知名的政治犯，就是撰寫《新英文法》的作者柯旗化。他的名字，是街坊鄰居的最大隱諱。中學時期閱讀他的英文參考書，父親也絕口不提他是同鄉。必須上了高中之後，柯旗化的姪子是同班同學，才慢慢知曉他的事蹟。回家詢問時，父親面帶驚惶，頗有難色。肅殺的年代，有多少知識分子遭到逮捕、監禁、槍決。在青年成長時期，總以為那是發生在千里以外的事件，不可能與自己的生活息息相關。獲知柯旗化是鄰居長輩時，內心真的是不寒而慄。父親始終保持高度沉默，那種畏怯的神情，至今仍然歷歷在目。

距離故鄉那麼遙遠，反而可以辨識年少時期的驚惶歲月。父親已經明白他的孩子開始摸索自己的道路。當我的歷史知識重新獲得啟蒙，父子兩代的生命歷程似乎開始交會。我把所知的二二八事件史料告訴他，確實造成他相當大的震撼。要過幾年之後，父親再來北美時，他才鼓起勇氣說出他在事件中的遭遇。他迢迢來到北國，為的是發現這位安靜的兒子，早已脫離了閉門讀書的年華。縱浪在異國的海岸，我的心靈受到知識的強悍改造，洶湧而來是雷霆萬鈞的思想洗禮。從加拿大回來後不久，秋天也緩緩從北方亦步亦趨南下。父親與我之間，似乎隱隱銜接了歷史的連帶感。

涉入台灣歷史的探索，幾乎是無異於介入政治。被蒙蔽已久的心靈，啟開歷史閘門時，便注定要急遽轉向了。我讓父親知道，進入華大校園不久，便毅然參與一個重要人權組織，國際特赦協會（Amnesty International）。藉由這個組織，我開始接受許多信息，才知道全世界的獨裁國家都有政治犯，而台灣也在名單上。對政治內幕知道越多，益加感到不能置身事外。好像有一股力量推著我前進，一步一步捲入政治漩渦。父母從故鄉帶來許多溫情，卻再也無法阻止他們的孩子停留在當年的純真狀態。溫哥華之旅，他們見證一個全新靈魂已然注入我的生命。

2.

一九七六年，發生許多跨越的儀式。精神上，肉體上，彷彿正在經歷人格的徹底轉型。楓葉滿天的景色，是難忘的時刻，紋身那樣深深鏤刻在記憶裡。

秋來時，也攜來鮭魚返鄉的季節。九月中旬，西雅圖報紙的頭版，以巨大標題宣告：鮭魚回來了。秋風從海上襲來，在大洋流浪四五年的鮭魚，終於長大成蟲，一波一波翻著白浪，開始進入普吉灣（Puget Sound）。深藍色的海水，隨著風勢捲起浪花。空氣中帶著一種魚的氣味，風勢較強時，簡直可以撲鼻。鮭魚這謎樣的生物，此刻正是牠們返鄉的成熟季節。進入港口之後，牠們開始尋找回到湖泊的入口。港口與華盛頓湖之間的高度，有巨大落差。所有船舶、遊艇都要經過一道水門，稱為 Government Lock。進入水門後，湖水注入，等待升到湖面的高度，才又啟門，容許船隻航行進去。

鮭魚也有自己的水門，魚類專家另闢一種階梯（fish ladder）迎接牠們。在魚梯上，水流如急湍，卻非常符合魚類的天性。鮭魚生來就是逆水而上的族類，凡遇到沖刷的水勢，自然就會跳躍，甚至飛躍。一階一階拾級而上，那姿態簡直是義無反顧。進入廣闊的華盛頓湖之

1. 伊瑟瓜是鮭魚的最後終點。
2. 人工養殖的鮭魚。

後，牠們可以辨識當年最初出發時的河流，體內的神祕器官會告知原鄉的方向。當年還是魚苗時，沿著春天的水，順流而下，經過崇山峻嶺，穿越蜿蜒溪流，次第進入湖泊，經過一番盤旋迴游，便決心朝著海洋的方向奔馳。

遨遊在廣闊無邊的海洋，牠們躲過巨大魚類的吞食，也避開人類貪婪的捕獵，終於倖存下來。四、五年之後，到達孵育的成熟階段，便選擇在秋風吹拂的季節，縱浪萬里，在遠洋翻飛回航。雄魚精囊已經蓄積飽滿，雌魚卵巢也膨脹滿腹，便相偕成群結隊，朝著故鄉洄游。在太平洋海域，北從溫哥華之北，南到奧勒岡之南，遍布著鮭魚的原鄉。海岸線出現魚群返鄉潮之際，秋天的味道就更加濃厚。

驅車去小鎮伊瑟瓜（Issaquah），為的是迎接鮭魚回到牠們的原生地。這裡有一個孵育中心（hatchery center），正是鮭魚的生命終點與起點。沿著90號洲際公路往東，距離西雅圖大約四十分鐘車程。公路兩邊的樹林，已是秋氣深濃。柏樹的葉漸呈枯萎，楓葉則開始燒出火紅的顏色，一株傳染一株，在秋陽裡豔麗如血，酡紅如酒。好像在黃金大地奔馳，陽光持續在前面帶路，盡頭的山丘以一片亮光，閃爍的季節的召喚。滿山的喬木樹葉，正在逐漸換色，從淡黃到深黃，從淺紅到暗紅，不同層次的顏色，為秋天鋪出鮮明軌跡。

伊瑟瓜是寂靜的小鎮，水位甚低的溪流，在樹林背後靜靜嗚咽流動。鮭魚抵達原鄉終點時，已是疲憊不堪。牠們擱淺在亂石纍纍的河床，背鰭露出水面。滿溪的魚類，猶然奮勇挺進。這是屬於紅鮭（Sokeye Salmons）的族裔，一路沿著河道迫不及待展開交配。牠們再也不是馴良的神貌，為了爭取優先交配，嘴部上下顎開始扭曲變形，露出猙獰的牙齒，尖銳鋒利，富於攻擊性格。雌魚排卵，雄魚射精，都在體外進行。牠們接受大自然的規律安排，在死亡之前，完成傳宗接代的任務，旋即暴斃於故鄉河床。奄奄一息者，持續往上泅泳，企圖在最後一哩路，找到交配的對象。牠們不能忘情於故鄉的召喚，馴服地接受宇宙循環的法則，寧可安然選擇在故鄉暴斃。

那種赴死的意志，絕對不是人類可以輕率解釋。以死亡來傳達再生的慾望，似乎是依照節氣的法則，在秋天死亡，在春天孵出幼苗。秋深時節，鮭魚在冰涼的河床上埋下精卵，靜靜等待季節的變化。春天雪融時，河水逐漸變暖，魚苗次第孵化出來。然後沿著充沛的水流，沿溪奔向華盛頓湖；又從湖水的出海口，遠颺而去。站在岸上，見證牠們展現的悲壯場面，不免在內心底層發出戰慄。牠們回鄉的決心是何等強悍，粗礪的砂石，鷹隼的窺視，漁人的攔截，都無法使牠們的返鄉願望削弱絲毫。望鄉，就是瞭望牠們的來生。那是不可預知的另一次生命，但是鮭魚因此甘心而死。

整個天地充滿肅殺之氣，黃昏時的河岸瀰漫著一絲霧氣。滿山遍野的楓樹都撐起豔紅的葉面，承接夕陽餘暉。沒有什麼時候比那樣的秋天還更令人心軟，第一次可以如此真切嗅到死亡的氣味，也是第一次感受到生之慾望是如此不可輕侮。淺灘上，擱淺著何其多的鮭魚屍身，有些面孔開始呈現腐爛狀態。生命規律之殘酷，完全不容有任何辯駁的餘地。除了俯首認命，別無其他選擇。霧氣從四方圍攏過來，隱約中迴旋著一支似有若無的還魂曲。

楓葉掉了滿地，在風中吹落，鏗然有聲。離開伊瑟瓜後不久，北國的冬天儼然降臨。魚龍俱寂的大地，隱然有著生機。懷孕的妻，已經挺著碩大的腹。預產期是十二月，那是生命裡的重大時刻，重疊的身分又將多了一層：人子，人夫，人父，至此宣告完備。以慎重而緊張的心情，迎接這關鍵時刻。也只有在身臨其境時，才第一次體會執行父親的角色，是非常嚴厲的挑戰。醫生事先已經告知，嬰兒的胎位不正，或許無法接受自然生產，而必須經過「帝王切開」（Caesarean Section）的手術。在此之前，從來未曾涉獵剖腹生產的相關知識，彷彿是面臨重大的判決時刻，不免帶著畏懼而謙卑的心情。往往在夢裡會出現複雜的生死意象，醒來時才深深體會生命是忒般脆弱。

十二月二十日的下午，妻開始陣痛，慌張的我驅車直奔醫院。抵達時，立刻被送進產房，我被棄擲在寂寥的醫院長廊。生命裡，從來沒有經歷這樣漫長的時刻，想像中出現各種奇異的景象，彷彿在接受上帝的審判。遠在陌生的土地上，沒有任何親友可以伸以援手，必須單獨接受命運的任何安排；覺得非常無助，卻又帶著強烈的生之慾望。如果有所謂天人交戰的時刻，大約就出現在長廊的盡頭。直到黃昏時，醫生才出來向我道賀。他說：母子都很平安。又過一個時辰，小小的生命才送到育嬰房。

隔著玻璃，護士把嬰兒推到玻璃窗前，向我微笑招手。看到我的兒子緊閉著眼睛，被淺綠色的毛巾覆蓋。他無知於這個世界發生了什麼，也無知於焦慮的父親正在咫尺之外，最初的生命就這樣開始漫長的旅途。又經過許久之後，才獲得允許進入病房。新生兒的母親正從麻醉狀態逐漸復甦，看來是那樣虛脫而脆弱。彷佛經過一次離亂之後，兩人又再度重逢，各自從天涯海角迎接另一個人生。那是一九七六年的冬天，一個射手座的孩子降臨在我生命裡。

伊瑟瓜的楓葉，鬆紅了我靈魂的底層。那不僅僅是季節的轉換而已，也是生命過渡的象徵。鮭魚從遠洋浩浩蕩蕩回歸，為的是追求另一個向度的生命空間。牠們艱難地泅泳回歸，逆流而上，選擇以暴斃的方式創造再生的機會。我則放逐在遠洋的另一個土地，還未獲得回歸之前，全新生命就宣告誕生。那時並不知道必須還要再經過十餘年，我才能帶著孩子回到海島故鄉。命運從來未曾寬容待我，而且也不容許有絲毫辯護。那年冬天，深刻體會到自己的生命將是美麗而艱難。我終於為加拿大之旅寫下一首詩〈在美加國界上遇雪〉：

雪，落在國界的那邊⋯
我踽踽不敢回首
此去，我赴的是白茫茫的約

舉步過關
如舉棋越過楚河
雪花片片迎來
似我當年初嚐人間的苦澀
抬頭放眼望去，寒氣襲人
但見白雪湧路
照映我的人生：美麗而艱難

二〇一四・五・二十二　政大台文所

萌芽的季節

1.

最冷的白霜降臨在松林裡，比雪花還冰涼，比寒風還嚴酷，凍結了屋外的池塘，禁錮著每一片葉子。到北美之後，那是第一次所迎接最冷峻的季節。站在玻璃窗前，可以聽見風聲的咆哮。每一株枯樹的枝幹，都禁不住抖動。遠處那一排排杉樹，彷彿是森冷的禁衛軍羅列在那裡。有一種對峙的空氣在迴旋，卻不知道假想敵隱藏何處。遠從阿拉斯加的寒流，直驅南下，越過加拿大的天空，抵達毫不設防的華盛頓湖。這時寒鴨或許停泊在草叢深處，鮭魚的卵也正潛伏在河床等待春季。整個天地融入一片沉寂，所有生物都進入冬眠狀態。

室內驟然傳出嬰啼，突破了這世界的對峙狀態。那哭聲來自新生的男嬰，他以驚天動地的嘶喊，揮淚迎接他生命中的第一個冬季。才從醫院回來的小小生命，或許不知道自己身在何處。只要母體的溫度與他和諧相處，只要索奶的小嘴湧入豐沛乳汁，他立即沉靜下來。閉眼吮吸的神情，再也不在乎寒流到底有多冷，更不在乎窗外北風是否充滿敵意。他並不知道，室內兩位新手父母，竟是抱持如臨大敵的焦慮。那是一九七六年冬天，這新生命開始加速了家庭的生活節奏。他出生五天後，便迎接生命中第一個聖誕節。又過一星期，再度跨越第一個元旦。

這嬰兒的時間感，決定了全家起居的規律。只要他醒來，再也沒有人敢睡。抱他在懷裡，總是看見他瞇著的眼睛偷窺父親的表情。沉睡時居多，醒來便喜歡微笑。他樂觀的容顏，預告了未來多少開懷的季節。對他，以及對他的父母，每天都是全新的日子。他還不知道如何控制自己的表情，哭與笑之間，彷彿沒有界線。往往揮淚最劇烈時，又驟然破涕為笑。嬰兒的情緒是那樣捉摸不定，卻常常帶來意外的喜悅。他成為我每天的最大期待，在學校打完工之後，就有一股力量驅使我立即飛奔回家。在這世間忍受多少委屈與痛苦，如果可以換取孩子一個不經意的微笑，都覺非常值得。

正當陷於孤立無援的時刻，岳母特地從台灣飛來協助。在最寒冷的北地，她適時攜來南國的溫暖。身為日本人，岳母早已適應台灣人的生活習慣。初次升格成為阿嬤，她無法掩飾內心的興奮。在戰爭時期，岳父遠赴京都大學礦冶系讀書，有幸與京都女子相識、戀愛、結婚。那時太平洋戰爭結束不久，岳父決定回到台灣。生於一九四九年的妻，是他們的長女。妻三歲時，便與父母回到故鄉樹林。那是一個大家族，岳母想盡辦法融入台灣習俗，也努力在親戚的複雜網絡中找到恰當位置。研究所時期，我第一次認識岳母時，就可以感受她散發出來的堅忍脾性。在嚴肅中自有一份寬容，在堅持中也有一種理解。

如今，在我最需要協助的時候，她樂於伸以援手。我給嬰兒命名宜謙，期待他日後不要過於鋒芒畢露，岳母稱呼他是「謙坊」（Kenbo）。坊，是日本人對小男孩的親暱稱呼。這名字，從此將跟隨男孩一輩子。岳母每天都很早起床，等待嬰兒醒來。她讓我學習育嬰的方法，其實也是教我如何做一個父親。洗奶瓶，換尿布，以及餵食到洗澡的技巧，她都一一示範。在最短期間裡，我很快就從生手變成上手。意識到自己怎樣做父親時，生命彷彿又進入另一階段。

洗澡時，先試試水溫，然後手扶嬰兒頭頸部，慢慢放進水裡。這時嬰兒會發出咿呀咿呀喜悅的聲音，眼睛總是睜得好大，小小的腿在水裡輕踢，細幼的手掌也微微划著，或許他以為又回到羊水母體吧。父子這樣貼近，有一種神祕的感動在內心搖曳。幫他擦乾軀體，穿起棉衣，禁不住以臉頰緊貼他小小面龐。他是喜歡微笑的嬰兒，對這世界充滿高度好奇。只要醒來，便喃喃自語，無法辨識他發出聲音的意義，但可以確定心情很愉快。他握著小小拳頭，不時抖動著，彷彿在打節拍。從肢體到聲音，都富有樂觀的氣息。這樣開朗的脾氣，預告了他日後成長時期的個性。這小生命的降臨，使我的生活出現重大變化。好像日子忽然有一個重心，每當我做出任何決定之際，都會優先想到他。

岳母返台之後，春天就來了。剖腹生產後的妻，身體特別衰弱，需要更多時間調養。我也開始承擔廚房的工作，從煮飯、洗菜，烹調、洗碗。伴隨著嬰兒的哭聲與笑聲，可以感受季節的明快速度。窗外的柏樹與楊樹，在寒風裡提早長出葉苞葉芽，嬰兒也以驚人的節奏在成長。那年冬天到春天的歷程，也是我學習如何成為一個父親的重要階段。沒有誰可以伸出援手，每天在瑣碎的生活中實踐，都可轉化成為知識。在肌膚接觸的時刻，傾聽他的聲音，呼應他的微笑，撫慰他的哭泣。在時間流動中，父子之間慢慢建立親密的感情。或許還不能辨識父親的面孔，但是這男孩感受到我的體溫時，情緒便穩定下來。

窗外的春天變得非常透明，綠色的杉樹似乎又拉高了些，枝幹尖端筆直刺向藍天。樹梢微風吹來時，帶著些許暖意，為的是確定冬季已經遠離。飛禽在空中發出高亢的聲音，那是信守許諾的候鳥，把南方溫暖的雲再

岳母特地來美予以協助。

度攜回北地。室內開始穿起夾衣的嬰兒，以清澈的眼睛注視窗外天空。或許他也意識到季節正在變化，他的軀體正追隨時間茁壯起來。肥胖的小手小腿，比劃著不同招式。每當從學校回到家門時，隱約可以聽到他的笑聲。那是動人的時刻，彷彿有一種喜悅迎風而來。小生命所帶來的訊息，使那年春天的意義完全翻新。第一次強烈感覺，天空的胸膛是如此開闊，既深邃且浩瀚。因為擁有孩子，好像也擁有一片廣漠的天空。從那時刻起，我看待世界的方式，不再抱持無謂的敵意。

命運告訴他，生來就注定要遠離父親的故鄉。陌生土地上的命運，似乎變得不可理喻。我這父親在異域所承擔的所有苦楚，也將降臨嬰孩的身上。那個春天，以父親的身分，我在嬰孩耳邊說了不少祕密的語言。他當然無法理解父親的奇怪行徑。有許多歉意，或許都傳達到他靈魂深處。我自己的父親從未對孩子說過內心話，兩代之間的鴻溝既大且巨。疏離感一直都在那裡，他永遠都是我所不能理解的父親。記憶底層輝映著父親的影像，他有頑石般的拳頭，以及憤怒的容顏，非常日本式的父權。如今輪到我跟自己的兒子說話，在他耳邊，如此給他鐵鑄的承諾：此生絕對不會對他動以粗暴的語言或舉止。對他說了許多春天的信息，唯此許諾，到今日我仍牢牢信守。

2.

那年冬天到春季的速度好像特別緩慢。照顧嬰兒之餘，又要應付繁重的課業，頓時陷入兩面作戰的困境。那時的目標，樂觀地說，預定在一九八〇年完成學位論文。只要拿到博士，就立即返鄉。當時投入宋代歷史研究，當然懷有過人的信心。由於受到日本漢學家內藤湖南的影響，我也相信宋朝是中國近世史的起點。我的研究規劃，便是優先探索宋代，然後沿著元、明、清的時間順序，逐漸及於現代。那種氣魄近乎輕狂，卻是三十歲以前的夢想。如果時代沒有發生改變，如果台灣沒有發生動盪，我可能會這樣繼續築夢並逐夢吧。

當時我副修的兩門西洋史，英國史與俄國史，完全是陌生的領域。但從未預料這兩門知識的探索，竟為日後的生命開啟思想風暴。如果沒有接觸英國史，或許無法到達自由主義；如果沒有鑽研俄國史，大概也沒有機會銜接社會主義。其中的關鍵思想家，無疑是以賽亞・伯林（Isaiah Berlin）。那時捧讀他的《自由四論》（*Four Essays on Liberty*），頗受啟發。原來自由主義的觀念是如此簡單，使人成為人，是最原始的出發點。必須是免於鎖銬，免於囚禁，免於奴役，才有可能延伸出自由思想的其他內容。

伯林文字的優點，在於他的口語化。他寫的每本書，都是由他的廣播稿所改寫。讀他的書，彷彿在聽他說話，娓娓道來，絲毫不會感覺有任何滯澀。後來讀他的兩本書《馬克思》

（*Karl Marx*）與《俄國思想家》（*Russian Thinkers*），大約是最初引導我進入左翼思想與俄國史的敲門磚。在思想光譜上，我曾經定義自己是「自由主義左派」，或許就是在這段時期開始出現雛形。左派的思維方式，在於強調結構性的分析。尤其在面對歷史事件時，側重在經濟、政治、社會各個層面的剖析。自由主義強調人權的價值，個人主義精神受到尊崇。而社會主義則專注於階級壓迫的事實，比較偏向集體的解放。前者對於言論自由，抱持寬容的態度。後者對於不公平的制度，則高舉批判的精神。寬容與批判，如何相容並濟，恰是我後半生治學與處世的重要功課。

進入春天後，更加感受課業的壓力。涉獵二十世紀初期的俄國史，必須閱讀列寧的論文。英國史因牽涉到愛爾蘭的文化，慢慢被要求去閱讀詩人葉慈（W. B. Yeats）的作品。如果沒有涉獵愛爾蘭史，也許不可能到達西方的現代主義運動。如果沒有選修俄國革命史，我或無知於歐洲的左翼思想。第一次捧讀列寧的〈帝國主義是資本主義的最高階段〉，顯然不甚了了。但是，梳理過俄國革命的史實之後，才發覺這位革命領導者的思想是何等銳利。左右兩種歷史脈絡的接觸，不禁會聯想到台灣命運的未來發展。遠在海外，見證黨外運動與鄉土文學運動的展開。內心不免有些焦慮，好像覺得自己逃離了歷史現場。平生第一次意識到，身為局外人的惆悵是何等惆悵。

那時島上的騷動，是戰後以來從未有過的現象。埋首在西洋史的鑽研之餘，也情不自禁抬頭思索台灣的未來。到底應該走英國的改革路線，還是選擇俄國的革命路線，竟然會成為我思考的焦點。也許是閱讀自由主義與社會主義的書籍之後，內心開始釀造不切實際的想法。那時正站在三十歲的關口，處在少年與壯年之間的分水嶺，思想也漸漸發生變化。知識分子永遠帶著一種愧疚感，尤其離開自己的鄉土之後，發現自己無法對任何事件置一詞。這樣的虧欠，迫使自己對台灣表達更激切的關心。一九七六年二月，《夏潮》創刊時，不僅立即訂閱，而且很快也向這份雜誌投稿。帶著左翼色彩的這份黨外刊物，對我日後的文學研究產生極大衝擊。在這份刊物上，我第一次認識賴和、楊逵、張深切、葉榮鐘。我那世代的朋輩，也因此而初識日據時期的台灣作家。

黨外刊物《夏潮》對作者的文學研究有極大衝擊。

一個變動的年代就要到來，不僅發生在台灣，也發生在我的內心世界。仍然記得在東亞圖書館打工時，認識一位理工學院的博士生，年約四十歲，正在撰寫博士論文。認識之初，他自我介紹是鄭紹良。他說：「為了不要讓你感到驚嚇，應該坦誠以告，我剛剛卸任台灣獨立聯盟的主席。」那時，我確實感到震撼，在那樣的年代，被視為叛亂組織的領導者，竟然出現在我面前。他離開學校，從事政治運動長達十年。但是他的談吐非常謙虛，說出的每句話都很優雅。後來經過幾次見面，我再也不設防。不久之後，他開始介紹閱讀過的日本文學，第一次聽見理工的博士生侃侃而談，提及芥川龍之介、谷崎潤一郎、太宰治，不免使我感到詫異。再過不久，他又介紹松本清張的推理小說，並且邀請我與他一起去觀賞改編的電影《內海之輪》與《零的焦點》。他特別強調，松本清張是具有社會正義的小說家，思想偏左。後來，他又贈我一冊日文詩集，原來是北原北萩的詩選。

我最早閱讀日本小說，是在研究所時代。讀過芥川龍之介《羅生門》，三島由紀夫《金閣寺》，以及川端康成的《古都》。在西雅圖時期，因為鄭紹良的緣故，才又大量閱讀昭和時期的日本文學。他很像一位兄長，教導我如何在異鄉活下去，也引導我去讀政治書籍。我藏書中的《馬克思恩格斯選集》與《列寧選集》，都是由他贈送。他是我生命中的奇遇，也是我跨越學科界線所結交的意外友誼。但是，最重要的一件事情，他介紹我認識了彭明敏。

彭明敏在春天受邀到華大校園演講，不僅引起教授的矚目，也在台灣留學生之間發生巨大騷動。記得他在演講時，整個教室坐滿了聽眾。他說話時溫文爾雅，完全不具任何煽動。但是他在演講中的一段話，到今天仍讓我印象深刻。他說：「只要讓我在台灣自由演講三個月，國民黨就會被推翻。」這句話，不僅強烈暗示台灣言論自由受到控制，也同樣暗示社會底層的憤怒有多強烈。演講完後不久，鄭紹良給我電話，表示要介紹我認識彭先生。他說，為了避開校園特務的耳目，建議我坐公共汽車，到另外一個城鎮的同鄉家裡，與他祕密見面。

那個寒冷的晚上，我單獨在校外搭上公共汽車，穿越華盛頓湖上的浮橋，到達對岸的Bellevue。在預定的地點，有人來接我。進入同鄉的家裡時，彭先生已經坐在客廳等待。傳說中撰寫〈台灣人民自救宣言〉的政治人物，如此貼近與我對話，簡直是無可置信。在大學時期，同學之間都會耳語他的故事。尤其一九七〇年，他成功逃亡到海外的事蹟，更是友朋之間的祕密話題。剛到華大校園不久，我就找到他的英文自傳《*A Taste of Freedom*》（自由的滋味），日夜飢渴似地捧讀這本書。在字裡行間，不僅看見他的生命過程，而且也看見戰後台灣的坎坷命運。通過他的自傳，我才發現當年支持他赴加拿大攻讀法學博士，原來是透過胡適提供獎學金給他。

彭明敏頗有紳士風度，對於我所研究的宋代歷史頻頻相問。他很好奇我未來的研究方向，並且問我生命裡會有怎樣的書寫計畫。仍然記得，我這樣回答：「如果可能的話，我未來想寫一本台灣文學史。」那大概是我最早的一個誓願，也是第一次在長輩之前所做的許諾。彭先生說：「如果可以寫成，你就把它命名為《台灣新文學史》。」從來沒有想過，我終於完成這本書時，距離當年與他的對話，三十五年已經過去。生命的歷程，發生太多奇妙的變化。每當回首時，幾乎可以察覺，種種暗示早就已經出現。我後來的生命軌跡，可能繞得很遠，甚至覺得不可能實現海外時期的願望。當時還未預見，流亡的命運早就在等待，淒苦的生活就要折磨我的意志。但是，我從來沒有放棄回歸的慾望。一九七六年，彷彿是一個預言。小小的生命，出現在我的未來生活；小小的願望，也將實現在未來的生命。這一切，都發生在那年萌芽的季節。

二〇一四・六・二十四　政大台文所

鐵絲網圍繞的燭火

1.

海灣對岸的奧林匹克半島（Olympic Peninsula），一直是遠望時的夢土。整個西北區域原初就是屬於美洲印地安人的領域。直到十九世紀中葉，才有歐洲白人渡洋來到這綠色天地墾殖。西雅圖的命名，無疑是取自當地的印地安酋長的名字。曾經被白人視為蠻荒西部（Wild West）的太平洋海岸土地，經過百餘年的經營，已經蔚為人文薈萃的勝地。沿著西海岸，至少有三個城市，西雅圖，舊金山，洛杉磯，足以與大西洋東岸的都會相互對望。第一次降落在這城市的機場時，目光所及之處，遍地盡是綠茵。那種大規模的碧綠氣象，似乎不是小小的心胸所能容納。

從城市高處，可以看見奧林匹克的海岸山脈，南北縱向迤邐延伸，無止無盡。冬天時，山頂永遠覆蓋著一層白雪，遠遠望去，像是一隻睡眠中的龐大臭鼬。奧林匹克半島是一個國家公園，處處可以看見野生的針葉林。夏天裡，決定乘坐渡輪橫過藍色的海灣，去探索那傳說已久的祕境。驅車到達西雅圖港口，是在夏天的早上，陽光非常飽滿，卻很溫煦。等待上船的汽車，已經排得很長。聽到汽笛聲響，就知道一艘渡輪即將靠岸。近百輛的車子通過碼頭，上了甲板，進入船艙內巨大的軀體空間，依照指示停在一定的位置。輪上船員必須考慮重量的平衡，我的車子停靠在所有小客車中間，那是前所未有的稀罕經驗，第一次分享了華盛頓州的旅遊樂趣。車子停好後，所有的人都登上廣闊的客艙。選擇坐在靠窗的位置，陽光與海風徐徐湧入。從窗口望出，整個西雅圖的城市景觀一覽無遺。

天空就像玻璃那樣透明，好像每一滴深藍的海水，都傾倒在無邊白雲的背後。都市高樓的天際線，好像堆起的積木，非常整齊，羅列出高低不一的各種顏色，城市風光與海灣景觀形成強烈對比。揮灑千里的海水，是那樣平靜。即使海浪不斷湧起，船身仍然不動如山。渡輪破浪前進時，情不自禁站在船首，接受海風的吹拂。這時是盛夏，風中還是傳遞著令人震顫的寒意。三十分鐘的航行，第一次感受到，海洋與陸地是如此和平而友善相處。這次旅行，是要造訪對岸的一個市鎮布萊默頓（Bremerton）。那是一個軍港，停滿了二次世界大戰的軍艦，頗具歷史名聲的密蘇里艦（USS Missouri），就停泊在這裡。當初到達華盛頓大學時，我的俄國史教授 Daniel Waugh 就不斷推薦，有機會必須探訪這個城市，為的是要增加我的歷史感。縱然是主修宋代史，這位教授也希望我對現代史有所理解。

赴美之前，對於歷史教育的概念，便是背誦年號、戰爭、條約、事件。解釋歷史時，都只是強調導火線、關鍵點、分水嶺。彷彿只要記得這些要點，就立即清楚事件的原因與結果，也就等於掌握了歷史的動脈。這種錯誤的歷史訓練，支配了我的整個二十歲年代。所有接觸歷史教科書的台灣青年，無不感到痛苦不堪。那些靜態的史料，枯燥的文字，僵化的觀點，牢牢箝制了每個心靈的歷史想像。快接近三十歲的時候，才愕然發現作為歷史學徒在訓練上的謬誤。真正的歷史感，應該是從生活而來，以真實的感情去承受時間的流變。台灣的歷史教育，則是從靜態的史料出發，只要能夠記誦年代與年號，就完成歷史的認識。

第一次知道美國學生的歷史教育時，內心感到強烈震撼。原來他們最初理解時，是從周遭環境開始著手。西雅圖的小學生，是從社區的歷史開始接觸，他們先了解美洲印第安人是如何在這塊土地生活，然後才探索白人如何到達這陌生的高山與平原。不僅要認識人文環境，還要知道自然生態。這使我強烈想起最初讀中國史的痛苦，我們是從盤古開天的黃帝開始，從這輩子無法看見的中原開始。然後，依序自先秦、漢、唐、宋、元、明、清一路閱讀下來。直到民國時，便開始充滿了各種政治禁忌與意識型態。活生生的現代，反而難以接觸。美國的歷史教育則完全相反，一方面從現代史往上追溯，一方面也從居住的地方往外延伸。

我對華盛頓州的歷史認識，也是到達西雅圖以後才受到啟蒙。首先要了解原住民的歷史，然後擴及白人移民史，最後才到達整體的美國全史。這也是為什麼華大歷史系教授建議我去訪問布萊默頓。他說，那個港口停靠許多軍艦，是充滿歷史記憶的一個小鎮。聽從他的指示，我終於真正到達。在碼頭上，看到一艘龐大的驅逐艦，船身髹上阿拉伯數字63，那是傳聞已久的密蘇里艦。登上軍艦的甲板，簡直是廣闊無比。兩門巨砲羅列在船首，頗具侵略的氣勢。這艘完整無瑕的船艦，其實充滿著傷痕累累的記憶。在一九四四年戰爭末期才開始服役，曾經遭受神風特攻隊飛機的衝撞，也曾經介入硫磺島與沖繩的戰爭。

這艘沉默溫馴的艦艇，其實洋溢著帝國的氣象。可以想像當年它在海上航行時，是如何所向無敵。一九四五年九月，停錨於東京灣外的這艘艦上，麥克阿瑟將軍接受日本的投降儀式。如今進入船艙時，走廊兩邊掛滿許多泛黃的黑白照片，記錄著一場戰爭的榮耀與羞恥。照片中咬著菸斗的麥克阿瑟將軍，便是美軍占領日本時的主要將領。那睥睨的身姿，不禁讓人憶起他說過的一句話：「老兵不死，只是凋零而已。」（Old Soldiers never die; they just fade away.）徘徊在軍艦的甲板與船艙，不免勾起難以形容的惆悵。望著不止不息的海水，似乎隱隱感覺有一條鏈鎖，緊緊連繫著我的海島台灣。戰爭結束那麼久之後，台灣知識分子對於美國的態度，始終懷著愛恨情仇的複雜情結。我會到達這麼遙遠的地方讀書，顯然有一股看不見的力量在推波助瀾。

連接台北與基隆兩個城市的道路，命名為麥克阿瑟公路，正是在於紀念這位美國將軍。在反共的旗幟下，台灣緊緊與美國結盟。如果沒有這樣的保護傘，戰後台灣政治、社會、經濟，或許無法和平發展。有人把這樣的結構，稱之為新殖民主義，應該也不是誇大說法。完全沒有腹地的海島，先天條件就已註定必須依賴強國的保護。這種依附性的結盟，對於戰後知識分子的心靈衝擊非常巨大。如果養成了所謂崇洋媚外的心理，似乎也不是過於令人意外。

站在密蘇里艦上，我的心情非常複雜。戰後外在的歷史發展，絕對不是個人的意志可以抗拒。如果沒有這樣的歷史環境，或許我沒有機會接觸現代主義文學，也不可能承接自由主義傳統。遁逃於台灣威權體制的囚牢之外時，我已經有了深刻的覺悟，一定要好好吸收島上所無法接觸的知識與思想。在右翼思考之外，也應該想辦法閱讀左翼書籍。所有被視為禁書的左派文學，在美國這土地上要盡情去發現並挖掘。左右兩種思潮，其實可以雙軌並存。我不是意識形態的迷信者，對於政治權力不具任何野心。在立場上，無須區隔如此涇渭分明。身為為文化人，我決心朝著兼容並蓄的方向追求下去。對於自由平等的人權觀念，對於抨擊不公不義體制的批判精神，這一右一左的共濟，在生命裡絕對是可以實現。

2.

國際特赦協會（Amnesty International）的標誌，是一支燭火的圖案，外面圈繞著一條鐵絲網。這黑白分明的圖案，象徵著生命的火焰正在受到囚禁。那令人矚目的海報，張貼在學生活動中心走廊的牆壁。一群學生在海報下擺著長桌，邀請路過者前來連署，並且也招募新會員。我接受遞過來的宣傳品，才知道他們正在拯救薩爾瓦多與韓國的政治犯。上面印刷的文字，指控兩個國家的強人，以莫須有的罪名逮捕知識分子。薩爾瓦多總統羅米洛（Carlos Humberto Romero），係以作票方式當選，建立軍事獨裁政權。韓國總統朴正熙（Park Chong-Hee），則在一九六〇年代以政變方式取得政權，從此建立蔑視人權的軍事統治。如果我對威權體制有初步的認識，應該都是在這段時期獲得啟蒙。

我不僅參與連署，也立即加入這個人權組織。那時已經是暮春，西雅圖最美麗的時分。校園的柏樹、楊樹、樺樹、橡樹都鋪滿了綠蔭，枝幹交錯，構成密不可分的天幕。頑皮的松鼠在樹上飛奔，好像樹與樹之間鋪著阡陌縱橫的跑道。坐在樹下，我細心閱讀傳單的文字。一位韓國學生走過，他打招呼後也坐下來。他是政治系的博士班，與我一起在東亞圖書館打工。當我提起強人政權，他便開始滔滔不絕批判朴正熙。原來他是堅決的反政府者，計畫學成之後便飛回朝鮮半島，一邊教書，一邊從事反對運動。當我說才剛剛加入人權組織，他喜形於色，承認自己早已是其中一員。後來我才明白，只要稍有反對、批判意識的東方學生，大多是人權工作的成員。從此也陸續結識了來自菲律賓、日本、馬來西亞的學生，共同關心東亞的人權狀況。

那時我們常常聚集於咖啡廳，坐在面對湖泊的玻璃窗前，不同國籍的學生圍成一圈，介紹各自的心路歷程。幾乎每個人都承認，必須離開自己的國家後，才清楚看見國內的政治環境。言談之間，偶爾嘲弄彼此的警察監視手法，或是自我調侃受到的不公待遇。失笑之餘，每個人的內心其實都隱隱作痛。威權體制的形成，似乎都循著同樣模式，先是嚴密控制新聞，繼而進行思想檢查，使政治壓迫真相完全受到蒙蔽。朴正熙的韓國，馬可仕的菲律賓，蔣經國的台灣，好像是互相模仿，而且毫無例外都屬於反共政權。

我們不能不承認，這些強人背後，都一律獲得美國華府的堅定支持。但是我們也發覺，如果沒有來美國讀書，就不可能看見自己的國家是如何壓迫異議分子。言談之間，每個人的內心充滿矛盾情結。美國扮演了雙重角色，一方面協助邪惡政權，一方面培養反對人士。我們都稱呼美國是帝國主義，卻又在這國家享有無限的言論自由。對於反共國家的控制，美國永遠一定是贏家。帝國玩的是兩面手法，同時在朝野兩邊押寶，無論誰贏得政權，都注定是親美的立場。

在山光水色的北國城市，頻繁與國際學生討論人權議題，不時會有格格不入的感覺。而那竟是我最早萌芽的政治覺悟，不僅看見極權國家的畸形體制，也聯想到當時台灣的社會控制。在一九七七年，島上的黨外民主運動與鄉土文學運動，雙雙呈現成熟的狀態。就在隔洋觀望時，在校園遇到來自荷蘭的學生韋加力（Gerrit van der Wees）。他們夫婦也同樣

韋加力攝於 2014 年的反核遊行。

住在華大家庭宿舍，距離學校有十五分鐘車程，位在城市西北邊的沙點路（Sandpoint Way）。他的妻子陳美津也來自台灣，日後兩家過從甚密。韋加力也是國際人權組織的會員，投入拯救政治犯工作已經多年。知道我也對人權工作頗有興趣，便常常相約一起晚餐。他是消息靈通者，對台灣的政治情況比我還要關注。他與黨外運動保持頻繁的信息互通，常常提供我第一手資訊。

來自台灣的學生，對於人權觀念的認識非常陌生。與韋加力一起合作之後，才慢慢擴大認識人權的概念。基本人權，絕對不只是限定在政治層面，還應該擴及經濟、社會、文化、環境的人權。爭取言論自由，只是其中的一環。如果沒有參加人權組織，恐怕日後很難到達左翼思想，女性主義，後結構主義，後殖民理論。以人權觀念為核心，我的知識訓練逐漸放射出去，那是最初未曾預料的效應。人權思維引導著我開始注意各個社會的弱勢者，反越戰、反種族歧視，反性別不平等，都是以人權價值為依歸。只是從未預見這樣的關懷，也慢慢帶著我去介入現實的政治運動。

直到一九七七年，島上鄉土文學運動日益熾熱之際，再也無法避開當時的黨外民主運動。尤其兩位小說家王拓與楊青矗也參與其中，我開始注意寫實主義文學侷限性。無論文字的批判精神有多激烈，畢竟還是停留在靜態的構思。那是政治干涉文學的年代，作家卻企圖以文學干涉政治。即使不在歷史現場，遠在千里之外，似乎也可以感受那激盪起伏的力道。捧讀王拓的《金水嬸》，楊青矗的《工廠人》，第一次看見社會底層人物的形象，那樣鮮明浮現在小說故事中。閱讀之餘，內心不免產生相當程度的矛盾。畢竟我是接受現代主義美學的洗禮，那種濃縮的文字技巧，深深影響了我的藝術品味。詩的擁抱，協助我度過多少難挨的寂寞時光。文學的象徵手法，引渡我跨過無數難以入眠的孤獨深夜。如今，面對激烈掙扎的階級故事，可以感覺心坎上承受著一拳又一拳的擊打。那沉重的力量，好像在喚醒某種未明的沉湎魂魄。

現代主義與寫實主義兩種美學之間的拉鋸，第一次在我的思考裡奮力掙扎。那是未曾經歷過的自我對決，好像必須選擇其中之一。現在回頭再看，才驚覺那是我生命前所未有的再出發，也是孤絕心靈與社會心靈的首度交戰。最早帶我進入文學的閱讀，是以現代詩為起點。那種跳躍式的語言，變幻莫測的斷句與分行，文字與心靈的分合，確實使青春心懷著迷不已。美，是非常任性的感受，不能以邏輯清晰的思考去貼近。七〇年代初期的新詩論戰，我也曾介入其中。那時反對的是過於晦澀的詩行，對於現代主義仍然還是抱持高度尊崇，但也慢慢對現實主義的批判詩，看得越來越高。

從純粹藝術角度來看，現代主義運動，確實使戰後台灣文學臻於盛況。經過這場運動的洗禮，白話文書寫開始注入豐富的藝術想像，使鬆懈的說話語言逐漸凝練起來。但是，見證黨外民主運動崛起時，內心的美學似乎也發生動搖。那段掙扎期間，常常不斷叩問自己，什麼是文學？什麼是藝術？知識與政治的關係是什麼？尤其在海外，最能體會國家認同對個人生命的意義。那種焦慮的心情，顯然不是三言兩語就可打發。快要到達三十歲的門檻，不能不慎重思考未來的人生方向。如果文學只是在解決個人的苦悶，則耽溺於這種藝術的營造，似乎就是縱容自己生活在精緻的象牙塔。當我開始向黨外運動與鄉土文學傾斜時，一條看不見的曲折道路，顯然即將鋪就。

從大學時代到研究所，把最好的歲月都奉獻給歷史研究。如果生命裡培養了所謂的歷史意識，那一定是明確朝向中國。彷彿是一艘遠行的船，方位早就定定鎖住古典的宋代。我始終對自己的知識航行深信不疑，甚至還帶有幾分自得。對文學的追求，起步之初，也確認現代詩是我美學的最高信仰。文學追求幾乎與歷史研究同步，都發生在我的十八歲那年。這兩條平行的旅程，恰好都沒有通往我的海島。我被時代的浪潮推湧到另一個海岸之後，在陌生水域裡卻遙遙發現台灣。如果歷史條件沒有改變，如果沒有接觸左翼思想，如果沒有參加國際人權組織，或許還會繼續活在安全的價值觀念裡。

青春城堡的傾塌，絕對不是一日造成的。跨越一九七七年，三十歲，生命地圖瞬即遭到一把閃亮的刀整齊切割。前生今世，猶如陰陽分曉。對於宋代研究，開始產生躊躇不定的念頭。全新的歷史意識，隱約也在釀造。那時，並不明確那是不是台灣意識，只覺得現實感正在增加重量，文學觀與歷史觀也跟著到達重新整頓的時刻。在夜裡的書窗，我端詳著國際特赦協會寄來的通訊，裡面夾一張貼紙，正是那張顏色鮮明的圖案，蜿蜒的鐵絲網，緊緊纏繞著燭火。那是恰如其時的象徵，曾經囚禁在思想檢查下的生命之火，不能再繼續認命地接受安排。如果要追求那光，必須要有所割捨，也要有所抉擇。秋天還未到來，有一把火焰已在我體內祕密點燃。

二〇一四·七·十二　政大台文所

朝北的窗口

1.

有時生命穿越了特定的歷史階段，從來並不察覺具有什麼暗示或意義。必須回頭之後，才會清楚看見那段旅路的象徵與隱喻。記憶的重量是什麼？也許需要透過具體的感覺才能衡量。刺痛，悲傷，惆悵，失落的複雜感受，似乎可以標出生命的色調與情調。每當回望之際，一九七七年的感覺特別沉重，也夾雜著淡淡愁緒，只因為在那一年我與詩人余光中切斷了友情關係。

一九七四年夏天，我與詩人同時離開台北，他飛往香港，任教於中文大學。我則到達西雅圖的邊城，開始壯年以後知識與思想的漫遊。彼此分隔在太平洋兩岸，我時常可以收到亞熱帶寄來的書簡。詩人的每一封信，從來都是帶著南國的溫暖。在北地捧讀時，總是帶給我情緒上的安慰與震盪。雪白信紙上的藍色字體，是我大學到研究所非常熟悉的筆跡。我珍藏他的每一封信，有時在夜裡也會重新閱讀，那常常使我強烈想念台北盆地的氣味。

一九七七年，鄉土文學論戰的煙硝味也傳送到西雅圖。那時我正走到一個思想斷裂的關口，對於黨國體制與威權統治，已經感到非常疲憊，甚至可以說極其厭倦。在骨子裡，我應該是偏向於《夏潮》的陣營。那冊雜誌已經出現左傾的立場，與國民黨的極右立場正好站在對立面。浸淫在魯迅文學中，我對馬克思主義與毛澤東思想，很快就懷有高度的好奇。我中間偏左的立場，大約就在那段時期慢慢蓄積而成。《夏潮》縱然沒有高舉左翼旗幟，它的文字早已具有飽滿的批判力道。我的兩首詩選擇發表在這份刊物時，就已經充分表達了精神上的支持。

人在西雅圖，我無法辨識余光中的心情波動。當他被指控是帝國主義買辦時，我的心情確實有些不平，卻不知道如何為他辯護。當時我已經收到陳映真出獄後出版的兩本小說集，《將軍族》與《第一件差事》。第二冊小說，是林瑞明寄來給我。書中收集的是他入獄前的作品，那種感傷、憂悒，近乎濫情的文字，曾經陪伴我大學到研究所的許多夜晚。看到陳映真的犀利文字，很難與六〇年代的他相互比並。當時還不清楚他的思想動向，閱讀兩本小說的序言〈試論陳映真〉，隱約感覺一個左派知識分子的姿態已然浮現。詩人與小說家之間的緊張關係，彷彿也把我捲入拉扯的尷尬處境。在感情上，當然還是偏向余光中；在知識上，則傾向支持陳映真。這種左右立場的對峙，幾乎要撕裂我的心情。

那年八月，余光中在《聯合報》發表〈狼來了〉，這是一篇讓我產生震撼的文字。多少年後我才知道，詩人在香港任教時，曾經遭到一群「左仔」的圍剿。那種肆意用意識形態來審判人格的風潮，詩人早就嘗到苦澀的滋味。他在台灣，也同樣被陳映真當作批判的樣板，夾在港台兩地，余光中的困難可想而知，但那時卻是我在北地所難以理解。隔洋捧讀那篇頗具爭議的文字，我對詩人完全不能諒解。輾轉反側之餘，終於決定寄給他一封信。行文之際，心情確實起伏動盪。最後，我還是寫下這段文字：「江南之於你，猶嘉南之於我。」其中的暗示，昭然可見。他的詩，是我青年時期非常熟悉的文字藝術，處處充滿了江南的意象。他的情感，確實沖刷了我多少夜晚的寂寞。但是，出國之後，我越來越疏離他詩中的意象。我察覺自己的感情比重，已經朝向我的島嶼傾斜。對於懷鄉的我，嘉南平原的形象越來越清晰。那時並不意識到，這已經牽涉到認同的問題，詩人接到我的信時，想必一切已都明白。那封信很短，竟鋒利地切開我與詩人的感情，從此兩人音信全無。必須還要經過二十年後，我才與詩人在台北再度重逢。

生命有太多無可理喻的橋段，跨越之前之後，生命已全盤兩樣。這段時期的記憶，久久縈繞在我胸懷。在孤寂的星光下，每思及這樣的拉扯，心裡說有多惆悵就有多惆悵。我並未參與鄉土文學論戰，那大概是七〇年代以來我唯一缺席的歷史現場。隔岸觀火，一些硝煙也不免飛落在我的衣袖。好像有滿腔的話要說，卻又不知從何說起。那時，內心暗藏的陳映真影像，似乎發生動搖。他牢牢站在民族主義的立場，好像就得到頤指氣使的位置。他的批判文字，現在讀來都好像在審判。

另一方面，又好像無力為余光中說話。那時，開始對自由主義的思考感到疲累，總覺得在威權體制下，那是最軟弱的思維方式。在靈魂底層，我對魯迅文字所表現出來的傲骨，以及他展現投槍與匕首的姿態，已經產生「雖不能至心嚮往之」的渴望。徬徨之際，完成了兩篇散文，一是〈為了忘卻的紀念——焚寄吳錦翔〉，等於是向陳映真告別；稍後又寫出〈交錯〉，表達與余光中錯肩而過時的失落。如今回望時，彷彿是向大學時代以來的兩個偶像告別。文學旅路上的左右兩個指標，再也不可能追隨下去。或許那就是生命的一個斷裂點，典範消失之後，就必須走自己的路。

到達三十歲的關口，千絲萬縷的思考也應該重新梳理。深知自己不是意識形態的崇拜者，也不是政治立場的審判者。那時慢慢覺悟，在人文領域裡，各種價值觀念是可以同時並存的，而不是只做非此即彼的決斷。知識分子既非資產階級，也非無產階級，絕對不可能以鮮明的立場講話。知識分子喜歡扮演階級代言人，那種虛矯身段，我非常厭惡。無論是自由主義或社會主義，其實有共同的理想互相重疊，那就是人間正義必得實現。日後我會宣稱是左派的自由主義者，想必是經過這段時期的反覆求索。這樣的思維方式，絕對不是以中立者自居，當然也不是為了兩面討好。但是，至少有一個最低的自我要求，便是無論何時何地，都不要向權力靠攏，而且要對權力說真話。三十歲時的這個覺悟，開啟了我後半生的道路。

鄉土文學論戰的那一年，無疑是靈魂內戰最激烈的時候。無論是學術研究，或是美學追求，甚至是政治關懷，好像在血管裡進行無盡止的巷戰。以血氣方剛來自我描述，似乎又不是那麼準確。有一個聲音在內心的什麼地方低語，應該要為台灣做一點什麼吧。處在一個進退失據的路口，華大醫學院的沈富雄教授來商量要辦一份影印刊物，希望能寄給當地的留學生。我們終於把那一份刊物命名為《西北雨》，每三個月出版一期。沈富雄說，為了保護我的安全，每一份稿件都由他來抄寫。他的筆跡剛硬，有稜有角，非常適合寫在稿紙上。就是在這刊物上，我正式發表生命中的第一篇政論。

毫不顯眼的這份影印雜誌，也是我開始整理台灣史的墊腳石。在華大東亞圖書館，我找到五本有關二二八事件的官方宣傳品，都是出版於一九四七年。整理這篇短文之際，強烈意識到歷史發言權是何等重要。在五本官方出版品的文字裡，可以看見事件受害者都一律被指控為暴民。他們犧牲之後，都被戴上不同的帽子，包括共黨匪徒、日本皇民、無業流氓。第一次處理台灣史的史料，深深覺悟台灣歷史是如何遭到統治者的扭曲。身為宋代歷史研究者，不免對自己的土地感到無力，內心流動太多的憤恨不平。如果要尋找台灣史研究的起點，應該可以追溯到《西北雨》的創辦。這將是困難而漫長的道路，好像站在荒蕪蔓草的邊境，找不到任何可以遵循的路徑。從哪裡去尋找史料，如何從事史實的解釋，而更重要的，將如何面對權力的干涉，這些問題四面八方湧來。

遠離故鄉，就是一種連根拔起。站在另外一個海岸，所有的喜怒哀樂，都必須獨自去消化反芻。過去的心靈框架，也必須勇敢去整頓。那是自我毀滅的終點，也是自我重生的起點。幾乎找不到任何人可以分擔那沉重的生命改造，有時在深夜裡仰望星辰，在密密麻麻的微光之間，忽然找不到自己的方位。那時才強烈感知，寂寞的滋味是多麼寂寞，孤獨的感覺是多麼孤獨。一個跨越的儀式正在發生，從自由主義到社會主義，從宋代歷史到台灣歷史，從學術研究到政治介入，都逐漸出現一些徵兆。切斷，割捨，決裂，分合，種種意志上的拔河，錯綜複雜地緊綳在我的內心世界。無論做了怎樣的抉擇，可以確信的是，我已經向舊時歲月揮別了。

2.

東亞圖書館的樓梯間有兩個研究室，窗口朝向東北，窗外都是橡樹、柏樹與楓樹。研究室位在三樓，只提供給研究生使用。一九七八年春天，所有主修與副修的學分已都完成，指導教授陳學霖先生告知，我可以接受博士資格檢定考試。預計要檢定的內容包括四項：中國上古史，中國中古史，英國現代史，俄國現代史。我決心閉門讀書，準備在那年秋末接受考

華盛頓大學東亞圖書館研究室的窗戶。曾在那裡閉關讀書將近一年。（攝於 2014 年）

試。每一項科目可以寫三個小時，分成四天進行，那將是一場決定生死的檢驗。我向圖書館申請了一間研究室，從春天便閉關閱讀。那是我到達美國後最漫長的一年，從初春到晚秋，幾乎每天都在那斗室度過。

我把必備閱讀的書籍搬到書桌時，窗外的枝幹還是瘦骨嶙峋的狀態，松鼠還在冬眠，偶爾會從樹洞探頭觀望。秋季時，牠們會在地面某處埋藏果物，小心翼翼掩蓋起來。冬寒季節，牠們偶爾會溜到地面，把儲藏的食物挖出。牠們非常警覺，深怕被發現行蹤。坐在窗內，我可以觀察牠們的一舉一動。時間變得非常漫長而遲緩，每天好像都在計算陽光移動的速度。

一月下旬突然下雪，白茫茫一片，空氣中傳染著難以抵禦的寒意。那時，正在閱讀俄國沙皇末期的歷史，不時有種錯覺，好像那場雪是從西伯利亞飄來，特別能夠感受冬宮裡的詭譎政治。第一次世界大戰交鋒之際，列寧正在累積他的革命實力。那時才猛然覺悟，列寧所做的革命策略決定，其實都有軌跡可循。他的戰略是把對外戰爭轉換成為國內戰爭，就是在那個時候俄國歷史正好到達一個分合的路口。世界大戰是屬於帝國戰爭，只有國內戰爭才有可能使人民獲得解放。

可能是季節的感覺，使我對歷史的認識變得敏銳。在台灣時，曾經修過俄國史，卻不甚了了。當時對於俄國革命為什麼會發生，好像找不到任何切入點。跨海到達北美的邊城，通過馬克思主義的理解，才知道歷史轉折的關鍵。俄國史屈萊果教授所寫的《二十世紀俄國史》（*Twentieth Century Russia*），對我的幫助甚大，不僅對帝國崩潰的解釋頗具說服力，而且對於蘇聯崛起的前因後果，交代相當清楚。那年春天的重新閱讀，或許不全然是為了考試，卻對後半生知識的累積，已經奠下極其穩固的基礎。

枝頭冒出葉苞時，是在二月底，似乎預告春天的到來就在不久。閱讀列寧時，才發覺毛澤東的革命理論，完全是從列寧那邊得到靈感，有時是全盤抄襲。把對外戰爭換軌成國內戰爭，可以說是襲用列寧的戰略。毛澤東的無產階級革命，把力量完全放在農民身上，也是從列寧那邊獲得啟發。不僅如此，列寧所主張「不斷革命論」，也開啟了毛澤東的政治實踐。幾乎可以說，沒有俄國的列寧，就沒有中國的毛澤東。能夠掌握這樣的見解時，我對中國共產黨的發展也產生罕有的興趣。

那個春天，是我整頓歐洲歷史的季節。除了俄國史之外，我也開始整理英國史的筆記。十九世紀英國史，牽涉到工業革命的崛起，以及資本主義的擴張。那是一個相當惱人的時代，觸及的文化層面非常複雜。維多利亞時代的政治，一方面集中在民主政治的改革，一方面則在處理敏感的愛爾蘭問題。對當時倫敦的知識分子而言，一個充滿挑戰的時代已然降臨。馬克思曾經預言，如果有所謂的工人革命，一定發生在英國。他的預言顯然落空，歐洲發生的第一個革命，竟然不是在英國，而是遠在俄國。並且俄國革命不是屬於工人，卻是以農民為主要的革命骨幹。

鎖在尺幅有限的室內，頓覺天地甚寬。在修課時，從未察覺不同歷史脈絡之間的有機關係。如今展開密集閱讀時，不同的歷史軌跡可以並置在一起。兩者之間的互動，其實是千絲萬縷，全然不能孤立地看待。這時才第一次理解什麼是歷史的整體性（totality），不同民族，不同國家，在同樣歷史的沖激之下，終於產生犬牙交錯的連帶感。到達這樣的理解之際，窗外已經是一片綠蔭。陽光特別明亮，大地氣溫漸漸回暖。時間正加速移動，歷史知識也在默默累積。這種閉關閱讀，是為了應付一場重大的考試。但是，又不像應付聯考那樣，只是專注於死記默背。總覺得那是一次前所未有的知識會通，毫不相干的歷史事件，忽然發生了桴鼓相應的效用。

人文學院與社會科學院大樓之間的廣場，到了四月，整排的櫻花燦然盛開。遠遠望去，彷彿是粉紅色的雲彩在大樓之間飄盪。那動人的顏色，猶似震耳欲聾的噪音，使人難以安心讀書。每天要進入研究室之前，總是情不自禁來到樹下徘徊。圍繞著廣場的櫻花，投下了許多暗示。微風裡，花瓣不經意飄落，翻飛著，旋轉著，有時還會落在肩頭。花開花落，彷彿加快了時間的節奏。當謎底還未揭開前，心裡總是燃燒一股焦慮。對於這場考試，或許不是在意是否順利通過，反而比較在意能否全面掌握所接觸的歷史知識。重新走過一次歐洲史的書籍，發現自己對近代史的興趣，遠遠超過對中國史的投入。從大學以來，便著迷於宋代歷史的曲折發展。這個朝代遭受最多外族的挑戰，從契丹，女真，西夏，一直到蒙古的對抗，似乎是過去朝代中前所未見。

在華大的歷史訓練中，讓我訝異發現，中國史的解釋過於偏向漢人中心論。由於漢人史觀的遮蔽，對於邊疆民族的文化記憶，總是站在踞高臨下的位置，傲慢地俯視。對於這種我族中心的歷史解釋，曾經數度企圖推翻過去的說法，卻因力有未逮而放棄。發生這樣的騷動時，似乎也意識到，自己對中國歷史產生一定程度的抗拒。站在櫻花樹下，懷有巨大的苦悶，而惆悵的時候居多，一直找不到精神出口。回到那小小的研究室時，總是希望趕快脫離那種心靈上的凌遲。

那年整個夏天，都一直囚禁在只有一面窗口的斗室裡。到夏天時，中國史的必備書籍大約又重新讀過一次。從窗口看出去的那片樹林，已經到了一年中最翠綠的時刻。微風吹過滿地綠蔭，也把清新的空氣吹入室內。總是情不自禁站在窗口做深呼吸，整片肺葉好像受到清洗。環顧四周牆壁，都堆滿了各種書籍。其中有英文，日文，中文；也有精裝書，線裝書，平裝書，更有繁體字與簡體字的版本。浩瀚的歷史知識，一時之間排山倒海而來。如何理出清晰的理路，也正是從春天以來反覆思索的問題。

秋季班開學時，窗外的枝葉變得特別敏感。枯萎的過程中，各種植物開始顯示本色。楓葉變紅，柏樹轉黃，橡樹呈褐。在陽光下，另有一番爭豔的時刻。每一片葉子，無論顏色如何動人，都不免是一種告別的手勢。到達十月時，寒流從阿拉斯加直驅而下。所有的葉子開始紛紛飄落，在寒風裡落地，竟是鏗然有聲。那是催魂的音樂，毫無節奏可言。葉落滿地的秋陽下，留下一片淒美，任誰都無法挽救。從花開到葉落，其實只有半年的時間，卻完成了一次前所未有的跨越儀式。在遲緩的閱讀過程中，第一次那樣仔細計算時間的速度，也第一次如此細讀北國的季節移動。這樣的閉門經驗，生命中可能只會發生一次。

寒霜降臨的那一週，接受連續四天的考試。在鍵盤上打出英文稿時，可能出現許多文法上的錯誤，也可能前言接不上後語，手指敲打之際，已經到了六親不認的地步。以這樣的儀式，迎接那年冬天的到來，至今還是難以忘懷。試卷作答的階段結束後，十一月底，四位老師齊集歷史系辦公室，進行將近兩小時的口試。他們問我未來博士論文的題目，也問及未來的學術規劃。最後口試結束時，他們請我暫時迴避一下。又經過十分鐘，我再度被邀請進去。四位老師都站起來與我握手，恭喜我已經通過博士資格考試。從春季到冬季的自我折磨，終於換取所有老師的笑容。我久久說不出一句話，只能對他們不斷說出感謝。

坐在那朝北的窗口，將近一年的時間。從來未曾有過這樣的經驗，如此貼近觀察窗外植物的四季風姿。從冰肌玉骨的蕭條，到開枝散葉的盛況；從繁花競豔的榮景，到花果飄零的落寞，我確實都仔細領教了。那是我到美國後，度過的最漫長的一年。到現在，我還未能釐清這年對我所暗示的意義。那朝北的窗口，我還清楚記得細微的光與影。那年所領受的歷史知識，對我後半生的衝擊，不時發生餘波盪漾，直到今天。

二〇一四．七．二十一　政大台文所

白霜四面湧來

1.

松針掉了滿地，翅果也委棄在粗大的樹幹下。楓葉紅過之後，枯枝開始占滿了天空。舉目窗外，可以預見嚴寒的季節就要降臨。遙遠的海島台灣，卻進入最熱鬧的選戰季節。那股激情，即使在異域也能感受散發出來的熾熱。那是一九七八年的冬天，國會第一次全面改選，黨外運動者似乎抱持強烈的期待。即使不在現場，西雅圖留學生幾乎每晚聚會，討論不同來源的訊息。在前一年，黨外候選人紛紛當選縣長與省議員，彷彿在幽暗的歷史深淵射出了一縷希望。

台灣來的數十位學生，促膝圍坐在地毯上，落地窗外是無邊的寒夜。那是十二月十五日晚上，美國國家廣播電視台，忽然現場轉播美國總統卡特的宣布，決定在一九七九年一月一日與北京建交。那是極為震撼的消息，即使身在北國，一時無法接受這樣的訊息。很難想像，台灣會有怎樣的反應。戰後台灣知識分子，已經習慣對美國的依賴。縱然被指控為崇洋媚外，但那已經成為台灣社會不可分割的一部分。驟然與美國斷交，那小小的海島不知如何自處？在熱烈討論中忽然有人提問，國民黨有可能中斷正在進行的選舉嗎？許多人猜測，絕對不敢，但是在我內心，完全並不樂觀。

那晚深夜，白霜已經鎖住玻璃窗口。在睡夢中，電話突然響起，那是來自台灣的人權工作者。在越洋電話那端，傳來緊急慌張的聲音說，選舉活動已經受到勒令中止。這是非常沉重的打擊，還不遜於美國的宣布斷交。如果選舉活動持續下去，正在上升狀態中的黨外運動，想必可以取得更多席次。然而，當權者並不樂於看到這種後果。在不眠的寒夜裡，所有飛禽走獸都在沉睡中。走到隔壁孩子的房間，看見男孩的眼睛睡得正甜，整個世界的傷害似乎距離他非常遙遠。

坐在樓下客廳，我注視著窗外，針葉林木都淹沒在黑暗裡，只看見玻璃窗的木條周邊，已漸漸爬滿白色的霜。襲人的寒氣從窗縫滲透進來，彷彿在告知這個世界就要進入冰原時代。坐在沒有燈光的室內，禁不住思索一九七〇年代以來的政治事件。許多憧憬與幻滅，都同時交錯進行，有時會擦出火花，有時則一敗塗地。如今好像被推入一個沒有底部的深淵，無盡無止地沉陷下去。也許是我們這世代知識分子的宿命，必須承受有形無形的鞭笞。

一九七〇年夏天，從花蓮結束服役歸來，有多少許諾正等待著實現。那時才回到台大校園，坐在藏書豐富的圖書館裡，總覺得自己的學術志業，就要升火待發。寫詩的企圖，也在那段時期最為旺盛。在秋日陽光下，捧讀著木刻印刷字體的善本書，彷彿沉浸在宋代所散發出來的餘暉。年輕的現代心靈，似乎懷抱無限勇氣，接受即將到來的古典洗禮。到了晚上，孤獨坐在閣樓裡，攤開稿紙，熱情寫著現代詩，最短六行，最長二十行，長短不一地記錄著感傷的心情。

那可能是最好的年代，兩種不同的嚮往，可以同時容納在精緻的胸懷裡。手中握著藍墨水的筆，指向古代，也指向現代。如果年少有所謂的豪情壯志，應該就是這段時期的最好寫照。在校園圍牆內，可以專注坐在圖書館的窗口，句讀著泛黃的紙頁，在歐陽修或司馬光的文字裡徘徊出入。在夜晚的閣樓上，瘋狂朗誦著余光中或洛夫的詩行。如果時間可以如此穩定流過，自可盡情享受心靈的升降與遠航，甚至把整個城市，整個世界都關在外面。

或許不止於此，點燈讀詩之際，也讓那時最熱門的西洋音樂在唱盤上流轉。一連串歌手的名字羅列在書架的尾端，包括 The Beatles，Bob Dylan，Joan Baez，Judy Collins 的唱片，在室內不停輪流播放。當時並不知道，有許多反戰的歌曲也穿插其中。身為美國下游的台灣知識分子，也只能單方面接受，卻不知如何反思。尤其越戰臻於高潮時，台灣不僅提供軍事基地給美軍，報紙輿論也一面倒支持美國的立場。從來不知道如此的反共盟友，終究會無情地遭到拋棄。

那種拋棄，是一點一滴逐漸形成。一九七〇年的釣魚台事件，美國完全站在日本的立場。一九七一年，台灣退出聯合國，美國無法阻擋中共的攻勢。一九七二年，美國與中國簽訂上海公報。政治形勢造成時，台灣就孤立在茫茫的海洋中。這些終結的跡象，已經是非常明白的預言；只是不知道棺木的最後一支釘子，何時將要敲下。一直延宕到一九七八年冬天，台灣的民主花朵正要盛放時，噩耗頓時傳來。歷史的夢，文學的夢，鏡花水月那樣，頓時幻化。

荊棘布滿的道路，蜿蜒地伸展在那頓挫的十年。許多夢想中的工作，都注定以未完成的形式，殘留在歷史廢墟裡。宋代研究與現代詩書寫，如此不相稱的兩種面向，曾經是和諧地並存，如今竟是那樣不和諧地齟齬。對民主政治的渴望，完全寄託在島上的黨外運動。離開歷史現場那麼遙遠，任何輕微變化，都足以牽動心情的搖曳。在美國斷交之後，又繼之以選舉中斷，簡直是對脆弱的感情施以重重一擊。

整個夜晚簡直無法入眠，開啟又關閉的時代閘門，把我鎖在荒蕪的遠地。那種受到放逐的滋味，竟是恁般苦澀。海外知識分子的痛苦，就是無法介入歷史現場。永遠帶著袖手旁觀的羞愧，只能在內心不斷地自我譴責。如果不能代表中國，台灣是什麼？如果沒有美國的支

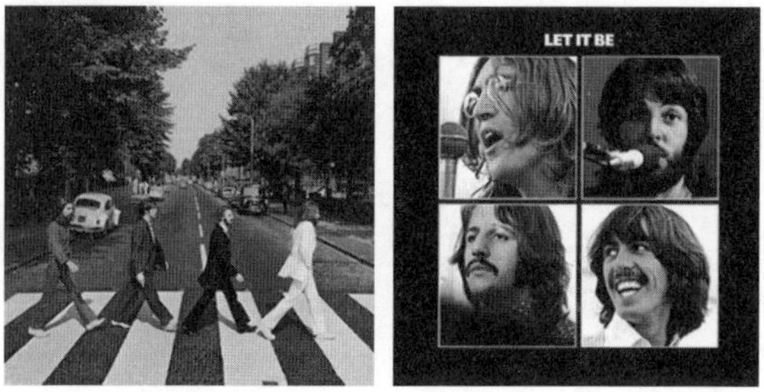

披頭四的歌曲帶有反戰意味。

持，台灣能活下去嗎？如果選舉中斷，民主運動還有可能延續嗎？思考這些問題時，忽然發現自己的心靈早衰了。飛揚年代所聆聽的西洋音樂，所閱讀的現代詩行，完全失去對生命的暗示。彷彿遠行的雁，一夜之間落盡羽毛，喪失飛翔的動力。

那年冬天，林義雄在西雅圖過境停留。那可能是我與台灣政治人物對話的第一次，以後無盡無止接觸政治，或許就是從那夜開始。他在一九七七年當選省議員，接受美國國務院邀請，考察民主政治的生態。西雅圖是他旅程的最後一站，在寒冷的夜裡，年輕的留學生都圍繞著他談話。那是另外一個霜降的寒天，接近零度的氣溫，阻擋不了熱情的心。有著明亮前額的年輕政治家，對於斷交事件似乎並不氣餒。他輕描淡寫地說，這才是真正的台灣現實。那麼小的島嶼，怎麼可能代表龐大的中國？只有面對歷史的現實，民主運動才有真正的希望。他說，美國承認北京，是遲早的問題。我們不能活在虛偽的假象裡，只有在最惡劣的挑戰中，我們才會努力尋找台灣的出路。

落地窗玻璃倒映的林義雄的身影，他挺直的背脊就像頑石那樣，可以抵禦來自四方的風。離開家鄉土地那麼遠之後，第一次感受到某種信心。在崩壞的時代，在一切都不可能的時刻，他所帶來的信息竟是那樣樂觀開朗。彷彿有一種錯覺，自己是在跟土地對話。他身上散發出來的泥土味，真實樸質，非常可靠，而且從來不知道什麼叫做挫敗。

2.

歷史的節奏越來越快，而且稍縱即逝。總以為選舉中斷後，黨外民主運動也將一蹶不振。坐在打字機前，發現自己的思考停滯不前。時間也凝固在那裡，從早上到黃昏，一個字也打不出來。夾在打字機上的那張白紙，到晚餐時，仍然一片空白。曾經發誓在通過博士候選人考試之後，一年內完成論文的撰寫。台灣距離我已經夠遙遠，而宋代更是遙不可及。博士論文的題目是「從愛國者到出賣者：秦檜的政治生涯」，希望為這個歷史上的漢奸提出較為客觀的評價。涉獵過豐富的史料之後，在內心自有一把尺在衡量。如果可以平心靜氣，夢想中的歷史研究大約可以實現。但是動盪的心情告訴我，這是不可能的任務。

一九七九年一月一日，華府與北京開始正式建交的儀式。所有電視媒體都是滿檔報導這項重大事件，中國國家主席鄧小平訪問華盛頓，接著又在聯合國發表公開演講。面對這種景況，我不知道要以何種心情來面對。不久之後，鄧小平過境西雅圖，所有台灣留學生都傾巢而出。站在最熱鬧的街頭，舉牌抗議示威。擠在人群中，我不免是無比惆悵。那時強烈感覺，一個時代就要過去，而即將來臨的歷史階段卻是一團迷霧。至少在西雅圖可以清楚看見，再也沒有中華民國領事館的存在，而是以台北經濟文化辦事處的招牌取代。內心無端生出一種無法解釋的屈辱感，卻又不知道如何排遣那揮之不去的抑鬱之情。

春天來時，埋在土壤下的根鬚與種籽，又開始蠢蠢欲動。一月的西雅圖，仍然寒風凜凜。隱隱可以看見枝頭上的葉苞，只要有一絲溫暖的空氣吹襲，滿城的落葉喬木就會紛紛舉旗歸來。從海洋那邊傳來的台灣信息，似乎也有一股民氣，正要告別落木蕭蕭的季節。黨外民主運動者又重新集結，希望能夠在斷交斷選事件的打擊下振作起來。季節的循環變化，看來是無跡可尋，但冥冥中又好像有某種規律。台灣那麼小一個海島，恐怕也無法掙脫國際政治氣候的影響。彷彿是在大洋中的航行，漂流許久之後終於看到陸地。誰能預期無端又捲起風浪，使航行的方位驟然迷失。春天裡台灣民主運動裡又再度萌芽，是否能持續成長盛放，誠實地說，內心確實是帶著微微的悲觀。

一月下旬，黨外人士南下高雄橋頭示威，為的是聲援余登發遭到指控通匪。桃園縣長許信良也在抗議的行列裡，不久之後，國民黨便以擅離職守的理由，剝奪許信良縣長的職位。對於我這樣的歷史研究者，許信良的名字誠然是過於遙遠。在那瞬息萬變的年代，沒有誰可以指定未來的方向。再過一年，不可知的政治漩渦席捲了我。冥冥中的命運，終於安排我與許信良相遇。在所有謎底揭開之前，在所有想像可及之處，這兩個毫不相干的名字，絕對不可能糾葛在一起。

華盛頓湖，在春日裡，又回到原來蔚藍的顏色，照映著滿天深邃的透明。那時禁不住想起楊牧的詩行〈我們也要航行〉：

我們也要航行，帶著那種墨綠近乎寶藍的勇敢

帶著兩歲的兒子，躺在湖邊的綠草上，微風把我的心思帶到雲層那樣高。孩子在我背上爬上爬下，說著不清楚的語言，或許那是春天的牧神差遣他來對我說話。好像是一種警醒，要我從挫折的深淵重新攀爬出來。穿過最冰涼的北風，穿過枝枒，所有的綠葉，孩子的生命無盡止地成長。這時不知不覺有了頓悟，原來內心那份不滅的意志，是有顏色的，「帶著那種墨綠近乎寶藍的勇敢」。

回到自己的書桌，坐下來開始打字。恢復工作的動力時，總覺得宋代就在窗外，彷彿可以清晰看見歷史人物就在風景裡。撰寫論文的速度很慢，但可以感覺所有的思維，已經回到篤定的節奏。微風吹送時，室外孩子的笑聲歌聲，斷續地傳來。那年春天到夏天，整個心情又從灰暗回到明亮。從托兒所帶回孩子時，小小的手牽著我的手指，邊走邊跳躍著唱歌。那活潑無憂的身影，使我更加相信他是牧神的化身。西雅圖的豔陽，鬆在他的膚色上，柔軟地反射著神奇的光。那或許是離開台灣後最美好的時刻，暫時忘記政治的頓挫。有時很自私地告訴自己，這無懈可擊的時間，可能是有一雙看不見的手為我開啟。對於這樣的完美，有時也不覺得這麼確切，也許會稍縱即逝亦未可知。投注在歷史情境裡，有時使我分不清自己到

底是在現代還是在宋代。

進入暑假不久，台灣傳來了《美麗島》即將發刊的消息。黨外運動成員決定集結起來，彷彿是已然停滯的溪流，又開始湧動。那段時間，是撰寫博士論文進入最佳狀況的階段。接獲消息時，整個心情又開始發生動盪。風雲匯聚的成員，頗有一些姓名是我所熟悉，包括張俊宏、王拓、楊青矗。於我而言，他們是那個時代的座標。至少在我生命裡，代表著相當豐富的意涵。出國前，曾經與張俊宏有段短暫的見面，因為他邀請我擔任《大學雜誌》文藝欄的編輯。

出國的前一年冬天，原來的主編鄭樹森準備赴美讀書，他邀我在明星咖啡屋見面。他表示，《大學雜誌》是自由主義者的重要刊物，希望不要讓文藝欄中斷。稍後，約我在臨沂街的一處公寓商談。那是一次非常奇妙的經驗，可能是我在台灣時期最接近民主運動的一次。張俊宏屬於國民黨的新生代，對於政治改革抱持著巨大夢想，當他發覺國民黨的本土化政策只是一種籠絡的手段，不可能出現具體可見的改革，便果敢地與許信良聯手退出國民黨。在那保守的時代，他們與國民黨決裂，似乎已經預告歷史就要發生變動。當我在室內面對著他，心裡確實有一種敬畏。雖然他只大我七歲，卻強烈感覺他與我的輩分是全然不同。

我終於沒有接受他的邀請，只因為當時對政治懷有莫名的恐懼，即使只是接編文藝稿件。但是，他的身分，以及那本雜誌的性質，對我都太過於敏感。那次擦身而過，使我一直帶著強烈的虧欠。如今，看到美麗島陣團重整時，再次看到他的名字，有一種蠢蠢欲動的期待席捲了我。楊青矗與王拓，則是一九七〇年代鄉土文學的重鎮，特別引人矚目。文學家介入政治運動，使我在思考裡產生許多解釋，總覺得黨外民主運動與鄉土文學運動合流之際，可能就是台灣主體重建的關鍵時刻。即使站在另一個海岸回望，也不能不相信這是我有生以來，所看到最為波瀾壯闊的行動。

《美麗島》正式發刊於一九七八年八月十六日，銷售份數不斷激增，似乎超過戰後以來所有的雜誌。在大學時代，我捧讀過《自由中國》、《文星》、《大學雜誌》，從來不曾在體內揚起澎湃的情緒。在西雅圖收到航空寄來的《美麗島》創刊號，不免有著驚濤拍岸的衝擊。紅色的封面，反白燙銀的群眾圖像，似乎為雜誌定下了基調。打開扉頁，是黃信介的發刊詞：「共同來推動新生代政治運動」。顯然在預告，一個新時代，新世代的誕生，就在不久。目錄邊欄印著粗宋字體「培養新生代的生機．建立一合理的社會」。斷交與斷選所帶來的挫折，至此一掃而空。

陌生的水域浩瀚無邊，極目水平線也無法望見太平洋彼岸，看不見故鄉的日子裡，常常無端生出兩種奇異的感覺。一種是遺棄，一種是遺忘。遺棄，是因為自己從土地連根拔起，幾乎找不到與故鄉的連帶感。遺忘，是因為時間拉長太久，許多感情都逐漸荒廢，許多記憶也隨之泛黃。空間與時間的雙重失落感，常常無端湧起自我放逐、自我漂泊的惆悵。離鄉五

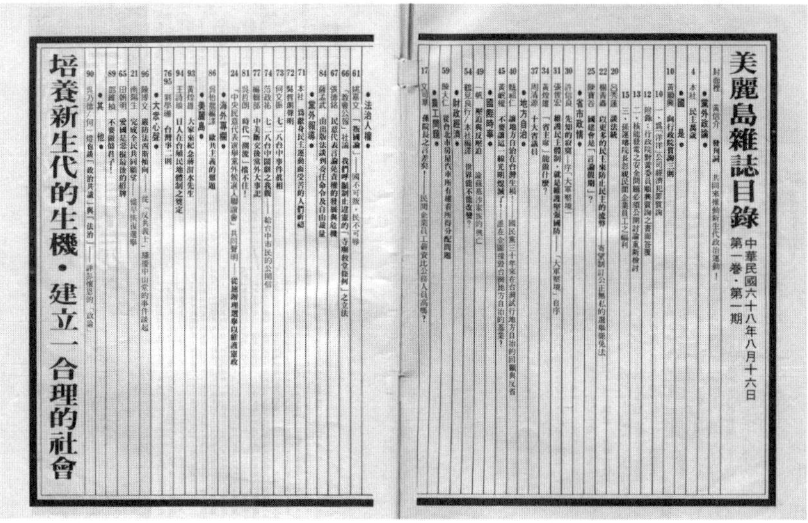

美麗島雜誌目錄

中華民國六十八年八月十六日
第一卷・第一期

封面裡 黃信介 發刊詞 共同來推動新生代政治運動！

● 黨外政論 ●
4 本社 民主萬歲
● 國是 ●
10 黃順興 向行政院質詢三則
10 一、為「洋洋」公司經濟犯罪質詢
12 附錄：行政院對黃委員順興質詢之書面答覆
13 二、核能發電之安全問題必須公開討論重新檢討
15 三、徒運總院長忽視民間企業員工之福利
20 呂秀蓮 談法統
22 楊青矗 以更多的民主來防止民主的流弊——寄望制訂公正無私的選舉罷免法
25 陳賣谷 國建會是「言論假期」？
● 省市政情 ●
30 許信良 先知的寂寞——序「大軍壓境」
31 張俊宏 維護民主體制，就是維護學強國防——「大軍壓境」自序
34 黃煌雄 「省主席」能做什麼？
37 周清源 十大省議員
● 地方自治 ●
40 魏廷仁 讓地方自治在台灣生根！——國民黨三十年來在台灣試行地方自治的回顧與反省
45 黃昭權 不要讓這一線光明熄滅了！——誰在企圖撲毀台灣地方自治的基業？
● 國際時事 ●
49 一帆 壓迫與反壓迫 論蘇慕沙家族的興亡
54 黯星良行／本社編譯 世界能不能改變？
● 財政經濟 ●
59 陳人仁 從台北市房屋汽車所有權看所得分配問題
● 勞工問題 ●
17 文司華 孫院長之言差矣！——民間企業員工薪資比公務人員高嗎？

● 法治人權 ●
61 姚嘉文 「叛國論」——國不可叛，民不可辱
66 「教會公報」社論 我們呼籲制止違憲的「寺廟教堂條例」之立法
67 張德銘 民意代表言論免責權的發展與危機
84 蘇孟武 由出版法談到委任命令及自由裁量
● 黨外報導 ●
71 本社 為獻身民主運動而受苦的人們祈禱
72 緊舊劇聲明
73 何文振 七二八台中事件真相
74 范政祐 七二八台中國獄之我觀——給台中市民的公開信
77 編輯部 中美斷交後黨外大事記
81 吳哲朗 時代「潮流」檔不住！
24 「中央民意代表選舉黨外候選人聯誼會」共同聲明——從速辦理選舉以維護憲政
● 海外專欄 ●
86 吳伯雄編譯 歐共主義的難題
● 美麗島 ●
93 黃煌雄 大家來紀念蔣渭水先生
94 王詩琅 日人在台殖民地體制之奠定
76 95 劉學瑞 台灣事二則
● 大眾心聲 ●
96 陳博文 嚴防法西斯傾向——從「反共義士」騷擾中山堂的事件談起
21 南陽生 完成全民共同願望——儘早恢復選舉
65 田朝明 愛國是惡棍最後的招牌
89 鄧維楨 不要做偽君子！
● 其他 ●
90 吳乃德／何一 徐也談「政治共識」與「法治」——評彭懷恩的「政論」

培養新生代的生機・建立一合理的社會

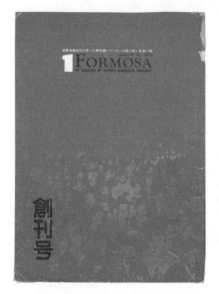

《美麗島》雜誌創刊號。

年之後，受到《美麗島》雜誌的連結，許多感情上失去的鏈鎖，又再次鍛接起來。秋深時，自動成為雜誌的推銷員，不時與台灣的辦公室互通信息。因為人權工作的關係，也不斷向國際人權組織主動聯繫，提供他們台灣民主運動的現況。

在西雅圖，介入《美麗島》的推廣活動，好像找到一個生存的理由。在茫茫大洋裡漂流，忽然找到一塊浮木，整個求生的意志變得特別強悍。即使又進入多少霜夜的冬季，再也不畏迎面而來冰涼的風。可以想像太平洋彼岸的故鄉海島，有許多熱鬧的場面正在發生，一個時代的角力也正在展開。坐在黑暗的窗口，七〇年代顛簸的記憶，總是漲潮那樣不斷湧來。格局那樣狹小的心靈，竟然必須承受政治的突襲與衝撞。不能預期的重大事件，一波波襲來，幾乎使年輕的心折磨成蒼老狀態。我似乎走到一個懸崖，白霧湧路，完全看不見歷史的答案。那是一九七〇年代走到末端時，我心情的最好寫照。

二〇一四・十・九　政大台文所

匕首劃過的切口

1.

很少有一個時刻，像匕首劃過那般，血流如注，鮮明地把生命切成兩半。前半生是那樣怯懦，猥瑣而無助；後半生是那樣憤怒，果敢且無懼。利口的刀痕，一夜之間，把沉眠已久的靈魂喚醒。那是相當殘酷的儀式，在祭壇上，人命像牲口那樣作為代價，來換取權力的鞏固。隔著海洋，眼睜睜看見一個冷血的時代，正在毫不設防的土地上蔓延。可以感覺自己的每一個細胞都在膨脹，卻找不到宣洩的出口。處在那樣的關口，隱隱感受著一股力量把我推向深淵，已經分不清楚是自願縱身投入，或是被迫墜入那沒有底層的黑洞。

一九七九年的秋末初冬，季節的流動變得非常可疑。早晨是寒霜下降，午後竟是豔陽滿地。無可預測的氣候變化，彷彿隱喻著島上的政治空氣。即使不在歷史現場，也可以體會群眾運動的能量持續在累積。以《美麗島雜誌》為主軸的遊行事件，正在每個城市升起烽火。

那種風雲際會的氣勢，簡直要把歷史帶到一個引爆點。權力那邊是那樣保守，群眾這邊是那樣激進，那已經不是一個正在撰寫博士論文的書生可以理解。隱隱可以察覺，自己體內的血管也正在進行巷戰。忽然有許多假想敵出沒在想像中，彷彿在預告一個歷史的終結，或是一個時代的開端。那大概是離開台灣以後，最為飄搖不定的時刻。

季節流動急遽加速，一夜之間，所有的楓葉驟然轉紅，陽光從蝕破的葉面漏下，樹蔭裡布滿了光點。走在松針與松果的小徑，不免有遺世獨立之慨。自己非常明白，我正背對著朋輩，背對著家人，專注地投入人權工作。《美麗島雜誌》不時傳來最新的訊息，每一個小事件的消息，都帶著爆發的能量，使軀體不斷膨脹，卻又完全束手無策。秋天最成熟的時候，留在打字機上的論文稿，已經擱置許久。那是一個結束的開始，涉入政治的行動，已遠遠超過博士論文的焦慮。宋代離我越來越遠，幾乎要消失在生命的地平線那邊。

許多謠言源源不絕而來，有一種說法是，當權者正在尋找恰當時機，準備鎮壓日益高漲的群眾運動。進入十二月以後，報紙說，國民黨正在陽明山召開中央委員會，可能會做出重大決定。空氣裡，似乎可以嗅到山雨欲來的氛圍。黨外運動那邊，也已經做出決定，即將在十二月十日國際人權日展開遊行，地點是在高雄市。那時與台灣聯絡的管道，是施明德的妻子艾琳達（Linda Arrigo）。她總是在電話中提供最新的情況，也要求我們把資訊轉給國際人權組織。即使沒有親身介入黨外運動，在接受訊息之餘，總覺得自己是在歷史現場。島上任何的風吹草動，都足以牽動內在的情緒。比起西雅圖的寒風與白霜，島上的氣候反而更直接影響我軀體的冷暖。

人權遊行活動展開的夜晚，也正是華盛頓州九日的早晨。鎮暴部隊在高雄開始包圍群眾時，微弱的陽光正照在西雅圖的城市。那大約是早上八點左右，也正是台灣接近午夜之際。我正與艾琳達通話，電話那端傳來她緊急的語氣，話筒裡充滿了警笛與哨音。她說，鎮暴部隊正在對群眾噴水，所有的警察都拿著盾牌，被包圍的群眾都不能離開現場。掛上電話之前，她留下一句話：「今天晚上是台灣民主運動史上重要的一刻」。她是美國人，可以說一口流利的中文，她原來是史丹佛大學社會學系的博士生，到台灣從事女工的研究。但是，與施明德結婚後，她就變成了眾所矚目的政治人物。艾琳達是具

高市暴力事件破壞社會秩序
警總決本嚴正立場依法偵辦

法治國家絕不容許暴行！

目睹經過

台省縣市議長聯名譴責
建議政府嚴懲滋事份子

人間自有是非

美麗島事件的報導。

有左派思考的人，常常可以從社會事件，分析台灣的資本主義結構。在黨外運動中，她所扮演的角色大多是與國際媒體連繫。美麗島事件發生前，她有過數次與我電話往來，喜歡使用中文，顯然已經非常熟悉台灣社會的生活。每次提供給我的黨外運動消息，確實是屬於第一手。我深信，她說當晚事件將是民主運動的關鍵時刻，一定有她過人的判斷。

電話掛上時，便立即失去所有的臨場感。被隔絕在遠洋這邊，只能想像現場的混亂局面，完全無法聯想到日後的形勢發展。高雄是我的故鄉，直到出國前，寒暑假都一定回到左營的家。那寧靜的城市，是我成長時期的心靈堡壘。最早的知識啟蒙，政治啟蒙，性啟蒙，都發端於充滿草莽氣息的小小街巷。美麗島現場，位在一個稱為大港埔的十字路口。幼年時期，曾經造訪附近的六合夜市。坐在外祖父腳踏車後面，那往往是傍晚時分。戰後初期的昏黃燈光，是大港埔留給我最深刻的記憶。如今卻是成為民間抗議的歷史現場，已經遺忘的許多感覺，在電話中斷後，頓時齊湧上來。

多麼強烈想念南台灣的陽光，看著自己的膚色，想必也還殘存著青春時期的金色餘溫。西雅圖窗口外的風景，滿目盡是禿枝枯樹，恰似我心情的素描。心理原來的感覺是，溫暖的南方，冰涼的北國。此刻卻顛倒過來，窗外的針葉林看來是那樣柔軟，在陽光下悠閒地搖曳，而我想望中的台灣，此刻可能是降下嚴霜的時候。事件後第三天，我終於忍不住，以越洋電話與姚嘉文聯絡。他是黨外運動的人權律師，與林義雄並稱為「黨外護法」。他們曾經合作寫過一冊《虎落平陽》，忠實記錄著郭雨新被作票而落選的過程。他們倆人同時在一九七七年當選省議員，第一次展現了台灣民間的批判力量。所有國民黨體制內習以為常的議會運作方式，他們都果敢地點出其中的自私與偏見。美麗島政團組成時，兩人也都同樣扮演關鍵的角色。他們受到尊敬，不僅是因為表現了智慧，其實也散發了他們的膽識。

電話響起時，立即就有一位聲音低沉的男人回答，經過自我介紹之後，我向他請教現在的狀況。他說：「現在外面情況非常不利，電視與報紙都不斷渲染著各種譴責的聲音，並且也盛傳國民黨隨時都會進行逮捕的行動。」好像他聲音背後，有一股凜凜的寒風正在吹送。我一時不知如何自處，只好怯怯問他：「我們在海外，能為你做什麼？」他直接了當回答：「你們就把事件前後的經過，整理出來，並且翻譯成英文。」他又說：「如果發生逮捕的話，你們必須把所有的名單整理出來，轉達給所有的國際人權組織。」那時我正是國際特赦協會的成員之一，我立即答應，並且承諾會盡我所能。時間變得好像在凌遲那般，一分一秒都在切割我的肌膚。而且，內心也無端湧出罪惡感，似乎在譴責我刻意在逃避。不同形式的歉疚，在身體不同部位的細胞驟然冒出，我正在忍受有生以來最難捱的時光，出現太多問號，卻找不到任何答案。

到那天黃昏時，電話響起，我才獲知大逮捕已經展開。五六個小時之前，與我通話的姚嘉文，也從家裡被特務刑警帶走。那種突如其來的震撼，幾乎讓我失去意志去面對這個事實。

我又重新拿出錄音機，把越洋電話的對談再播放一次。那充滿磁性的低沉聲音，似乎在提醒我必須與國際人權組織聯絡。

彷彿是荒謬劇那般，全島大逮捕的戲碼正式登場。許多訊息不斷湧來，在那段沒有傳真機與網路的時期，所有的消息最直接的，莫過於電話聯絡，或者是從美國媒體如ＣＮＮ，或英國媒體ＢＢＣ，都可以推知情勢氣氛的緊張。台灣寄來的報紙特別緩慢，必須經過兩天之後，才能知道訊息。當時留學生可以收到的是航空版《中央日報》，全然是傳達國民黨立場的資訊。把黨報與國際媒體對照，消息的真偽立判分明。那次逮捕是二二八事件後，第一次出現如此大規模的行動，以風聲鶴唳來形容，亦不為過。

荒謬劇的高潮，莫過於十二月十四日，立法委員黃信介所受的羞辱性待遇。在我記憶裡，一輩子都無法忘懷。那天早上，他到達立法院時，議事組主任胡濤宣讀警備總司令部的函文：「立法委員黃信介，六十八年十二月十日於高雄市假藉慶祝世界人權日名義，策劃反政府暴力行為，涉嫌叛亂，請立法院准予依法逮捕偵查。」院長倪文亞兩度詢問有無異議，會場中響起一片掌聲。這項新聞報導，是我所受的政治教育中，最為強烈。立法院是全國最高議會，應該是以超然立場監督政府，但是在這非常時期，反而在執行警備總部的命令。我無法相信這個事實，這殘酷的一幕，好像有一隻隱形的手，在我內心深處種下一顆憤怒的種子。

2.

生命有太多的關口，往往在跨過之後，便全然兩樣。到現在回望一九八〇年代初期，仍然有一股極大的痛苦，在我血管裡漫流。那年三十三歲，正好是我生命的半程。那顆種子彷彿長出了一株毒藤，一吋一吋盤據在體內的每個器官。完全不知道如何排遣，那釋放不出的怒氣，總覺得做為書生，完全束手無策。接下來的好幾天，都不斷在蒐集被逮捕者的名單，也開始整理每個名姓的籍貫、年齡與資歷背景。那樣的工作是何等靜態，何等可恥，何等無能為力。總是有一種聲音，從什麼地方來告知，沒有任何具體的行動，就一定找不到精神出口。當整個逮捕行動暫告一個段落，警總才宣布總共逮捕一百五十二個人，其中五十人交保釋放，四十人交保候傳，在押六十一人，美麗島政團的核心人物黃信介、姚嘉文、張俊宏、林義雄、呂秀蓮、陳菊。施明德在逃，許信良正在國外考察。施明德必須要到一九八〇年一月八日，才遭到逮捕。其中涉嫌藏匿人犯者，除了長老教會牧師高俊明之外，我的小學同學黃昭輝赫然也在行列裡。

歷史的激流急轉直下，沖刷的力量排山倒海而來，彷彿失了魂魄那樣，生命頓然變成了漂流物，無盡無止地湧向不知方向的下游，一切都無可救贖，也都無可挽回。冀望了將近十年的民主運動，還在含苞狀態，便立即被折斷。時間從來是不容回首，任何夢想也全然不能預約。曾經有過的許諾，如果不是早夭，便是遲到，夾在中間的魂魄，幾乎追尋不到任何歸宿。那段時期的精神狀態，似乎是在真空裡浮游，完全沒有重力，簡直不知何去何從。

殘忍的歷史並未稍稍緩和下來，在毫無抵抗的時刻，處在絕望的盡頭，又發生另一樁令人髮指的事件。那年的二月二十八日，林義雄住宅爆發了血淋淋的凶殺案。正是在中午時刻，林義雄母親與他的三個女兒，遭到不知名的凶手刺殺。兩位雙胞胎女兒亭均、亮均，祖母血流滿地，躺在地下室。長女奐均則被刺傷在臥室，奄奄一息。西雅圖當天冷鋒過境，利刃那般劃過了北國天空。接到消息時，我正走過文學院走廊，那股衝擊力量太過強悍，似乎沒有任何力量可以支撐，我終於軟弱在牆角蹲下來，只能靜靜抽泣。上面那不知名的神祇，為什麼要給台灣施以如此毫無人性的詛咒，為什麼要把海外遊子的一絲希望捻熄。旁邊走過的學生，都對我投以奇異的眼光。我終於還是站起來，一步一步走向長廊的盡頭，那裡有光，我卻是迎向黑暗。

走過半生，第一次接受靈魂的刑求，體內似乎有一隻蟲，正在咬嚙，周而復始，嘗到體無完膚的虐痛。那麼多人已經坐在高牆裡，卻沒有一個惡靈願意輕易放過。在鞭笞之後，又繼之以慘絕人寰的一刀。這就是我所熟悉的人間嗎？想起前一年，林義雄在西雅圖過境，我們圍坐在一起，描繪著台灣的民主之夢。他發亮的前額，樂觀的笑容，好像是允諾這樣的夢可以實現，那時窗外是無邊的黑暗，每個人的內心似乎都供奉著點亮的燭火。當他離去回國

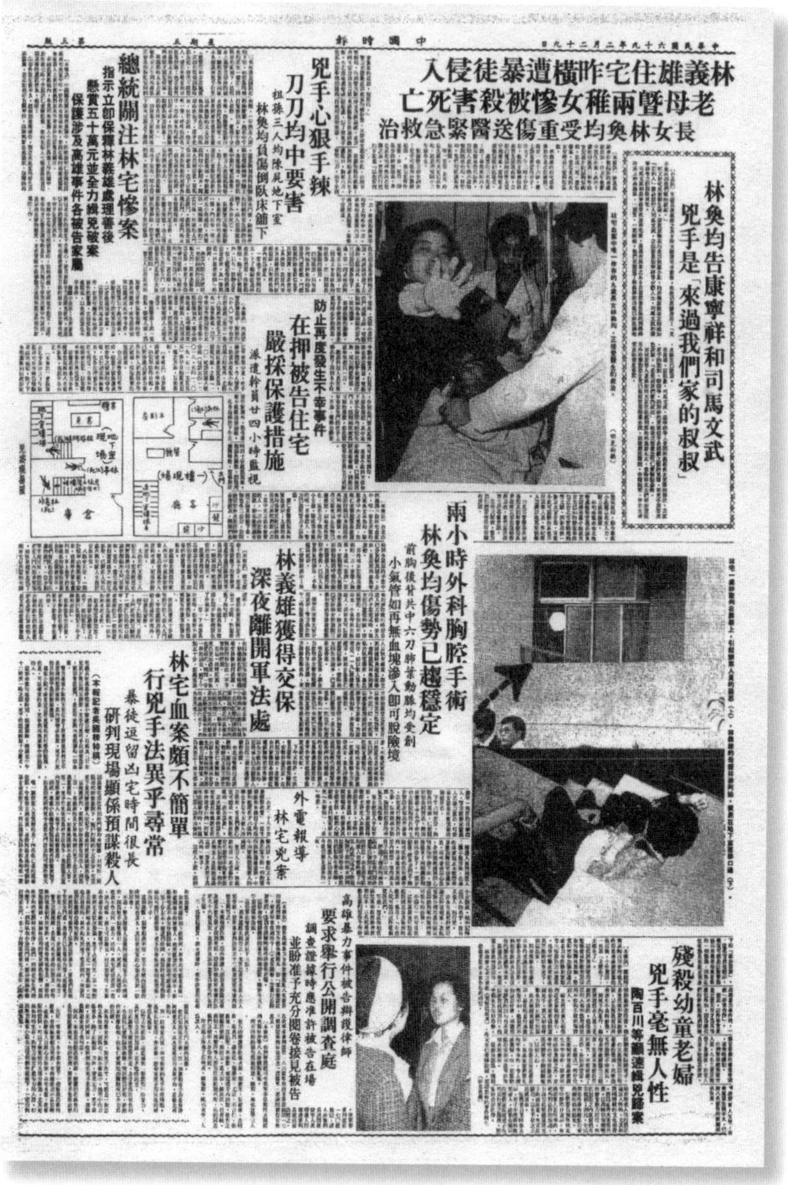
中華民國六十九年二月二十九日　中國時報　星期五　第三版

林義雄住宅昨遭暴徒侵入
老母暨兩稚女慘被殺害死亡
長女林奐均受重傷送醫緊急救治

林奐均告康寧祥和司馬文武
兇手是「來過我們家的叔叔」

兇手心狠手辣
刀刀均中要害
祖孫三人均陳屍地下室
林奐均負傷倒臥床舖下

總統關注林宅慘案
指示立即保釋林義雄處理善後
懸賞五十萬元並全力緝兇破案
保護涉及高雄事件各被告家屬

防止再度發生不幸事件
在押被告住宅
嚴採保護措施
派遣幹員廿四小時監視

兩小時外科胸腔手術
林奐均傷勢已趨穩定
前胸後背共中六刀肺葉動脈均受創
小氣管如再無血塊滲入即可脫險境

林義雄獲得交保
深夜離開軍法處

林宅血案頗不簡單
行兇手法異乎尋常
暴徒逗留凶宅時間很長
研判現場顯係預謀殺人

外電報導
林宅兇案

高雄暴力事件被告辯護律師
要求舉行公開調查庭
調查證據時應准許被告在場
並盼准予充分閱卷接見被告

殘殺幼童老婦
兇手毫無人性
陶百川等籲速緝兇歸案

林宅血案像把閃亮的匕首，切開我的生命。

後，在場的每位學生，彷彿是經歷一次跨越的儀式，只要跨過了，我們共同所憧憬的夢，就會從天降臨。而這個許諾，因為滅門血案的發生，每一株小小的燭火，驟然吹熄了。

血案發生的那天，原就是台灣人最慘痛的歷史記憶，傷口未癒之際，當權者又狠狠補上一刀，在傷痛上又澆上巨大的仇恨。那時的年紀，正在慢慢離開旺盛的青春期。迎接我的壯年階段，便是以一片血紅的巨幕拉開。我是屬於戰後的嬰兒潮，降生於一九四七年，二二八血案之後的倖存者。成長過程中，從來無知於歷史的狡猾與欺罔。因為無知，所以無感，也沉浸在幸福的情境裡。如果沒有見證血刃的匕首，或許夢與幸福會繼續延伸下去。然而，命運從來不曾慈悲，無法寬待像我這樣無知的戰後知識分子。那高舉的閃亮匕首，對我投以冰涼的回眸，使恬然寧靜的靈魂難以承受反射過來的寒光。所謂覺醒的意義是什麼？無疑是清楚意識到置身所處的歷史環境，以及所遭遇到的政治條件。所謂幸福，只是一種擬態，一種偽裝，一種虛構。必須是睜開眼睛，直視真實與現實。抬頭望著天空，血流如注的雲，不斷向我聚攏過來。降落的雨水，滴滴都是血跡。

那位漂泊異鄉的青年，曾經對詩懷著夢想，對文學寄以理想，對歷史抱持幻想，如今不能不醒轉過來。我必須找到一個出口，開始進行逃獄的行動。即使遠在陌生的土地上，鷹犬之眼仍然不時在掃射，那絕對是監獄高牆上的探測燈，無論逃跑多遠，那嚴厲的燈光也跟著照射多遠。那時每天思索著，我是不是可以選擇消失無蹤，藏匿在誰都找不到的祕境。這樣的念頭點燃時，不安的靈魂便不時騷動著。

春季班開始之後，我仍然在圖書館打工，站在卡片櫃前面埋首工作。內心卻在思索，有沒有任何途徑，找到遁逃的缺口。我仍然神色自若，正如往常那樣，是一位善良的公民。只是有一匹獸，已經在體內的什麼地方豢養著，或許牠可以命名逃亡者，或叛逆者，或批判者。意識裡非常清楚，我不再是從前的我。那名奉公守法、品學兼優的模範，已經離我而去。在西雅圖，我依舊禮貌地與朋友招呼，與他們交談，也坐在咖啡室裡遠望華盛頓湖，漫談著論文內容。而我非常明白，那只是一個虛構的生命，一個友愛的鬼魂，一具體面的肉身，沒有人可以聞到內心焚燒的氣味。

那是我一九八〇年代的變形記，在無情歷史的凌虐下，早就變成一隻蟲豸。即使不是青面獠牙，但至少在無意識世界裡，總是張牙舞爪。那時並不覺得可以成為一個革命者，不可能從事轟轟烈烈的行動。但可以確知的是，我將是一個背叛者，背叛青春，背叛黨國，背叛知識，背叛理想，背叛父母。倫理的與道德的我，已經消失在生命的地平線。走到盡頭的另一端，一個全新的人格正在形塑之中。那年春天，刀口非常銳利，整齊地切開我的生命。那並不是由我動手，林家血案那支閃亮的匕首，恐怕才是真正的禍首。血案爆發時，我就死掉了。我無法選擇壯烈地死，卻可以找到無聲無息地死。從未感覺到死神的氣味是如此逼近我，他並未披著黑衣走來，而是以看不見的預言，在什麼地方低聲向我傳達信息。切切實實我接受了，也意識到這已經是宣告自我死亡的時刻，再也沒有什麼力量，可以阻止我，那是我最淒涼的三十三歲。現在回望，我還是可以清楚辨識，那匕首劃過的切口。

二〇一四・十一・二十三　政大台文所

決絕的抉擇

1.

時間一直凝固在那裡，既未消逝，也未前進。三月過去，四月到來，整個思想狀態卻始終凍結在那個時間點。好像整個人生就是那麼長，也是那麼短，從來沒有發生過如此進退失據的時刻。窗前的柏樹楊樹，次第迸出葉苞，可以感覺季節正在流動。但是我的時間感，始終就被鎖住，而且深陷在一個悲涼的情境。極目天涯，天空的雲是紅的，所有喬木的枝幹也是紅的，偶然飄下的雨更是紅的。那不是錯覺，而是真實在心靈深處穿越。滿天的血，滿腦的血，四方席地而來。常常不時會扣問自己，是不是歷史到達這裡，便宣告停止。反覆湧動在思考裡，都是同樣的問題，台灣歷史是不是終結了？

在台北城市裡的血案，幾乎就是發生在我身上。在黑暗裡，在閉眼時，恍然覺得有一支銀亮的白刃，高高舉起，狠狠刺向我的咽喉。我的生命已經死亡，一刀斃命地躺在那血案現場。我看不到過去，也望不見未來。只要回望，或是瞭望，我立即就變成一支鹽柱。天空有鳥飛過，好像不祥的天使帶來噩耗。我要雙手承接，或是俯首認命？彷彿我是里爾克《杜英諾哀歌》的詩行：

每一位天使都是可怕的。可我多麼不幸，
我歌詠你們，幾乎致人死命的靈魂之鳥
——〈哀歌之二〉

生命裡未曾遭遇如此困頓而又悲傷的時刻，我被囚禁在一個看不見的牢獄裡。一位戰後知識分子所懷抱的理想，竟必須付出母親與雙胞胎女兒的生命來換取，卻仍然不得解脫。他的朋輩，也一個一個遭到逮捕，不容留下絲毫倖存的希望。在死亡陰影下，我無法找到任何的精神出口。我們是受到詛咒的世代，當命運全部受到封鎖時，忽然覺得自己所追求的博士學位是多麼可笑，多麼嘲弄。我的內心蓄積著一座火山爆發的能量，暗自在體內燃燒，也釀造著一場前所未有的自我毀滅慾望。

軍事檢察官在二月二十一日，正式在報紙公布了美麗島事件的起訴書，同時也公布了叛亂行動的物證。那好像是尋常百姓的一份購物清單，包括木棍一百一十八支、竹棍二十二支、火把四十三支、破裂火把六綑、鋼筋四支、柴油一桶、點火用草紙一綑。在歷史上，我們見證太多的革命、政變、暴動，卻從來沒有看見像美麗島運動者如此毫無準備。他們只羅列這些物品，就已經可以被指控成為叛亂行動的證據。在最悲傷的時候，看到官方新聞如此莊嚴地報導，也不免帶著淚水冷笑出來。我終於覺悟，生命已經到了絕望的時刻，彷彿踽踽走到一個斷崖，再往前踏出一步，便是天涯。

在國際輿論的要求下，美麗島大審被迫必須以公開形式展開，容許外人可以理解事件的前後始末。從那年三月十八日開始，直到四月十九日公布判決書為止，整個大審前後歷經一個月。美麗島人士面對法官時，好像我們這一代的知識分子也坐在那裡，一同接受審判。那時不免常常有這樣的假想，如果沒有離開台灣，我也會參與《美麗島》雜誌。天生的性格裡，我從來就是不甘沉默的書寫者。看到人間發生違背公平與正義的事實，我當挺身而出。捧讀台灣航空寄來的報紙，在油墨鉛字之間，我辨識著一字一句的自白，也好像是發自我內心的真實語言。他們的思考模式，以及呈現出來的政治主張，不也就是我在海外黑夜裡反覆求索的願望嗎？

林義雄在法庭審訊時提出的回答，不也就是我當時的思想狀態。他說，「請看答辯狀第五項：台灣的前途應由居住在台灣的一千七百多萬人——包括本省人及外省人——來共同決定。那是根據我信仰的民主理論的當然結論，這絕不是什麼台獨意識，一千七百多萬人也可

美麗島事件大審判。

能共同決定馬上反攻大陸。」他的家庭遭受血洗之後，竟還能夠保持如此清楚的思考，那是需要經過多少情緒上的過濾，也需要承擔多少人格上的衝擊，才能臻於無上昇華的境界。整整一個月裡，我的靈魂也持續在法庭裡受到審問。我好像也看見戰後的朋輩也一起坐在那裡，等待領受法官最後敲槌的審判。那是我人生裡，最長的一個月。我聽見黃信介、施明德、姚嘉文、林弘宣、張俊宏、呂秀蓮、林義雄、陳菊答辯的聲音。與其說他們是向法官在申訴，其實每一句發抒出來的語言，正是對我們這一代人進行著高貴的政治教育。

時間記憶以定格的方式，一張一張映現出來。全部都是黑白的影像，光與影的對照特別強烈。報紙所刊登他們出庭的照片，讓我彷彿又回到觀賞默片的時代。不禁對我產生蒙太奇的效果，過去、現在、未來的複雜思考，全部都重疊在一起。整個審判結束時，好像是經歷一場歷史噩夢。權力在握者，永遠是屬於勝利的一方。當法官宣判無期徒刑與十二年有期徒刑的結果時，國民黨大獲全勝。如此不公平的審判，在歷史上也層出不窮地發生過。審判者與被審判者之間的位置，不就是帝國與殖民地之間權力關係的複製嗎？那是統治者主導的一場演出，劇本很早就已經完成，審判結果也是事先決定，美麗島大審只不過是一場表面的演出。身為一個歷史學徒，我在殖民地的治警事件便看到類似的表演。後來的二林事件審判，以及台灣共產黨事件審判，都是在宣告統治者的勝利。

剩下來的，便輪到我如何處理內在的情緒。在夢裡，有時看見自己帶著手鐐腳銬，走過荒涼的海邊。有時也看見自己坐在囚室的角落，望著窗外一片高牆。睡眠是那樣不安穩，輾轉反側，終於還是走不出靈魂的牢房。體內淤積著千言萬語，卻無法找到恰當的文字，確切概括真實的感覺。往往覺得內臟的什麼地方，潛伏著一隻蟲，在深夜時刻，這裡那裡咬嚙著。在身體最幽暗的地方，驟然會有一陣痛楚刀刃般劃過。那不是尋常的痛，而是精神與肉體同時受到擠壓，釋放出來一種近乎鞭刑的刺痛，滲出血絲的那種痛。始終停留在半睡半醒的狀態，驚醒時，竟是一身冷汗。即使知道身體處在鷹犬的長臂之外，常常無端會產生被害妄想狂。

滿腔悲憤，等待著排遣。那是一場自我刑求的漫長過程，身為書生，身為一個博士候選人，徒然擁有龐大的知識，竟然找不到精確的答案。嘗試服用不同處方的安眠藥，也無法使自己平靜下來。在最寧靜的夜裡，驚濤駭浪的聲音席捲而來，找不到可以安頓的地方。半夜醒來，孤獨坐在桌前，企圖為自己的心境寫下隻字片語。那時並不知道，在不久之後，文學的夢即將消失。我所眷戀的詩行，容納精緻靈魂的意象，再也不可能成為我精神的耽溺，在北國春天的夜裡，留下無數斷簡殘篇的語法與句式。詩不成其為詩，文不成其為文，徹底停留在撕裂的狀態，而那竟是我告別學術生涯，所殘留下來的最後儀式。

2.

所有被逮捕者宣判定讞後，我真正的故事才正要開始。春天夾帶著寒氣迤邐而來，也挾持著我走向從未知的命運。春季班開學後不久，我把自己關在圖書館的研究室，寫下一些近似革命的文字。有生以來，從未寫過這樣憤怒激昂的文字，甚至也情不自禁寫出好幾首熱血而悲愴的詩作。那是生命裡最悲傷的時期，當民主運動與人權關懷找不到出口時，被壓抑的情緒只能在體內釀造，累積，等待爆發。身為人權工作者，不可能只是停留在政治議題，但是環顧整個世界，所有人權遭到剝奪的人們，都是威權政治的直接受害者。被逮捕的民主運動的領袖，似乎也把他們的命運投射在我這個世代身上。親眼目睹這樣的時代頓挫，依稀也看見我自己的未來道路。

詩已經不可能拯救我，文學也不可能為我伸以援手，至於歷史閱讀更不可能找到答案。當所有的思想與希望都遭到封鎖，就只能依賴自己去尋找出路。那是記憶裡受到無情鞭笞與刑求的嚴酷階段，在絕望深淵可以感覺自己的身體不斷下墜，沉到千噚以下的水底。只要能抓到一塊浮木，似乎就可以獲得求生。四月來時，校園的櫻花熱鬧地盛放，遠遠望去，繁華如夢。再也沒有心情在樹下徘徊，那時已經寫出無數批判的文字，卻找不到恰當發表的地方。那些稿紙積滿了抽屜，等待什麼時候可以重見天日。

在櫻樹下與一位朋友不期而遇，他告訴我，許信良就要來華大校園拜訪。聽到他的名字，心靈裡驟然閃現一道光。蓄積了那麼多的疑問，或許可以在這位美麗島運動者的身上，獲得一些答案。他是整個政治事件的漏網之魚，由於他的桃園縣長職位無端遭到剝奪，便利用空檔出國旅遊。他到達洛杉磯不久，也正是美麗島事件爆發的時候。隔著廣闊的海洋，只能看著自己的朋友一一遭到逮捕，他簡直束手無策。大審判之後，他曾經為了去留掙扎許久。他覺得應該在海外為《美麗島》雜誌復刊，因此決定到各大校園尋訪理念相近者。

那是一個到處是陽光的下午，我們在理工學院大樓借了一個教室，等待許信良到來。從窗口看到坡下遠處的華盛頓湖，依舊藍得不可置信。幾艘白帆神話那般滑行而過，與我的心情全然是兩般風景。窗外是屬於天堂，我的體內是煉獄那樣。正在尋找精神救贖的靈魂，對於美麗春天的到來毫無感覺。這時看見許信良從長廊那邊走來，他禿亮的前額反射著樓外強光，乍看之下頭上彷彿是頂著光圈走來。那是他給我最初的深刻印象。

我從未預知，不久以後，就要跟他一起創辦海外的《美麗島週報》。如今已全然忘記最初的談話內容，記憶中還殘留著這樣的印象。似乎有人對他發出質疑，為什麼自己的運動夥伴被逮捕時，他正好在網羅之外？或甚至有更激烈的挑戰，要求他不要留在海外，也應該勇敢回去，接受審判入獄。在那個時刻，我第一次體會了人性的殘酷。這些在海外追求博士學位者，忽然搖身變成了審判者。總是有人覺得自己的身分高貴了一點，由於自己的人格太過神聖，總是不時檢驗別人的立場。這種絕情的質疑，正好顯示知識分子的傲慢。然而，他們從來分不清楚，批判與審判之間的差異。批判者永遠必須有實踐的勇氣，而審判者則可以關在象牙塔裡發出議論。

在座談會裡，許信良辯詰無礙，相當從容地回答各種問題。雖然說話時有些口吃，他所展現的清楚思辨，確實令人信服。他從來不做細節的描述，而是擅長掌握大方向，對整個政治形勢作出精確分析。那天下午座談結束時，許信良私下邀我與他密談。他投宿在朋友家裡，晚餐後，他邀我坐在樓上的客廳講話。他說，來西雅圖之前，就已經聽過許多人向他推薦我，他邀請我南下洛杉磯，與他一起創辦《美麗島週報》。他的邀請，完全是在我生命的想像之外，卻又與我當時的心境頗為相近。取得博士候選人資格之後，整個精神狀態一直被台灣民主運動的挫折所糾纏，完全無助於論文撰寫的進度。如果要改變心情，似乎需要轉換一個生活環境。暗夜裡寫了那麼多的革命文字，卻完全不得遂行。或許南下之旅，是尋找精神出口的最好道路。

我只能回答許信良，請他給我幾個月時間的思考。他離開西雅圖後，我反而陷入無盡的天人交戰。出現在面前的只有兩條道路，一是守著本分努力完成博士論文，一是投入政治運動，去追求自己的民主理想。那時的最大困境是，我的中華民國護照正式被吊銷，即使取得學位，返鄉道路也已經被切斷。若是涉入政治，等於是宣告與台灣當權者為敵。那年我三十三歲，緩緩進入壯年時期，不久之後中年在望，已經強烈感受時間在背後驅趕的力道。連續有好幾個夜晚直到中宵，整個身軀被捲入急湍漩渦，幾乎瀕臨滅頂的險境。

現實條件也有侷限，我再也不能停留在擅作主張的階段。兩個小孩正在成長中，男孩三歲，女孩一歲，他們需要一個穩定的環境。在最徬徨的時刻，只能與妻討論，她最清楚我的處境，也最理解我的心情。她頗知我對美麗島事件的焦慮，也知道大審之後我的絕望。在空氣裡，我與妻之間似乎存在著一些緊張，她沒有阻擋，但是也沒有鼓勵，最後的決定當然操之在我。生命中往往出現罕見的關鍵時刻，留下來，或走出去，都是一種艱難。當年要出國留學，也是經過漫長的掙扎。決定之後，到底是要赴日，還是赴美，都足以影響以後的旅路。然而介入政治運動，恐怕比起之前的任何抉擇還要艱難。

好像有一隻神祕的手為我開啟兩扇門，只要走出其中一道門，另一扇門就會關閉。在最徬徨的時候，好像有一個覺悟，這是稍縱即逝的抉擇，當命運之神啟開門時，到底有沒有勇氣走出去？歷史僅僅給我這次開門的機會，我敢於走出去嗎？關在自己的書房，望著什麼都看不見的窗外黑夜，找不到任何答案。當所有的親情、友情退潮時，整個世界只剩下一個人要做最後決定。在無邊的午夜，重新檢視出國之後的心路歷程，才知道自己的人格早已受到全面改造。人權的議題，民主的理想，都是在遠離台灣後慢慢形塑起來。如果那是生命中的最高價值，我是否有勇氣以具體行動去實踐？

答案慢慢浮現時，我似乎看見父母親的容顏。如果決心南下，必須找到恰當理由給他們一個交代。也想起西雅圖的教授與朋友，如何找到藉口離開城市？最難面對的是感情羈絆，太多的千絲萬縷，太多的阡陌縱橫，完全難以割捨。四月底的週日下午，我帶著男孩到學校的櫻花廣場散步。那時我變得非常沉默寡言，只讓兒子喃喃自語，他並未察覺父親的心情變化。在每棵樹下徘徊片刻，好像在憑弔自己的魂魄。風中搖曳著花瓣片片，猝不及防地墜落在髮梢，停駐在肩頭，像極了一個無言的道別儀式。這裡有我太複雜的記憶，也有我初來時的理想寄託。決心離開西雅圖，忽然覺得留下了太多的未完成。

內心有了一個決定時，告別的時候也就在不久。從櫻花園走到噴水池的階梯上，可以一覽無遺整個華盛頓湖。兒子指著湖面的白帆說，什麼時候會有乘船的機會？我蹲下抱住他，只能回報以無言的答覆。那麼多的虧欠，如何能向他交代清楚。西雅圖是他的出生地，這裡有他自己的玩伴。一旦離開時，他生命所有最初的感情都要全部割捨。當一切都連根拔起，我似乎再也無法給家裡所有的人一個合理的解釋。然而，歷史環境對我是那樣殘酷。整個心靈受到凌遲之際，天地之間並沒有我能遁逃的出口。我自私地做了涉入政治的抉擇，只有在未來俯首接受父母、家庭的無盡譴責。我的良心畢竟不能容納太多的迴旋空間，任何選擇都有可能對不同情感造成傷害。我愧對家人，只為了對得起我的時代。終於決定在那年八月南下洛杉磯，我懷抱的心情，毫無悲壯可言，只能說非常淒涼，非常落魄。遠處那藍色湖泊，見證了我生命中罕見的決絕選擇，那是我所看見的最後一瞥。

二〇一四・十二・二十　政大台文所

背叛之旅

1.

進入暑假後，已經準備搬家，不敢讓太多朋友知道我的遷徙。南下到洛杉磯，即將參加許信良正要創辦的《美麗島週報》。那是非常的行動，不僅是背叛父母兄弟，背叛知識紀律，背叛文學信仰。更嚴重的，我背叛家國。已經深深覺悟，此行南下，已經在望的博士學位就要延宕下來。華盛頓大學對我的學思歷程，是求學以來衝擊最大的校園。在這裡開拓我前所未有的視野，帶領我遠離中國歷史的中心論，容許窺見歐洲現代史的急遽轉變。從英國史、愛爾蘭史，到俄國史，終於讓我見識了西方啟蒙運動以降的歷史演變。如今選擇背叛這樣嚴謹的學術訓練，心靈確切感知撕裂的刺痛。

投入政治，更是背叛了妻與兩位仍在稚齡的孩子。三歲男孩宜謙，一歲女孩宜群，完全無知於生活環境即將動盪不安。宜謙在學校宿舍認識不少同年友伴。一位父母來自阿根廷的朋友Andrea，也是三歲，他們一起上學校的托兒所。兩人常常吵架，卻不時宣稱他們是最好的朋友。而我竟要殘酷拆散他們，剝奪他童年的無邪記憶。而妻始終保持高度沉默，頗知無法阻擋我絕情的決定。如果繼續留在西雅圖，她可以預見一個自囚自虐的丈夫鎖在書窗前。一九八一年夏天，三十四歲的男人，已經陷入封閉狀態。找不到靈魂出口，完全不能原諒自己在重大事件時刻置身事外。如果沒有付諸實際行動，或許將引燃難以想像的內在火焰。家裡隱隱瀰漫著低迷氣氛，我甚至也說不出使妻諒解的語言。

全家南下至洛杉磯，妻舅高榮隆（右）來幫忙搬家。

第一次在北美洲大陸遷徙，何其艱難。從西雅圖到洛杉磯，南北綿延一一三五英哩，約等於一八二六公里。決定租一輛中型貨車，選擇走五號高速公路南下，預計要經過兩夜三天，每天奔馳九小時。那是生命中罕見的長征，把所有家具、廚具、衣物、書籍都搬運到貨車上，耗去整整兩天的時間。當時駕駛的是U-Haul搬運車，那時才察覺藏書已經超過三千冊，成為最沉重的負擔。妻與兩個孩子則遲兩天，乘坐飛機南下。當時妻舅正好來美留學，他的第一份工作便是協助我駕駛。北美的七月中旬，夏日正盛，是開車最好的季節。出發那天，只有我最親密的鄰居來送行，那就是與我從事國際人權工作的韋加力（Gerrit van der Wees）和他的台籍妻子陳美津。站在陽光下的停車場，我們相互擁抱，心情非常感傷。在北國城市居住七年所累積的感情，幾乎是根深柢固，已經與自己的靈魂血肉緊密連結。這是婚後小家庭的起點，也是兩個小孩的原生故鄉。但是對於前來留學的台灣學生，終究有一天必須離開這北國城市。

西雅圖的晨風從車窗襲來，也正是貨車正要通過五號公路的大橋，橋下的藍色水域，左邊與華盛頓湖銜接，右邊通往西雅圖港口。望向寧靜的水波，總覺得那是七年記憶的容器，所有的喜悅與悲傷都貯存在那裡。最後的回眸，似乎感覺眼角噙著淚水，彷彿是生命裡最珍貴的記憶遭到徹底剝離。朝著南方的高速公路，穿過城市最繁華的高樓，稍遠的地標太空針（Space Needle），就在右側的港口不遠處。從未預知下次回來時，整個生命歷程將有怎樣的變貌，筆直地奔馳出城後，迎面而來都是陌生的風景。公路兩側盡是綠色植物與草地，漫山遍野，富有旺盛的繁殖力。被稱為常青州（Evergreen State）的領土，處處充滿盎然生機，整個心情也被染成綠色，不覺中，傷感的情緒逐漸退潮。

車前東南方巍然浮起一座山巒，正是我全心崇拜的雷尼爾峰（Mt. Rainier）。曾經站在峰頂，俯瞰整個北國綠野，縱橫千里的植物與草地，盡收眼底。這座高山，已是一個重要象徵，隱喻著一位台灣書生朝向知識峰頂的攀爬。山巒的存在，已經超越時間與空間的極限。但生而為人，尤其是生為台灣人，完全無法突破時間與空間的限制。或許這次選擇南下，捲入海外政治運動，似乎帶著一定程度的企圖，在於試探台灣人命運是否有突破的可能。雷尼爾峰高不可攀，遙不可及，但永遠供奉在我心靈的聖域。遠遠望向那終年積雪的峰頂，那莊嚴肅穆的姿態，不能不使人謙卑，不斷向這座神山行注目禮，那是我離開華盛頓州的最後回眸。

到達奧勒岡州的大城波特蘭（Portland），已經是晚間，跨越哥倫比亞河的大橋後，我與妻舅已經相當疲憊，在郊區的一個簡單汽車旅館停下來休息過夜。稍稍梳洗後，可以看見一個巨大的黃底紅字招牌，那是丹尼斯（Denny's）連鎖餐館。凡是在美國西部高速公路奔馳時，不時可以看見類似的標誌。對於長途旅行者而言，就好像在沙漠裡望見綠洲。對於美國食物，從最初的抗拒到最後全盤接受，大約需要經過三年的時間，凡是薯條、漢堡、炸雞、墨西哥大豆湯，已都具備充分食慾，都足以一一消化。經過一天的駕駛，我們坐在落地窗的沙發上，望著外面什麼都看不見的夜景，除了高速公路上疾馳而過的車燈。離鄉這麼多年後，第一次開始有強烈的鄉愁。看見不遠處停車場的那輛貨車，裡面滿載著所有家具與書籍，不禁悲從中來。在海外如果有流浪感的話，這大約是生命中第一次。

各種悲歡離合的情緒，持續湧來。不免開始自問，選擇投向政治道路是值得的嗎？在些微脆弱的時刻，內心總是篤定告訴自己，所有的行動完全是出自果敢抉擇。一旦決定之後，都不要有任何後悔。昂首望向滿天星斗，才知道北美野外的夜空是如此燦爛輝煌，不免令人聯想到梵谷的星圖。不久，就辨識了北斗七星的位置，朝北朝南的方位也確認下來。情不自禁轉身面對著西南方，似乎可以判別海島台灣，想必就在遙遠的盡頭。那正是我常常發出盟誓的方向，如果胸口沒有揣著台灣地圖，或許不可能活著這麼勇敢吧？此去千里的旅途，不就是為了承擔台灣歷史的命運。在黑暗裡沉思著自己的身世，忽然強烈感受那受盡損害與污辱的土地，不就與我肌膚的每個細胞都緊密連接。

絕對不可後悔，絕對不要走回頭路，是我向北極星發出的祕密語言。做出如此重大決定，似乎是舉起一把冰涼的刀刃，把生命劃開。血流如注，是我的前半生；而療癒傷口，將是我的後半生。有了這樣的覺悟，我咬牙告訴自己，絕對要承受不可知的未來挑戰。那晚床前，不斷這樣自我警醒。畢竟已經遠離西雅圖，也遠離華盛頓州。在那裡度過的七年歲月，彷彿是我在遠地所築起的城堡。幸福的時光，寧靜而安逸，都完整保留在華盛頓湖畔。此行南下，不僅是背叛之旅，而且是孤獨之旅。往後所有喜怒哀樂的各種情緒，都必須由一個人來咀嚼，消化，反芻。曾經是意志相當脆弱的書生，對於任何波動惶恐不已，如今痛下決定之後，似乎整個人格開始全面改造。我並非壯士，也不是強者，而只是充滿感情的唯美浪漫主義者。我的唯美，不是個人濫情的耽美，也不是脫離現實的理想主義者，但是我知道，什麼叫做痛楚，什麼叫做苦澀。當歷史的惡果無法吞下時，也只能選擇背對著它，遠行離去。我熱情的前半生，敢愛敢恨的年少時期，終於在跨過哥倫比亞大河之後，全然棄擲在北地。

2.

沿著一〇一高速公路進入洛杉磯，與5號州際公路會合之後，一個龐大的城市浮現在眼前。比起西雅圖，這個大都會展現出驚人的氣象。不僅高樓的天際線遮蔽風景，公路上奔馳的車子也顯得節奏加快。西雅圖那種悠閒、寧靜、友善的空氣，在這巨獸般的城市蕩然無存。俯視手捧的城市地圖，竟有三十幾條高速公路阡陌縱橫那般向四方展開。西雅圖是一個單純的都市，而洛杉磯是由二十幾個城市集合起來，它已經不再是都市（city），而是大都會（metropolitan），匯集的人口已在千萬以上。在地圖上辨識方位時，強烈感知生命中的安逸時期已正式宣告結束。

轉向10號公路時，朝著亞罕博拉（Alhambra）的城市前進，預先租好的公寓已經在盡頭等待。在南下之前，事先與許信良的團隊聯絡，他們為我找到一個較為廉價的住處，貨車到達時，已近黃昏。位在一條叫做瑪格麗特街（Magreta St.）的公寓，看來是那樣的謙卑而陳舊，那就是我未來三年落腳之處。加入團隊的兩位重要成員，陳婉真與張維嘉已經在那裡等待，而且協助卸貨，把所有家具、書籍都搬入公寓裡。那是兩層樓的空間，樓上兩個房間加衛浴，樓下是廚房與客廳。如果關起玻璃窗，市聲不可能干擾。安頓好之後，忽然強烈懷念西雅圖的學校宿舍，那邊有草地、綠樹與小小運動空間，在記憶裡已經成為天堂那樣的理想國。彷彿是遭到貶謫的星辰，忽然墜落在擾攘的世界。內心風景呈現一片荒涼。

又過一天，妻帶著兩個小孩到達洛杉磯。看見他們從機場出口走來時，不禁讓我帶著滿懷的歉意。男孩閃亮著他好奇的眼睛，定定望著外面那擾攘的城市。他並不知道，從此就永遠告別他童稚時期的友伴，也告別他生命裡最穩定的樂園。現在已經忘記全家團聚時的心情，只覺得必須趕快適應全新的環境。在最初一個月，時序非常複雜而動盪，迎面而來的再也不是循序漸進的時間感，而是一種被置放在競技場的危機感。在無形的威脅下，如何求取生存。許信良團隊希望我趕快到辦公室集合，開始討論如何發行一份具有批判性的《美麗島週報》。

辦公室位在墨裔住宅區，那棟房屋漆成白色，但顯得斑駁不堪。它看起來像是殖民地時期的維多利亞木屋，外面是高起的木板前廊，必須從木梯走上去。屋主是一位日本婦人，但是所有鄰居都是墨西哥人。到達那裡時，立刻可以聽到子音非常清脆的西班牙語。從穿著來看，他們並不是那麼體面，但是舉止進退有一種親切感，即使是陌生人，他們也會發出「Hey, Amigo」（嗨！朋友）的招呼。那種熱情洋溢的聲音，在街頭巷尾隨時可以聞見。置身於如此新鮮的文化環境，也是生命中的一種探險。室內空曠的客廳，置放四張並排起來的書桌，那將是報紙的編輯部。旁邊兩個小房間，分屬許信良辦公室與打字房。後面是廚房，閣樓也有一個房間，木屋後面是一個小小庭院，種植著一株茂盛的酪梨樹（avocado）。

當晚，所有的成員都到齊了，那時我才愕然發現不同意識形態存在於團隊之間。許信良是一個大開大闔的人，由於曾經留學於蘇格蘭的愛丁堡大學，對於左派思想相當熟悉。因此在成立團隊時，他有意組成一個聯合陣線，容許左、右派的思考者嘗試合作。那晚的聚會似乎不太愉快，因為每個人對於報紙的未來路線，都有各自想像。全部成員大約有十位左右，我來自華盛頓大學，還有一位來自夏威夷大學，其他都是已經畢業的上班族。在會中，大家推舉陳婉真擔任總編輯，而我是其中一位編輯。為了掩飾真實身分，我取了一個編輯者的名字「陳仲林」，這就是我日後隱姓埋名的開端。會中也決定週報將在八月二十六日出版創刊號，時間相當緊迫。

許信良要我執筆寫創刊辭，而且必須在一天內完成。這是我涉入政治運動走出的第一步，如今回頭再看，仍然可以感覺當時悲憤的心情。到達異域之後，很早就變成一位人權工作者，在思考那些坐牢的美麗島成員時，我仍然懷著維護基本人權的觀念，那才是真正民主的重要基石。這篇創刊辭的題目是〈向鐵窗裡的民主鬥士致敬〉，開頭第一段就是：

> 他們的名字將牢牢地烙在台灣歷史上。在獻身於台灣政治運動的洪流中，他們為千萬的百姓奔走吶喊，為苦難的土地追求理想。他們不僅流下了汗，甚至也淌下了血。

在夜晚寫下這些字句時，確確實實抱持著一定程度的共感。當時並未預見這是我正式發表的政治宣言，而且寫下這些文字時，也將綿綿不斷延續我後半生的政論生涯。如果遮去作者的名字，沒有人會想到這是出自一位寫詩與散文的作家之手。在稿紙上一字一字鏤刻下來時，彷彿有一條綿延的道路在無窮的未來展開。我從來不知道什麼叫孤臣孽子，但是在執筆時，卻彷彿有那種況味。在倒數第二段，我的語氣顯得極其沉重：

> 今天他們坐牢，不是他們個人的成敗，而是代表全體台灣人民來受刑。他們所遭到的精神與肉體上的痛苦，也就是全體台灣人民的侮辱。既然他們是為了台灣人民入獄，那麼

一九八〇年八月二十六日於洛杉磯編輯部合照。成員右起：陳婉真，張維嘉（後排右一），陳芳明，許信良，孫慶餘，王耀南（後排二），蔡建仁（站立者）。

釋放他們出來的工作，就必須由我們來承擔。今天在此向他們致敬，並不意味我們的謙卑。我們只是想表明，在繼續獻身於艱難的任務時，我們並未把受苦的他們遺忘。

回望這段文字時，彷彿可以感受當年血脈裡燃燒起的熱情，那應該是跨過三十歲時思想狀態的最好寫照。明明知道已經切斷後路，而且也看不見前景，竟還能夠點燃這樣的火花，想必是暗藏著不滅的意志在支撐。那時曾經耳聞某些朋友的傳言，認定這樣不顧一切投入政治，簡直是走上絕路。或許是吧，當時確實隱藏著一定程度的絕望感，但是在體內的什麼地方，似乎也傳出清晰的信號：必須要做得這麼絕，才有可能絕處逢生。在某些時刻，只覺人生是一片蒼茫，但是埋首於政論文字的營造時，卻不時燒起一盞稀薄的燈火。從那個時刻開始，慢慢練就下筆如有神的工夫，湧起的靈感源源不絕。

在記憶裡，只要到達一九八〇年八月的關口，總是不禁浮現定義不明的傷痛。究竟是在為美麗島人士發出同情，還是為林家血案的受害者哀悼，或者是在為自己告別學術生涯而湧起悲嘆，似乎沒有明確的定義。身在那樣的處境，不免感到天地同悲，也不免覺得自己的身世是如此蒼涼。但可以明確知道，這樣的道路完全出於自主的抉擇。既然已經做下決定，從此絕對不可後悔。南加州的夏天之夜，習習拂來溫熱的風。在俯首落筆之際，似乎可以感覺一雙慈祥的手在撫慰，無邊孤獨，也無邊溫暖。從來沒有那麼強烈想念親情，也沒有那麼深

1

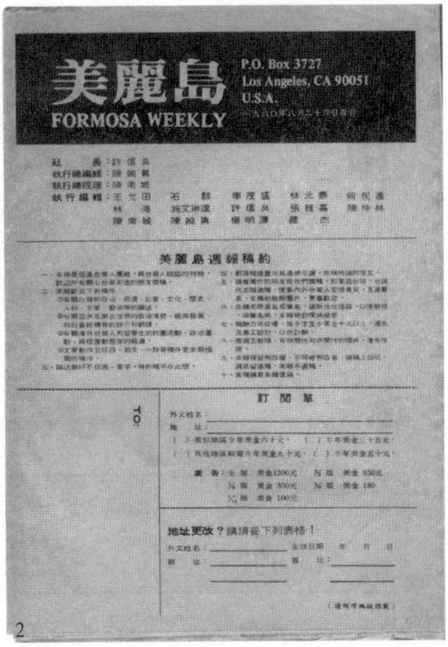

2

3

1 & 2《美麗島週報》創刊號封面與封底。

3 《美麗島週報》創刊發刊詞〈向鐵窗裡的民主鬥士致敬〉。

刻想念故鄉。那柔軟的微風，立即把我拉回甜美馴良的嘉南平原。洛杉磯谷地的晚風，逼迫我強烈想念台灣。我也非常明白，已經搖身變成叛徒，就必須徹底走上背叛的道路。無論有多崎嶇艱難，都必須堅決走下去，直到無窮無盡。

二〇一五・一・二十二　政大台文所

革命與詩

1.

南加州的冬天從未有雪。從太平洋湧入的寒風，與阿拉斯加襲來的冷鋒結盟時，往往為洛杉磯谷地帶來濃霧，而且氣溫特別刺骨。霧氣甚濃時，甚至遮蔽驅車時的視線。有多少次乾冷空氣從木造房屋的縫隙滲透進來，不禁使人產生北國霜夜的錯覺。編輯室前端有個壁爐，正好可以生火取暖。《美麗島週報》發行到一九八〇年十二月時，節奏已經穩定下來。縱然內部發生過意識形態的決裂，向來樂觀的許信良仍然堅持發行下去。當左統知識分子以及原來的主編陳婉真都離去之後，主編工作就指定由我來接任。那大概是涉入政治運動後，我最為艱難而苦澀的階段。每週不僅要執筆撰稿，而且也要負責報紙編輯工作。那時的壓力幾乎是超出個人所能承擔的負荷。從十一月以後，開始強迫自己必須嘗試不同文類、不同性質的文字書寫。

有關台灣新聞報導的部分，由於訂閱航空版的《聯合報》與《中央日報》，並且也持續收到黨外雜誌。當時沒有傳真機，當然更沒有網路，只能藉由電話與郵寄，才有可能傳遞信息。許信良一直保持暢通的管道，可以直接獲得美麗島家屬第一手的消息。新聞的編務工作，由其他兩位成員進行改寫與剪貼。因為是週報，沒有立即的信息壓力。每期編輯之前，總是與許信良在他的辦公室討論，決定每期的主要政論文字。他的思考相當靈敏，政治嗅覺也特別強烈。在討論之初，他往往有些遲鈍，但只要思想機器開始運轉後，很快就能夠掌握整個政治議題。在以後我所遇見的政治人物中，還未有比他更具智慧者。我的政論書寫，完全是由他帶來啟蒙。經過短短兩個小時的話鋒刺激，我大約可以找到落實的文字。

生命中如果曾經發生過思想上的風暴，則我在洛杉磯時期的經驗可能最為劇烈。曾經在華大時期閱讀過馬克思與毛澤東，但都只是止於皮毛印象。身為歷史學徒，對於政治經濟的理解與分析，始終停留在隔閡狀態。留學過愛丁堡大學的許信良，本身是政治學系畢業，在蘇格蘭時期接觸了英國左派思想傳統的濡染，對於台灣政治的觀察往往離不開左翼批判立場。經由他的點撥與啟發，使我許多未能理解的政經觀念都逐漸迎刃而解。

如果沒有與許信良的反覆切磋，我也許不能到達馬克思與毛澤東。他曾經提醒我，必須要閱讀毛澤東的〈中國社會各階級的分析〉與〈湖南農民運動考察報告〉。他說，毛澤東後來提出農村包圍城市的革命戰略，都是以一九二五年到二七年的農村經驗為基礎。我從他那邊所得到的知識啟發，遠遠超過我在學院裡的閱讀訓練。在思想上一旦可以貫通，才有可能引導我日後去認識殖民地台灣的左翼運動。後來我投入了台灣共產黨運動的研究，正是在洛杉磯時期受到許信良最初的薰陶。以後更加深入歷史的探索，必須等到史明在第二年夏天來訪之後，他攜來甫完成的《台灣人四百年史》。捧讀之際，對我造成心靈上的衝擊，最後都化為日後撰寫《謝雪紅評傳》的動力。

許信良是敢於論斷的人，他從未算計成敗，而且也未曾計較得失。與他共事之後，漸漸理解他是擅長開創格局的人。即使處在最為刻苦落魄的階段，他不曾有過任何嘆息的時刻。那時他的生活相當窘困，甚至也買不起車子。他駕駛的那部綠色舊車，還是一位同鄉轉贈的。他勤奮讀書，也投注所有心力觀察台灣政治的演變。對他而言，政治是生命的全部，捨此無他。我很清楚，他始終都在等待機會，在最恰當時刻重返台灣。我手握的政論之筆，越磨越利，全然是來自他的協助與激勵。大約經過四個月的時間，我把歷史研究的方法論，漸漸運用在當前的政治分析。剪報對我的書寫非常重要，經過同事分門別類的歸檔，很容易就可抓住問題核心。至少，政論文字不是洩憤的工具，也不是天馬行空的想像，任何論斷都必須有事實根據。歷史訓練給我一個最基本的信條是，不知道的事情就不要說。學術研究可能離我已經很遙遠，但是那種研究方法，卻從未須與離我而去。

這是生命中第一次出現生產力特別旺盛的時候，彷彿是身處在絕境，不能不尋找自我求生的能力。如果不是要為美麗島事件的受難者發出聲音，或許不可能激發內在潛藏的能量。由於是週報，為了順利出刊，往往在星期四深夜報紙編輯完成後，便自動休息一天。從週六開始，必須又恢復閱讀的脾性。開始專注閱讀台灣史的書籍，並且也認真捧讀當時的小說創作。藉由週報的發行，我開始嘗試涉入台灣歷史、台灣文學的研究。似乎已經意識了一個轉折點即將出現，我的書籍涉獵漸呈窘迫，必須擁有一個可靠的藏書庫。

許多書籍只能到加州大學洛杉磯分校（UCLA）的圖書館借閱，驅車需要將近一個多小時。接近海邊的聖塔摩尼卡（Santa Monica），那是觀光勝地，往往全家一起前往。借完書，順便帶孩子去沙灘玩水。夏天的加州，即使到下午七點，整個天空仍然明亮如晝，常常容許我駕駛到遙遠的海岸。離開西雅圖之後，整個治學方向完全改變。宋代歷史再也不是研究的重心，我從第十到十二世紀之間的中國神遊，瞬間跨向二十世紀的台灣現實。對於台灣知識分子，在海外才發現自己土地的歷史，當然已有遲到的感覺。但是比起當時島上的學界，我可能還是早到。沒有經過那曲折的轉變，我不可能與後來的學術研究銜接起來。

那時大約取了三十餘個筆名，一方面是為了逃避國民黨鷹犬的監視，一方面也是為了使讀者產生作者多元的錯覺。這種書寫策略事實上只能自我矇騙，國民黨的檢查能力遠遠超出想像之外。後來逐漸固定使用三個筆名，一個是施敏輝，專門用來撰寫政論，一個是宋冬陽，則專注於書寫台灣歷史與文學評論，一個是陳嘉農，刻意保持文學的身段，不時發表詩與散文。進入一九八〇年代以後，台灣社會也開始出現政治運動的新生代，黨外雜誌的出版已經蔚為風氣，偶爾也會使用其中的筆名，寄送稿件給黨外雜誌發表。

很難忘懷洛杉磯時期的生產力，彷彿是靈魂深處埋藏許多炸藥，時時都有引爆的可能。在文字撰寫中，似乎可以感受到無可定義的悲憫與悲壯。年少時期以來，寫稿的痛苦，莫過於無法確切掌握文字拿捏與心情起伏之間的手感。縱然擁有豐沛的情緒湧動，卻往往不到恰當的字詞來概括。每週規律的書寫，竟然可以成為一種紀律。凡是經過豐富閱讀之後，對於知識的領會變得特別迅速。只要給我一個桌子，一張稿紙，一枝筆，就可以構思出一篇文章。苦讀，苦思，苦寫，正是我洛杉磯的日夜。橫跨在政論、歷史、文學的三個領域，似乎已經為我後半生的魂魄定下了基調。

2.

一九八〇年十二月八日，為了紀念美麗島事件一週年的到來，編輯部從下午到晚上，都在整理事件相關的文字。黃昏時分，洛杉磯廣播電視與電台驟然發布了一個震驚的信息，約翰・藍農（John Lennon）在紐約晚間十點多於寓所前遭到槍殺。對於戰後世代青年而言，無論是西方或東方，只要熟悉披頭四（The Beatles）的樂團者，都知道藍農是靈魂人物。那天，在編輯室工作時，大家都保持高度沉默，完全不同於過去的喧嘩。只有藍農主唱的那首〈Imagine〉，不斷在室內迴旋播放。

無論任何收音機頻道，都在播放這首歌。溫暖如詩的這首歌，在那時刻聽來卻冷酷無比。我寫下美麗島事件兩週年紀念的文字之際，其實內心也祭悼著自大學年代的遠逝。披頭四應該是屬於我這個世代，也就是戰爭前後之交的那十年。藍農出生於一九四〇年，許多價值觀念總是離不開反戰思維。他在戰爭末期出生，而在一九六〇年代崛起於英國樂壇。他只是大我七歲，卻已經是我世代的代言人。第一次聽到他的歌曲，竟是我高中二年級時。我大哥陳芳文就讀於台大外文系，曾經幾次提醒，如果要學好英語，就應該常常聆聽英文歌。他可能只是偶然提點，而我卻牢記在心。大約從二年級開始，就沉湎於西洋熱門音樂。那時台灣完全沒有版權觀念，凡是歐美流行歌曲甫上市，台灣唱片行就立即翻版。藍農低沉沙啞的歌聲，彷彿融入我的骨髓那般，陪伴我度過危險而孤獨的青春年代。

披頭四風潮席捲全球之際，海島台灣也從來沒有缺席。披頭四黑膠唱片，成為我年輕心靈的夢幻私藏。一九六四年，這個熱門樂團訪問東京，日本發行了紀念版。藍農所唱的幾首成名歌〈Love me do〉，〈Please please me〉，〈I wanna hold your hands〉，都收於其中。升上高三的那個暑假，父親從台北回來，神祕地帶給我一張唱片。我打開看時，不禁驚呼：「啊，披頭的歌」。那張唱片是樂團在東京演出的華麗盜版。看著玻璃紙的包裝，竟然像夏日裡的光影，閃爍得使我暈眩。我與兄弟關在房間狂叫「耶耶耶」的聲音，可能也震動了父親。在台北中華商場購買唱片時，不懂英文的父親，可能不知道如何詢問吧。或許他是以「耶耶耶」的發音請教店員，恰巧買對了。在父親與我的感情之間，藍農似乎扮演了一個神祕而奇異的角色。那難忘的夏日永恆地進駐在生命裡，而藍農歌聲也化成我青春時期的一道血脈。

約翰・藍農之逝，再次揭開我封存已久的情緒。南下洛杉磯涉入政治運動時，曾經暗暗發誓要與自己的前半生全然切斷。對自己做出決絕的割捨，無非是企圖全心投入反對國民黨的行動。對於自己眷戀過的文學閱讀，以及沉溺過的熱門音樂，竟無端生出前所未有的羞恥感。我隱姓埋名的抉擇，在內心似乎要埋葬所有曾經有過的癖好。至少我必須完成一次內在革命，毅然斷絕許多詩集與小

SPORTS FINAL
DAILY NEWS
JOHN LENNON SLAIN HERE
Ex-Beatle shot; nab suspect
Killed outside his apartment
Zingo! It's fun. 100G in prizes—Page 12

John Lennon shot dead
The Beatles–the rest is music history
A part of cop's past lies dead

披頭四的約翰・藍農遭到槍殺的報導。

說的閱讀，甚至黑膠唱片也完全置放在紙箱裡。藍農遭到槍殺的消息傳來時，才訝然驚覺自己的革命意志是這樣脆弱不堪。或許這是典型雙子座的脾性，面對醜惡現實時，總是義憤填膺。面對藝術美感時，卻總是離不開軟弱情懷。一位歌手的遠逝，反而召喚了年輕歲月洶湧的生命之花。

悲憤地寫下政治批判的文字，絲毫並未減低我對青春之夢的祭悼。靈魂深處隱隱覺悟，革命的破壞與反抗，不一定要與自我生命本質相互對峙。放棄學術研究，只是因應現實的戰術，而非放棄生命的戰略。那年，正跨入三十四歲，已經具備足夠的成熟思考來看待生命。到底介入政治運動要不要摒棄感性的事物，這對我是相當關鍵的問題。敢於參加革命或政治，本身就帶著某種程度的浪漫主義精神。不計成敗的勇氣，對我而言，顯然是一種近乎詩意的思維。在那段時期，早就覺悟這樣的行動，全然不可能得到回報。甚至還要付出更大代價，而這樣的代價，不久之後即將嘗到滋味。

如果涉入政治浪潮也是屬於抒情，則對於前半生擁有過的戀愛，詩意，美學，似乎無須過於貶抑。一九八〇年代，見證了海外留學生的政治派別。那是七〇年代初期釣魚台運動的餘緒，每個參與者都有鮮明的意識形態標籤，包括左翼的統派，中間偏左的獨派，以及極右的革新保台派。其中自命左派者，不乏以革命者自居。只要談到革命，都不禁會擺出姿態，表示自己才是純粹的行動者。既然要檢驗行動的真偽，立場就必須分明。隨意給對手戴上「反革命」、「不革命」、「偽革命」的帽子。在幾個所謂政治討論會的場合，總是會出現所謂的標竿人物。他們顧盼自雄的姿態，只不過是要證明自己是真正的馬克思主義者。他們提出的指控，往往不帶感情，好像是天生的政治革命者。統派如此，獨派亦復如此。他們早已忘記自己從來就是一名書生而已，擅長紙上談兵，完全不講人情。這種現象，其實是把中國文化大革命的墮落現象移植過來而已。不僅要與自己的出身劃清界線，也要批判別人是溫情主義者。

革命有那麼偉大嗎？參加政治運動，果真具有過人的情操嗎？從最初加入《美麗島週報》，對我個人而言，完全是心境的選擇。身為自由主義者，只不過無法容忍台灣社會的基本人權受到踐踏而已。尊重人權，是我三十歲以後的核心關切。坐視言論自由，思想自由，結社自由遭到剝奪，已經超過我自由主義精神的底線。但是泛濫的威權體制，還更進一步以屠殺手段，摧殘林家的幼小生命，那種失去人性的鎮壓伎倆，終於點燃了我靈魂底層的怒火。我不會自稱是革命者，然而，對照我過去那種遵守規矩的個性，這樣的行動已經近乎革命了。如果這也可以稱之為革命，那也只是為了尋找自我救贖的出口。我的人格並不因此而高貴，我的情操也不會變得更為可敬。

在藍農驟逝的晚上，似乎又讓自己有了一個徹底省視的空間。我躲在祕密的心房，回顧年少時期的徬徨，回顧青年時期的怯懦。那年正要跨入壯年階段，我對披頭四的眷戀又再度燃燒。那熾熱的火焰，彷彿使遠離的詩之抒情又一次燒亮了。所謂參加運動，絕對不是為了名利，也不是為了意識形態，更不是為了政治正確。革命與詩，是我的孿生胎兒，並行不悖。我憤怒時，訴諸批判性的思考。我寂寞時，則向詩行索取慰藉。我是左翼思考者，也是自由主義者。我是批判論者，當然也是抒情主義者。為什麼要在各種知識與思考中劃清界線？為什麼要給各種感情予以確切定義？我的所愛，就是我生命的全部。我只要追求一個理想中的和平世界，任何道路都值得我勇敢去嘗試。迴旋纏繞在那個晚上的藍農歌聲，夾帶神祕的節奏，敲打著我敏銳而纖細的神經。他以顫慄的歌聲傳達這樣的信息，如果沒有國家、宗教、戰爭，整個世界就可以獲得和平。他的夢想，大概也是屬於我的：

想像這個世界沒有天堂
試著想像，其實不難
在我們底下也沒有地獄
頭上只是頂著天空
想像所有人們都爲今天而活

想像這個世界沒有國家

這樣做並不難
也就無需殺戮或死亡
想像這個世界沒有宗教
想像所有的人們都活於和平的生活

也許你會說我是夢想家
而我並非是唯一這樣想的人
希望有一天你也加入我們
而這世界終將合而爲一

想像從來沒有佔有
我推想你可能嗎
從此就不再有貪婪與飢餓
我們都是手足的兄弟情誼
想像所有的人共享這個世界

也許你會說我是夢想家
而我並非是這樣想的人
希望有一天你也加入我們
這個世界終將合而爲一

二〇一五・二・九　舊金山旅次

不堪的年代

1.

在時間的激流裡，總是會出現幾個急湍的階段。洶湧的水聲，拍打著河床上的頑石，如果站在岸上旁觀，不免覺得怵目驚心。那樣的河流，我見證過，彷彿充滿了死亡的召喚。每當回望自己漂流的歷程，一九八〇年代可能是水勢衝撞巨岩最為驚險的時期。死神的幽靈特別貼近那個時代，而且與我擦身而過。帶著看不見的水痕，體內隱隱發出刺痛，卻仍情不自禁直視那不堪的年代。面對死亡，可能是那段時期所有知識分子的共同經驗。能夠倖存活下來，必須憑藉運氣與勇氣。沒有人可以預測自己的命運，是否可以確切掌握。三十餘年已經過去，再度回首瞭望時，依然還會毫無緣由地冒出冷汗。如果沒有見證林家血案的發生，以及後來一連串的暗殺事件，總會錯覺那是一個安詳的時代。

一九八一年七月，整個洛杉磯盆地在豔陽下蒸騰。七月三日下午，到達《美麗島週報》

辦公室時，立即接到一個電話說：「有一位留美學生陳文成，被發現死亡於台大校園。」越洋電話的那頭，是台灣清晨時間。接到那樣的電話，讓我久久沉浸在悲傷的寧靜裡。美麗島事件大審才結束不久，驟然又發生一個命案，簡直無法解釋，究竟身在何處。那時候已經非常明白，自己已經被歸類在黑名單的行列，凡是有關留學生的生死，都緊緊聯繫到我整個世代的命運。從來不知道死神是這麼容易受到驅使，只要被他選上，絕對無法掙脫。望著窗外燦爛的陽光，不免產生幻覺：那是死亡的保護色嗎？在編輯週報的期間，往往在郵局信箱可以接到恐嚇信，沒有姓名，沒有住址，以為是讀者投書，啟開信封時，裡面寫著一張中文信：「當你開門時，一顆子彈穿胸而過。」這種無端的威脅，漸漸成為生活中的習慣。但是一位留學生在母校的大樓外暴斃，就不能把那些恐嚇信視為尋常。

整個下午，開始與各地的同鄉會聯絡，請教誰是陳文成。兩個小時後，從匹茲堡來了一個電話說：「他是卡內基美隆大學（Carnegie-Mellon University）統計系的教授。」整個謎團急轉直下，原來他帶著妻兒回台探親。對於留學生而言，他是年輕的教授，畢業不久，立即獲得這個知名大學的教職，可以說相當傑出。台灣大學畢業的陳文成，被發現棄屍於研究大樓後面的番薯田上，似乎寓有一種高度的政治意涵。事情越來越明白，陳文成曾經在留學生之間募款，匯寄給《美麗島》雜誌的施明德。從那時開始，他就受到校園間諜的監視。他的所作所為，不就是我在華盛頓大學所做的同樣事情嗎？他選擇在大審之後才回台灣，可能

INK PUBLISHING 讀者服務卡

您買的書是：______________________________

生日：　　年　　月　　日

學歷：□國中　□高中　□大專　□研究所（含以上）

職業：□學生　□軍警公教　□服務業

□工　□商　□大衆傳播

□SOHO族　□學生　□其他 ______________

購書方式：□門市 _____ 書店 □網路書店 □親友贈送 □其他 _____

購書原因：□題材吸引　□價格實在　□力挺作者　□設計新穎

□就愛印刻　□其他 ______________ （可複選）

購買日期：________年________月________日

你從哪裡得知本書：□書店　□報紙　□雜誌　□網路　□親友介紹

□DM傳單　□廣播　□電視　□其他

你對本書的評價：（請填代號　1.非常滿意　2.滿意　3.普通　4.不滿意）

書名______ 內容______封面設計______版面設計_____

讀完本書後您覺得：

1.□非常喜歡　2.□喜歡　3.□普通　4.□不喜歡　5.□非常不喜歡

您對於本書建議：

感謝您的惠顧，為了提供更好的服務，請填妥各欄資料，將讀者服務卡直接寄回或傳真本社，我們將隨時提供最新的出版、活動等相關訊息。

讀者服務專線：（02）2228-1626　讀者傳真專線：（02）2228-1598

廣	告	回	信
板橋郵局登記證			
板橋廣字第83號			
免	貼	郵	票

舒讀網「碼」上看

235-53
新北市中和區建一路249號8樓
印刻文學生活雜誌出版有限公司　收
讀者服務部

姓名：＿＿＿＿＿＿＿＿ 性別：□男 □女

郵遞區號：＿＿＿＿＿＿＿＿

地址：＿＿＿＿＿＿＿＿

電話：（日）＿＿＿＿＿＿＿＿（夜）＿＿＿＿＿＿＿＿

傳真：＿＿＿＿＿＿＿＿

e-mail：＿＿＿＿＿＿＿＿

INK

以為所有的監視已經解除，可以安然回到父母身邊。

現在整個事件已經非常明白，他在五月二十日回到台灣，與親戚朋友歡樂相聚。總覺得是非常開朗的返鄉之旅。停留一個月之後，忽然接到不能出境的批准，直到七月一日，他仍然與警備總部聯絡，希望知道不能出境的原因。七月二日，他就立即遭到約談，從此音訊全無。直到七月三日，警察局才通知家屬，陳文成車禍死亡。他的屍體在台大被發現，便直接

不耐邊塞生活勞苦，難抑思鄉情切
上海下放新疆青年紛紛濟返家園
診斷書上捺指紋
監委法醫起爭執
陳文成遇害案情昇高
監委應審慎行使職權
金價暴跌原因有四
陳文成遇害前一刻
最後晤談的人是誰

陳文成事件的報導，以及日後出版的陳文成紀念文集。

送到殯儀館。陳文成父親去探屍時，發現他全身到處都是瘀傷。警備總部自始至終對外宣稱，七月二日晚上約談結束後，便親自送他回到家的巷口。家中的每一個人，沒有人相信他是車禍死亡。甚至殯儀館的人說，那種死法，簡直令人無法置信。台灣所有的報紙都說，陳文成跳樓自殺。警備總部也說，他是畏罪自殺。從車禍到自殺的說詞，完全都由警備總部來發言。遠在洛杉磯，追逐台灣的新聞報導，幾乎是破綻百出。

「當你開門時，一顆子彈穿胸而過。」收到這樣的恐嚇信，最初是一笑置之，但陳文成事件發生後，我再也不能等閒視之。在炎熱的夏日裡，每次到達辦公室時，總會事先觀察四周是否有可疑人物。在開門時，也必須注意是否有奇異的裝置。在心理上所產生的恐懼，絕非毫無緣由。從林家血案到陳文成命案，有一隻看不見的手，把整個天地完全塗成紅色。那是個血色的年代，也是白色的年代。死亡的氣息如影隨形，指向一條沒有出口的道路。對於死亡的解釋，完全都是由官方來解讀，他們的發言前後矛盾，所有的媒體也跟著調整。死者已經不能再說話，他生前命運無法由自己決定，死後更不能對自己有任何辯白。我看到我的時代，是那樣窒息，又是那樣身不由己。

生於一九五〇年的陳文成，小我三歲，他的遭遇其實就是我整個世代命運的縮影。那樣殘酷的死法，一定是遭到刑求，死後竟然又被從高樓上棄屍，還被歸咎於他畏罪自殺。我的時代是那樣不堪，甚至對生死的解釋也徹底遭到剝奪，人的價值是何等輕薄，何等輕侮。如果不是發生在他身上，也有可能發生在我身上。在最絕望的時刻，我終於深深覺悟，像我這樣的思想犯，回鄉的道路無疑是通向死亡。所謂公平與正義，絕對不可能在自己的土地上發現，那是太過遙遠的夢想。當生命輕於鴻毛時，在人權與民權上，我們都注定是失格的人。終於決定涉入政治運動的潮流時，其實是經過很大的掙扎。

以自己的性情來看，有時太過理想主義，也太過浪漫唯美，許多夢想可能是永遠的夢想，似乎不可能成為真實。坐在辦公桌前，玻璃墊上反映著窗外的陽光，看來亦真亦幻，一如我懷抱的夢想。如果歸鄉就是赴死，那麼何不在死亡之前，追求生存的可能。陳文成死了，對我是一個啟示；我活下來了，也可能是命運給我的暗示。我必須要好好利用多餘出來的生命，為台灣做一些工作。既然留在海外，可以做一些在台灣所不能做的事情，甚至可以挑戰當權者所劃出的思想禁區。陳文成之死，帶給我太富饒的暗示與啟示。我嘗試著一個想法，或許我就是陳文成的餘生。儘管是多餘的，或是剩餘的，只要一口氣還在，至少還有求生的意義。

那是我最徬徨的時刻，總覺得縱身於政治洪流裡，就可找到確切的方向。但是，從陳文成身上，反而找不到任何答案。他是一個統計學的教授，卻也涉獵許多文學書籍。後來我才慢慢知道，他喜歡運動之外，也酷嗜閱讀。我相當訝異地發現，他生前也閱讀了《魯迅全集》，想必那就是他行事風格的一部分。畢竟我也是閱讀魯迅的愛好者，在精神層面也許有相通之處。從他的遭遇，我聯想到魯迅的詩句：「忍看朋輩成新鬼，怒向刀叢覓小詩。」他已經走在我的最前線，而且犧牲在劊子手的刑求之下。他以他的死來喚醒我這位稍長的倖存者，當我能夠用餘生來詮釋自己的生命，只要能夠寫下任何批判或反抗的文字，就是對當權者回敬以傲慢的一擊。

凡是多寫一篇文字，生命的版圖就多奪回一吋。尤其台灣文學與台灣歷史研究，從來就是當權者的禁忌。如果遵照既有的遊戲規則，國民黨永遠是贏家。我決定要為自己訂下一個遊戲規則，依照自己的意志與意願，重新建構屬於自己的知識論。在那時代，我應該不是唯一這樣思考的人。一九七九年，島上的文化生態逐漸有了轉變，有關台灣文學與台灣歷史的遺產慢慢出土。在辦公室的書架上，有兩套書籍，一是鍾肇政、葉石濤主編的《光復前台灣文學全集》，總共十二冊；一是李南衡主編《日據下臺灣新文學選集》五冊。那是我認識台灣先人的重要入口，成為我每天晚上的主要閱讀。那樣的過程非常緩慢，卻是我餘生的一個起點。在書頁上，辨識那些陌生的姓名，總是有一種閱讀譯本的錯覺。我與他們之間的感情是那樣疏離，甚至覺得小說中所描述的人物都是異邦人。有時不能不興嘆，我與先人的時代果然完全遭到切斷。

2.

殖民地的文學與歷史，都是從社會底層產生，但是有關於他們的解釋，完全是日本官方的立場。在洛杉磯，我擁有一套台灣總督府警務局編《日本領臺以後之治安狀況》上中下三冊，這部史料後來都簡稱為《台灣警察沿革志》。這是我認識殖民地台灣的初階史料，成為我後來研究工作的重要基石。在解讀中逐漸認識台灣總督府是如何劃分殖民地的反抗運動，從民族運動、共產主義運動、農民運動、勞働運動，到右翼運動。這樣的分類，似乎影響了我日後的研究。如何在殖民地政權的歷史解釋中掙脫出來，就成了我日後長途跋涉的一種追求。

如果一九七九年的美麗島事件，是造成我國家認同的決裂；則我所從事的台灣歷史研究，是我思考上的一個斷裂。長期在自由主義傳統下所養成的思考，大約都是處在文獻解讀與史料考據的階段。當我開始閱讀殖民地時期的左翼運動，可能需要延續過去的考據工夫，但是在解釋上，則開始出現突破。歷史結構的思維方式，我從前太偏向政治層面，很少注意到經濟與社會的演變。在細讀《台灣警察沿革志》時，最受到我的矚目，無疑是台灣共產黨運動。這是因為在華盛頓大學時，我就開始涉獵二二八事件的始末，發現了一個非常稀罕的名字謝雪紅。這位女性往往像幽靈一樣，不時浮現在戰後初期的新聞報導。對於她在日據時期的活動，完全一無所知。在日本官方史料中的台灣左翼運動，大量出現了她的名字。以謝雪紅為中心，逐漸延伸到同時期的左翼知識分子。

無論是國家認同的決裂，或是歷史研究的斷裂，對於自己的生命歷程，是一次重大的跌宕轉折。好像是向我的前半生告別，無須任何手勢，便全心投入日文史料中。在閱讀過程中，我彷彿在重新認識先人的魂魄，那樣陌生，又那樣遙不可及。許多陌生的名字次第出土，蘇新、蕭來福、王萬得、潘欽信、翁澤生、楊克煌，都與我錯肩而過。我不知道他們的容貌，更不知道他們的表情與心情。但是在反覆閱讀中，逐漸成為我的家族、我的親人、我的思想啟蒙者。在我面前展開的歷史道路，何其深遠，簡直無法看到盡頭。那是一場前所未有的心靈探險，尤其是他們提出的社會主義見解，更是對我舊有的思維構成挑戰。

也是在一九八〇年的香港刊物《七十年代》，獲讀一篇李黎所寫的〈記蘇新〉。才知道這位台灣的左派前輩，在北京去世不久。這篇文字為我帶來極大的衝擊，看到其中描述蘇新在中國共產黨統治下，所遭到的政治批判與下放勞改，我不禁發出嘆息。他應該是日據時期留學日本的菁英，卻為了改造台灣社會，特地回到島上參加左翼運動。曾經被台灣總督府判刑十年，二二八事件後，他與謝雪紅在香港成立「台灣民主自治同盟」，他的思考與行動，絕對是走在知識分子的最前端。李黎提到，蘇新在接受訪談時，說出令人心痛的一句話：「這三十年，是我一生最黯淡的日子。」極其簡單的描述，卻勾勒出他逃亡中國後的精神面貌。更令人心痛的是，他遺言「要把骨灰葬在故鄉」。曾經要改造社會的大時代革命運動者，卻只剩下那樣渺小的返鄉願望。

稍後，陳若曦出版了一冊小說《老人》，其中所描述的台灣知識分子，也就是蘇新。在故事的字裡行間，瀰漫著一股哀傷。因為這位激進改革者，在後半生都不斷在寫自白書，希望獲得中國共產黨的諒解。他所有的理想抱負，都淪落成為交心表態的不堪情境。閱讀他的殖民地時期史料時，幾乎可以看到他在島上縱橫南北的英姿。他在運動中散發出來的魅力，簡直可以睥睨他的朋輩。中國官方為他舉辦的告別式，肯定他在日據時期所參與的反抗運動，卻對他在中國後半生的三十年，只是三言兩語潦草交代。我終於有了深刻的覺悟，原來歷史記憶都是由當權者來解釋，只肯定他前半生的事蹟，卻完全抹去他所受到的政治羞辱。這種擦拭史實的做法，使我不能不在開展左翼歷史研究時，以蘇新的生命作為出發點。在台共黨人中，留下最多文字者，非他莫屬。

有關蘇新生平的呈現，我以〈永遠的望鄉人〉為題，把所有文字都發表在《美麗島週報》，大約有四萬餘字，是我寫得最長也最辛苦的一篇論文。沒有經過他，我大概不能到達謝雪紅。記得那年洛杉磯的夏天，我看著外面陌生的景色，是如此不真實，卻竟是回歸台灣歷史的永恆記憶。彷彿是涉入怒濤洶湧的洪流，隨波而去，再也沒有回首我曾經有過的宋代歷史研究。那次斷裂竟是如此決絕，隱約中已經預見我未來的多重跨越。不僅是從中古跨越到現代，從中國跨越到台灣，從右派跨越到左派，從男性思維跨越到女性關懷。全身的骨骸血肉，都經歷了一次空前的改造。我站在一個斷崖的海岸，無情波濤席捲了我的前半生。站在懸崖上，不免懷著一種淒涼身世，對著曾經執著的理念價值，做了殘忍的切割。

經過這樣徹底的人格改造，甚至我也不能認識自己。從美麗島事件，到林家血案，一直連結到陳文成事件，我終於看得非常明白，統治者的醜惡面貌。而那樣殘酷的手段，不也曾經出現在殖民地時期？如果我還繼續認同頑固的黨國體制，那麼就很有可能變成劊子手的共犯。這並非在全盤否認曾經有過的學術訓練與寫作經驗，但至少在思考的層面，應該有一個清楚區隔的抉擇。孤獨坐在深夜裡，面對著那些遭到遺忘的先人靈魂，他們好像前來跟我低語，把他們所承受的凌虐、迫害、貶抑、歧視的遭遇，都全部交給我手中握住的筆。那些被損害的人格，似乎暗藏著熊熊火焰，炙燙著我近乎絕望的心情。在稿紙上，我的字跡一格一格前進，那是我在歷史情境中匍匐移動的痕跡。好辛苦的書寫，每寫完一個段落，就覺得有一種吶喊不斷傳來，那是遭到鞭笞、刑求、詛咒的呻吟。因為是真實聽見，總覺得先人的生命注入我的體內。

在那不堪的年代，彷彿覺得自己是被遺棄的台灣孩子。如果不大量書寫，如果不重新認識自己的歷史，我的被遺棄，最後注定是被遺忘。在荒蕪的陌生土地上，所有的書寫，都在擴張自己的生命版圖。在固定的政論書寫之外，我又進行文學與歷史的研究。無所不包地把散文、評論、詩，都變成每天的生活紀律。每當鏤刻一個文字，或完成一篇文章，似乎就陷在重複訓誡與懲罰的循環中。以訓誡的方式，要求自己必須熟悉台灣史料。以懲罰的手段，要求自己必須有文學生產。我決心建立自己的發言權，我的筆與稿紙，就是我的城堡，進可攻，退可守。像一個死刑犯，自己覺悟已經沒有退路，我用我的餘生記錄著訓誡與懲罰的痕跡。披著黑衣的死神，常常飛掠過我的髮梢，在我頸項背後拂過一陣冷風。血色的刀光，也不時劃過額前。埋首寫字之際，常常使我興起來日無多的強烈感覺。死刑犯已經沒有任何選擇，留下來的任何筆跡，就是我呈供的自白書。

二〇一五・三・二十一　政大台文所

被切割的親情

1.

站在聖塔摩尼卡的海邊，夏日的風徐徐吹來，夾帶著鹹味與甜味，吹入我的衣袖。鹹的是淚，甜的是笑。那熟悉的風也曾經在高雄海邊吹拂著我，那時年輕的心朝向著海洋的遠方懷有多少嚮往。進入三十歲後，被迫留在另一個海岸，也同樣朝向大海的遠方，懷著多少苦澀的鄉思。同樣的太平洋，卻有不同的意義。那不僅僅是時間改變，空間也完全改變。縱浪在政治運動的潮流裡，望鄉的心情越來越濃稠。一九八二年，三十五歲，有時也不免感到徬徨，縱身投入後美麗島時代，並不確知是否能夠找到歷史的答案。離鄉已經八年，隱約可以知道島上正發生劇烈的變化，每當捧讀台灣寄來的黨外雜誌，幾乎是飢渴的閱讀，從不輕易放過任何一個文字。只是企圖在字裡行間，如何辨識遠離許久的土地。

台灣在劇烈改變時，我也可以察覺，自己的思考也在變化中。那時候的知識關切，再也不曾回頭眺望十二世紀的宋代中國。從古典世界出走時，其實就是向年少時期的知識訓練揮別。然而，跟著一併告別的不只是歷史領域，在整個學習時期所夾帶而來的價值觀念與思考脾性，也一一跟著辭行。一位生命中的關鍵人物，就在這段時期出現。他就是史明先生。有多少個黃昏時光與他私下密談，當時他的組織是「獨立台灣會」，一個具有馬克思主義思想基礎的政治團體。進入初老的史明，目光炯炯，整個體格看來特別健壯。他告訴我早年政治經驗，讓我強烈感覺我與他的世界是何等遼闊。

穿著牛仔裝的史明，那年六十三歲，頭髮已些許灰白，身體看起來非常硬朗。他從來就是穿著球鞋，走路穩健而迅速，與他並肩時，常常要加快腳步，才能趕上。他說的語言非常混雜，有時會說一些北京腔的語言，但台語居多，不時參雜著日語。當他提到馬克思的術語時，也會使用日腔的英語發音。那時我初入三十餘歲，接近壯年時期，對於整個世界已具備確定的看法。只是站在這位前輩面前，不免感到心虛。有時他也會糾正我的觀念，讓我對左派理論可以更清楚辨識。他到洛杉磯，主要是為了與許信良建立合作關係。當時《美麗島週報》已經陷入財務危機，報社裡的工作人員常常不能定期拿到薪水。那可能是這份報紙困頓的開始。史明在財務上給予支援，以穩定報紙的發行。

他常常提到，當年到達上海時的情況。在那租借地的城市，他暗中與中共的地下黨接觸，然後加入祕密的「台灣隊」。前往革命前線時，他帶著日本妻子一起參加。這是讓我大開眼

1. 攝影於史明的拉麵店新珍味前。
2. 史明的辦公室。
3. 與史明相見於美國。

界的政治運動者，把他個人生命、家庭、愛情，都投入了時代的最前端。至少在我涉獵的台灣歷史人物中，很少有人敢如此賣命。他做到了，而且也加入農村游擊隊的行動。他的革命伴侶平賀女士，於我是非常神祕的身影。史明在談話中，總是三言兩語輕輕帶過，彷彿埋藏著多少虧欠。像男子漢一般的革命者，談到男女私情時，也不免流露脆弱的神情。看著他感傷的面容，我才認識到這是一個真正的男人，充滿血性，充滿愛情的一條漢子。

在他投宿的旅館裡，他持贈我一冊出版不久的《台灣人四百年史》。厚達一千多頁的這冊精裝書，就要改變我對歷史的認識。他只是簡單告訴我書裡的幾個關鍵詞，包括「台灣民族」、「殖民地史觀」、「階級立場」，然後提醒我要多閱讀幾次。當他把沉甸甸的書籍交到我手上時，第一次讓我感受到歷史的重量，而那重量並非是它的頁數，而是其中所羅列的史實與解釋。從前讀過國民黨史觀的台灣史，在一九七〇年代末期，也讀過葉榮鐘所寫的《台灣民族運動史》，都不曾在我的治學與思想上造成強烈衝擊。反而是史明的著作，讓我發生前所未有的歷史再啟蒙。動用啟蒙一詞，自然寓有微言大義。雖然是歷史系畢業，對於過往記憶的解讀，往往停留在史料的辨識。尤其在台灣接受歷史系的訓練，總是欠缺對歷史全面觀察的詮釋。由於太過集中關心朝代興亡論，也太過集中於歷史分合的循環論，往往疏於結構性的分析。史明的著作使我開啟眼界，他對政治體制背後的經濟結構與階級結構，都有相當深入的考察。

把十七世紀以降的台灣史，定義為殖民地歷史，這樣的解釋對我造成極大震撼。年少以來的受教過程中，「台灣是中國歷史的一部分」這個觀念，早已深植在我內心深處。縱然投身於海外政治運動，這種觀念也像幽靈一般附在我身上。畢竟，漢人觀念的作祟，始終使我與中國歷史糾纏不清。史明的解釋，便是在中國史傳承的脈絡之外，另闢一條獨具特色的歷史解釋。當年史明並沒有新歷史主義的觀念，也並沒有複數歷史的想法。但是，他從荷蘭時期與明鄭時期開始寫起，就已經把台灣劃出中國版圖之外。具體而言，台灣歷史有其自主性的演變，並不與中國內部的治亂興亡過程連結起來。荷蘭統治台灣，固然自始就是殖民地，鄭成功驅逐荷蘭之後，完全沒有「收復台灣」的動機，而是以反清復明的口號，把台灣當作

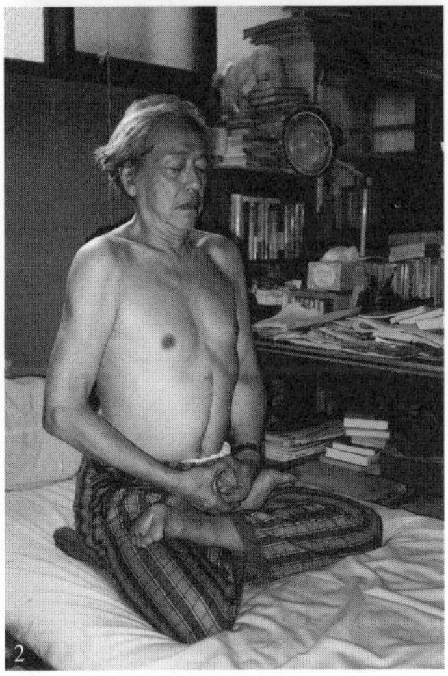

1. 位於新珍味三樓的書庫。
2. 史明每天早上晨起打坐。

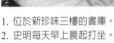

借來的空間。收復台灣一詞，完全是二十世紀中國歷史教育所建構出來的解釋。與台灣歷史的發展毫不相涉。

清朝治理台灣，也是以海禁政策，把台灣與中國本土隔離起來。所有漢人移民都被視為非法的遷徙。漢人在台灣與原住民通婚，也被視為非法婚姻。從政策的實施來看，清朝雖然擁有台灣版圖，對於島上漢人住民與原住民，都保持高度戒備。閱讀《台灣人四百年史》之際，讓我第一次看見先民活動的艱辛。史明大膽把清朝視為殖民政權，確實有他雄辯的依據。他的歷史觀，相當深刻影響了日後我對台灣史的解釋。一九八一年夏天與他初識，到一九八二年又有更密切的對談，確實讓我受到很大的啟發。在內心，我視他為台灣史的導師，這樣的心情絲毫也不誇大。認識他之後的第二年夏天，我開始著手研究日據時代的台灣共產黨歷史。第一位受到我注意的，便是蘇新。

生命中的因緣際會，從來都是不講理的。有時彷彿遇到絕路，卻因某些關鍵因素的出現，竟變成絕處逢生。當我的宋代歷史研究逐漸荒廢時，總覺得再也不可能繼續走下去。至少我不會再回到中國歷史的範疇，當然也不可能再延續過去的研究方法。整個心靈受到徹底改造時，心理結構也正在發生重大盤整。對我造成致命吸引力的，無非就是台灣政治與台灣歷史。隔著廣漠的海域，我的回鄉方式，卻是往歷史回頭走。必須摸索清楚海島歷史的升降起伏，才有可能讓我具備信心，去掌握海島命運的血脈。而我書寫台灣史的起點，竟是從左翼的台共史切入，這等於是背叛了我從前的學術訓練，當然也背對著中國史探索的朋輩。這些持續不斷的背離，都是來自史明的影響。

2

如果有所謂最苦悶的階段，應該都發生在洛杉磯時期。縱然在知識上浮現了一個全新的領域，但是在精神上卻完全找不到出口。當時，最初的誓願就是與美麗島受難者一起坐牢。只要他們關在監獄一天，我批判的筆就沒有停止的時刻。用「孤臣孽子」一詞來概括，可能比較接近那時的心理狀態。在埋名隱姓的那些日子裡，往往被苦悶精神所籠罩，不僅與國際完全切斷，也與未來的出路發生割裂。擱置在華盛頓大學的博士學位，什麼時候可以實現完成，仍然還在未定之天。什麼時候可以回到故鄉，找到安身立命的空間。每思及此，彷彿可以感受到一片巨大的苦悶鋪天蓋地而來，但最後竟是沒有答案的謎。

驚覺自己是黑名單的時候，才發現親情也跟著遭到切斷。我寄回台灣的每一封家書，必然都受到檢查，有時還會被扣留。只因為思想立場與當權者的主張不符，就必須讓我連同親情也要陪葬。這樣的代價不免過於昂貴，對我造成的傷害簡直有一生那麼長。在一個春天的下午，接到大哥的長途電話，他到香港出差才能夠如此盡情與我講話。在電話中他特別交代，希望能夠寫一封家書回去，如果在文字裡可以稱讚國家的進步，對於家人會比較好些。與大哥的對話，我才明白調查局都定期派員到家裡訪談父母，善良的父親顯然受到驚嚇，因為在調查員的口中，他在海外的兒子顯然已經變成江洋大盜。在父親的心目中，我始終是一個品學兼優的孩子，沒有想到出國幾年整個人格就已經改變。我無法向大哥提出辯駁，但只是在電話中這樣回答：「台灣是沒有言論自由的地方，但至少我還可以保有不必稱讚當權者的自由吧。」

大哥顯然感到無奈，在電話另一端相當溫和地回答：「你不用太勉強，我只是轉達父母的意思而已。」掛上電話時，內心不免流動著一陣悲戚。一個大權在握的政黨，壟斷整個社會的權力與利益，竟然是如此脆弱，無法承擔一個海外知識分子的批判。我是人權工作者，我知道人性的底線是什麼，當然也知道生命的尊嚴是什麼。置身在黑名單的行列裡，使我更可以感受那個時代的沉重。我在台灣缺席，但是當權者卻不放過我的家人，這樣的待遇真的讓我感到苦澀無比。在那無以排解的時刻，深深覺得號稱「自由中國」的台灣，其實還停留在封建時期，試圖使用連坐法，來懲罰一位思想犯。我不能不重新省思家國的意義，台灣，既不自由，也不中國，而是一個不折不扣的警察國家。終於這樣覺醒時，更加深深覺悟，我的介入政治，無疑是正確的抉擇。

後來從家裡持續傳來消息，寄回去的家書，每封都被打開檢查過，甚至附寄的照片有時也遭到扣留。這是一種監禁隔離的制度，對於定期完糧納稅的善良百姓，可以如此肆無忌憚地進行監視監聽，無法容許在家書中的暢所欲言。家書尚且如此，則寄回台灣的稿件，也就更加困難重重。從一九八二年開始，台灣黨外雜誌出版，形成一股風潮。主要的刊物大約都是美麗島受難人的家屬所創辦，包括許榮淑的《深耕》、周清玉的《關懷》、黃天福的《鐘鼓樓》、尤清的《博觀》，以及康寧祥的《亞洲人》。那時，鄭南榕的《自由時代》也正在崛起，而從事人權工作的陳永興，也接編了《台灣文藝》。所有的雜誌編輯，都來信邀稿。記得陳永興在一封書簡裡告訴我：「只要你敢寫，我們就敢刊登。」因為這句話的鼓勵，我展開寫稿的熱情。

當我被迫在台灣缺席時，我的文字不應該缺席。但是稿件如何寄到他們手上，就變成了一個困難的任務。不斷寫稿，為的是證明我就在歷史現場出席。這種在場的慾望，支撐著我持續寫下去。像燎原般的黨外雜誌，展現出來的批判精神特別強悍，這似乎也預告了歷史正在轉向。我相當熱情地撰寫政論，那時每一天都有新的議題出現，凡是有關政府與政黨的報導，都可以看出國民黨掌控的國家機器已經出現疲態。一九八〇年代初期，整個海島開始受到全球化浪潮的襲擊，資本主義經濟在島上呈現非常活潑的現象。伴隨著高度資本主義的到來，凡是擁有商品與土地者，所累積的財富幾乎都加倍成長。即使遠在海外，也可以感受到社會各個角落都發出不滿的聲音。那個垂老笨拙的政黨，顯然無法趕上社會的改革要求。面對如此龐雜的議題，總覺得文字書寫的速度，趕不上歷史改變的迅速。

為了使稿件順利寄給雜誌編輯，必須創造無數個收信的住址，而且也必須委請不同的人代為抄稿，企圖躲過鷹犬的耳目。每當稿件寄出後的第五天或第六天，便以越洋電話詢問是否收到。經過數度確認，便知道稿件已被攔截，只好再重新影印寄出。天羅地網的海關，進駐多少情治人員，從事的就是毫無生產性的監視工作。身為人權工作者，我不能不發出驚嘆。那時並未有傳真機，只能以最原始的方式寄送信件。無論官方如何攔截，終於還是有漏網之魚，每週的政論雜誌，至少都有一兩篇發表出來。那是生命中罕見的辛勤寫稿階段，除了政論之外，也撰寫散文、詩、文學評論。

加州的深夜，正是台灣的白天，這種子午對反的時間感，使我可以更冷靜思索台灣的議題。在下筆之際，不免會想，一個政黨可以壟斷整個國家的利益，卻在行政改革上毫無作為。那時最熱門的議題，大約就是老兵返鄉運動以及環境保護運動。這是一個重要徵兆，尤其一九八二年四月，發生老兵李師科的銀行搶案，驚動整個社會。李師科搶劫時，留下一句名言：「錢是國家的，命是你們自己的。」相當強烈地表達他對國家體制的不滿。由於見證經濟犯罪層出不窮，而黨國未曾提出有效的遏止對策，這種縱容財團的為所欲為，使得底層的老兵再也無法忍受。李師科的搶劫，夾帶著多少國仇家恨。從前他的仇恨是針對對岸的中共，如今已轉化為島上的黨國。反攻大陸的神話成為泡沫時，這些付出青春生命的老兵，真是情何以堪。當時的黨外運動也順水推舟，提出老兵返鄉運動，既可為這群找不到精神出口的人出氣，也可以這個議題來批判國民黨代表中國的虛偽。

李師科案件無疑暴露了這個黨國是一個犯罪集團，他們以文明、禮貌、體面的手段來剝奪人民的自由，也掠奪了百姓的財產，卻容許曾經為家國效命的老兵生活於絕境。在黨國統治下，人民無法獲得解救，長期以來「解救大陸同胞」的口號，證明是公然的騙局。在那段時期，整個海島正進入前所未有的騷動。蓬勃的經濟，正把台灣推向現代社會。而威權統治卻仍然停留在前近代的階段。這種失衡的瘋狂狀態，往往使我在下筆之際，不免產生顫抖。深夜裡的振筆直書，帶著難以抑制的憤怒。每個字都暗藏著火紅的情緒，必須無盡無止地寫下去，才能使糾結的靈魂稍稍獲得鬆綁。

離鄉那麼久之後，才察覺自己的生命處於斷裂狀態。與史明的結識，翻轉了我從前的歷史觀念。孜孜於史料的考據，再也不是我的興趣。他的殖民地史觀，帶來了前所未有的視野。我逐漸偏離十二世紀的宋代中國，慢慢轉向二十世紀的當代台灣。不僅如此，我也逐漸在自由主義的思考上，慢慢填補左翼的批判精神。曾經在我思考裡非常陌生的台灣，如今卻領航著我的生命，涉入更龐大的海洋。彷彿是破浪前進的船隻，重新尋找自己的方位。台灣是藍色北半球的一滴淚，有史以來就懸掛在那裡。我將與它一起航行，背對著蒼老的古典中國。

在遠航之際，負載著沉重心情。尤其經驗了親情的切割，我的遠航軌跡反而更為清晰。這一條跨海的航線，也許過於迂迴，也許怒濤洶湧，航行的方位卻準確對著台灣。這將是一場漫長的回歸。不能預測還要縱浪多久，手上握著筆，再也不會鬆懈下來。在稿紙上寫下的每個文字，無論有多憂鬱，有多憤怒，都是在表達我對台灣的深情。

二〇一五・四・二十三　政大台文所

不滅的嚮往

1.

洛杉磯谷地的冬天從來不曾下雨，整片天空一片蔚藍，甚至沒有任何雲的遮蔽。天空看來很深，使聖蓋博（San Gabriel）的山脈顯得更加高聳。山谷之間的城市，呈現寧靜的景象，令人錯覺那是太平盛世。許信良總是邀請我一起午餐，在墨裔住宅區的一個小小餐館。由於距離辦公室很近，兩人常常散步走過去。在那個社區，最覺安全。往來車輛或行人，清一色都是墨西哥人。餐館門口永遠掛著一個紅底白字的牌子，上面寫著「Abierto」或「Cerrado」，代表著營業或休息。

那是一個屋簷很低的房子，在燦爛的陽光下，屋內顯得特別幽暗。我們似乎是闖入者，因為黃種人的膚色，與他們褐色的皮膚截然不同。每當走入時，餐廳的男人都舉目相望。比較友善的人，都會招手說：「Hey, amigo, my friend !」太過漆黑的室內，需要一點時間適應裡面的光線。我們走到最裡面的餐桌，那是固定用餐的地方。點餐不外乎兩種，一種是taco，屬於玉米脆片；一種是burrito，是一種肉捲包以一層麵皮。所有點餐都附一杯大紅豆的墨西哥湯，對於東方人來說，相當難以嚥下。長久多吃幾次之後，不僅習慣而且喜歡。玉米脆片佐以融化的起司，肉捲則可以添加墨西哥辣醬。許信良和我都很享受那種餐館裡的粗獷風味，喜歡高談闊論的他，在那吵雜的空間裡，反而可以高揚他的聲量。

距離美麗島事件發生已經兩年，整個台灣的政治狀況出現重大變化。社會運動正普遍展開，嚴重地挑戰國民黨權威。尤其台灣經濟正出現活潑的現象，僵化的政治生態似乎阻礙了社會進一步發展。從來就是高度樂觀主義的許信良，對於島內情勢的發展，似乎更具信心。在用餐時，他常常提出「大膽西進」的構想。對於思考相當保守的台獨陣營而言，他的這番思考絕對無法獲得接受。但是我很樂於傾聽，想要知道他對台灣前景的分析。坐在墨西哥的餐館裡，他毫不保留地說出內心的政治策略。

一九八〇年代，中國的領導人鄧小平，已經提出改革開放的政策。許信良說，中國在未來是一個無可限量的龐大經濟體，對於西方資本主義的衝擊，必然相當巨大；而且對於未來海峽關係，也將帶來巨大的改變。那時，他說出了一個大膽的假設，只要中國境內資本主義越蓬勃發展，發動戰爭的可能性就越降低。對於他的談話，我從來都是保持開放的態度。那種具有戰略性的假設，也相當能夠說服我。他說話時往往比手畫腳，動作很多，有時也帶一點口吃。尤其他的前額開始發亮時，便意味著他的思考已經進入狀況。那時他已經認定，台灣的經濟發展一定會受到中國的牽制。三十年後，回想許信良在洛杉磯所提出的構想，還是覺得他頗有過人之處。

「大膽西進」的提法，在鼓勵台商到中國投資，當時國共之間的緊張關係仍然緊繃，蔣經國仍然在執行反共政策。但是許信良認為，當中國沿海的都市都現代化並且資本主義化，自然而然就形成台灣的國防屏障。在他的構想裡，台灣的防線不應該設在海峽中線，而是放在中國的沿海城市。從天津、青島、上海到廈門，都變成富庶的城市，海峽爆發戰爭危機的可能性就降到最低。遠在一九八〇年代初期，與許信良在屋簷很低的墨西哥餐館談話，似乎那樣虛無飄渺，又似乎那樣洞燭機先。為了「大膽西進」一詞，許信良背負了許多罪名，在那段期間，常常可以聽到各種流言，對他進行羞辱性的構陷。我第一次感受到，政治人物的淒涼與蒼涼。至少我在那段期間，從來沒有遇到一個具有真正抱負的運動者。甚至也從未發現有任何領導人物，日夜在思考台灣問題。他們永遠維持著業餘性的參與，卻又以革命者的名義自封。

在落魄生活的最低點，他往往以開懷的笑容，談論他的政治藍圖。如果不要流亡於海外，而繼續獻身於台灣的黨外運動，或許可以常常帶來擦亮火花的思考。在內心深處，他一定非常寂寞。能夠與他對談的，是我這樣一個初涉政治洪流的書生。坐在餐館的角落，可以感受墨西哥人的熱情與開放。在午餐時刻，總有一位抱著吉他的中年人，以迷人歌聲唱出低沉的民謠。西班牙語的發音，子音很重，顫音很多。在迴轉的旋律中，常常可以聽見舌尖的持續滾動。即使是最悲傷的情歌，也無法掩飾歌者從胸口所爆發出來的磁性音量。有時歌者會走到桌前，以發亮的眼睛注視著聽者，那種面對面的表演，不免使我們兩位東方人感覺靦腆。但是聽到那清楚的唇音與舌音，也不能不為那種感性所吸引。

那時許信良常開著一部綠色的二手車，未嘗在神情上流露絲毫的挫折之情。在人生的其他階段，時間的速度似乎都非常急速。只有在洛杉磯時期，時間的流動最為緩慢。那不僅僅是工作的負擔特別沉重，而且突發的事件也不時到來。許信良在週報裡所扮演的角色，是穩定力量的重心，在工作同仁面前，從未出現挫折或氣餒的神色。當時報社的財務已經陷入極端困難，他也未嘗發出絲毫的感嘆，反而默默地四處奔波，借款或募款，讓辦公室的情緒維持在最佳狀態。在最低潮的時候，從未聽見他吐出怨氣，更從未對其他政治團體的領導者有任何負面的批評。他那種內斂的性格，多多少少也影響了我的行事風格。

有一段時間，他常常在夜晚造訪我所住的公寓。那時兩個孩子已經入眠，窗外的洛杉磯，沉入一片寧靜。他有時候也會為那種無法說出的苦悶，散發出暗淡的情緒。直到天上的星月隱去時，他才驅車離開。他擅長議論，卻不喜歡辯論，他說，所有的政治路線，不能只是停留在平面的論述，而應該是可以身體實踐。如果沒有他給我思考上的刺激，恐怕無法定期寫出每週的政論。如果台灣有重大事件發生，他會先聆聽我的分析，把整個事件的前因後果釐清之後，他才慢慢說出內心的想法。許信良曾經是國民黨有意栽培的台籍青年才俊，所以對當權者的黨內政治生態瞭若指掌。

美麗島事件後，威權體制的黨機器逐漸出現失控的現象。尤其政戰主任王昇成立一個「劉少康辦公室」，顯然有意主導後蔣經國時期的權力走向。這種權力分配的失衡，意味著國民黨對台灣社會的穩定力量逐漸喪失。記得那時許信良說，台灣的社會運動將會越來越蓬勃發展，那不僅僅是資本主義高度發達之後的衝擊，分配不均將造成更大的社會反彈。對於如此重大的時代變化，他還是堅持黨外人士應該積極參與選舉運動。放眼當時的島內形勢，除了選舉之外，再也沒有一個更龐大的群眾運動可以取代。這種選舉掛帥的提法，又再一次遭到海外「革命者」的審判。縱然黨外雜誌是那樣林立，但真正能夠發揮具體效應的，不是雜誌份數的銷量，而應該是轉化為具體的選票數字。遠在海外，他一直與台灣的黨外運動維持千絲萬縷的聯繫，甚至也給他們許多意見。報社不僅可以源源不絕收到黨外雜誌，而且也不時可以接收到黨外陣營的內部消息。在他的指導協助下，我撰寫政論的筆法，越來越順。每當落筆之際，許信良也會給予恰當的建議。長期的觀察政局變化，長期的書寫政論文字，第一次讓我感覺那遙遠的海島是如此接近。我似乎可以探測出台灣社會脈搏的跳動，也可以清楚辨識黨外運動參與者的心靈結構。

2.

一九八三年，離開台灣已經將近九年，第一次感受到我的故鄉以最清晰的面貌，浮現在我腦海。那是一個夏天的夜晚，忽然許多不可解的情緒湧上心頭，我終於拿出稿紙，寫下我疏遠已久的散文，題目就是〈深夜的嘉南平原〉。無法解釋撰寫時的感覺，只知道離鄉那麼久之後，我的生命終究仍屬於那個海島。徹夜撰寫之際，情緒幾度失控，簡直無以為繼。總覺得有一股無法壓抑的衝動持續冒出，幾度設法冷卻之後，終於把那篇散文寫好。那種表現的手法，與我當時所寫的批判性政論，彷彿出自兩個人的手。政論是那樣的冷酷，散文卻寫得那樣熱情。那時隱隱告訴自己，我的文學嚮往其實從未稍減。

在最寂寥的時刻，沒有什麼可以伸手拯救，唯獨詩的閱讀，可以讓沉澱於內心底層的浪漫精神再次搖盪。故鄉被隔絕在那麼遙遠的地方，台灣現實又隱遁在渺茫的遠洋彼岸。除了憑藉單相思一般的想像，沒有任何橋梁可以引渡我的靈魂回鄉。總是在夜半時分，推窗仰望洛杉磯谷地的星空。同樣屬於北半球的星圖，方位有些偏離，卻可以辨識年少時期曾經熟悉的星光。喧囂的洛杉磯，全面寧靜下來，只剩下一個望鄉的詩心，徹夜不眠。有一股騷動的焦慮，像炭火那樣灼燒。輾轉反側，久久無法平息。

終於取出紙與筆，確定要對著台灣寫出纏綿的情書。這樣的文字，完全不同於白天所寫的政論，許多憤懣的情緒，此刻都驟然沉澱下來。政論是一種對抗，也是一種抵抗，在許多時刻，完全屬於反抗。過多的激情集中於執筆的手腕，彷彿是握著一支火把，動脈裡的血液逆流而上，灼痛了肉身的心臟。那種過剩的激情，彷彿找到一個出口，朝著假想敵的胸口刺以匕首。我從不否認那撰寫政論的手，確實是負載著莫名的仇恨。有時在入神之際，全身會發出顫抖，那時的思考，以及筆端刻出的文字，彷彿不再受到控制。就像乩童附身那樣，接通了某種神祕的力量。不再是自主地發言，而是島上的某些冤屈與悲憤都注入了筆管，而不得不寫出那些悲憤的文字。縱然不忘在行文之際說理，卻隱隱可以感覺那時刻的靈魂已經脫胎換骨。在編輯部，每當半夜收工時，重讀稿紙上的文字，那幾乎不是我能夠相認。

那時的年齡，漸漸進入三十五歲，不免驚覺自己從來沒有如此憤怒過。報社編輯部，於我而言，其實就是一個戰場。只要坐在編輯桌前，便意識到一場戰鬥就要展開。我非常清楚，在我的前半生，從未出現這樣的性格，每當回望，依稀可以看見台大校園的那位研究生，沉浸在宋代的古風裡。他學習著如何禮貌提出論文的見解，如何謙遜接受朋輩的議論，也相當內斂地在古典的木刻文字裡逡巡徘徊。仍然可以看見那位歷史研究的青年，在夜晚回到自己的閣樓，便開始點燈寫詩，並且聆聽著美國鄉村音樂的節奏。那是一個最飽滿的年華，有時不免會經歷一些情感的挫折，卻從未擾亂那寫詩的心靈。

何其遙遠的青年時期，充滿耽美與幻想的那位青年，在政治洪流的衝擊下，終於撞歪了遠航的方位。我從不認為自己偏離了最初的理想，如果還夢想著活在安穩的時代，或者錯覺地以為保持禮貌的品格，就可實現理想，那才是真的偏離既有的方位。殘酷而粗暴的現實，拆解了存在已久的理想典範。終於不能不殘酷地喚醒自己，理想與典範從來就不存在。必須接受醜惡政治的試煉，才有可能確認生命的真實位置。如果有所謂的夢與理想，絕對不存在於過去，也不存在於現在，而應該是在遙不可及的未來。

這樣的大覺醒，可能已經遲到，而且是在六千餘哩外的異域才醒覺過來。整個身軀從台灣的土壤抽離出來，也從夢幻的深淵抽離出來，更是從狹隘的知識城池抽離出來。投入政治之後，重新提筆撰寫時，再也不是從前熟悉的詩學，也不再是眷戀已久的抒情傳統，而是充滿粗礪情緒的思考。在尺幅有限的編輯桌前，整個思考反而可以縱橫馳騁，一個陌生而具有戰鬥力的人格正在形塑中。有時不免自問，是不是已經放棄對於詩的想像與嚮往？穿越過美麗島事件，也穿越過林家血案，我似乎預感，已經失去寫詩的能力。面對那場血淋淋的事件，寫詩是不是構成了褻瀆？我找不到確切答案。至少隨著我流浪的那些詩集，都置放在不見天日的紙箱裡。

仍然記得瞭望星空的那個夜晚，北斗七星燦爛地照亮我的窗口。失眠的心，不眠的眼，定定朝向那熟悉的星圖。埋伏在靈魂底層的那位讀詩少年，毫無緣由低聲對我召喚。坐在桌前，彷彿開始與他對話，既像質問，也像審問，我簡直說不出任何口供。詩學與政治是不是不能並置的平行思考，抒情與反抗是不是屬於背道而馳的價值。我找不到確切的答案，但是，我的手情不自禁地取出稿紙，平鋪在桌上。面對那空白的格子，似乎看見許多無言的嘴對我張開，似乎可以感覺還有許多政論以外的語言，欲說未說。那是怎樣的語言，非得說出不可？內心湧動的情緒，想必是政論文字無法完全表達的。那些情緒，可能是多餘，也可能是殘餘，我無法給予確切的定義。但是我知道，在星光的照耀下，還有一些多餘的話需要說出。

在稿紙第一行，我寫下了題目「深夜的嘉南平原」。原來我的懷鄉情緒，是那樣無以排遣，始終埋藏在血脈的什麼地方，而那絕對不是政論文字可以充分表達。縱然已經明確知道自己是一個政治運動者，但我也還是一個帶著脆弱感情的書寫者。那是第一次感受到體內有兩個靈魂，正在進行協商。政治的我與感情的我，其實在生命裡，都具有同等分量。如果為了政治運動，而犧牲掉體內的詩學，我是不是在全盤否定我的前半生？

那時，不期然想到另外一個抒情詩人何其芳，他寫過相當漂亮的情詩。那些美麗的意象，隨著我到處漂泊旅行。從未忘懷在大學時期所背誦的詩行，那時初遇他的〈預言〉，彷彿為我二十歲的年華留下註腳：

告訴我，用你的銀鈴的歌聲告訴我
你是不是預言中的年輕的神？

那是我生命中最惶惑的階段，卻因為讀了他晶瑩般的詩句，似乎獲得了指引。然而我必須感傷地說，到達海外後，才發現何其芳全盤否定他年少時期的詩生活。為了革命，為了接受黨的指令，他完全把靈魂營造出來的詩句棄擲在革命的廢墟。然而我從未放棄對他詩行的膜拜，仍然供奉他在我靈魂最高貴之處。何其芳不只否定了自己，也否定了他那時代所有的文人。作為黨的文藝官僚，他在反右運動中指控、批判、下放了多少知識分子。原來詩學與政治是如此不相容，是如此帶著深沉的血痕仇恨。

我也想到另外一個革命運動中的文人瞿秋白。在時代亂流裡，一個夢幻般的文人，驟然被推上黨領導者的位置。一九三六年，他遭到國民黨逮捕，並且被槍決。在死刑的前夜，他留下一篇富有感情的遺言〈多餘的話〉，通篇文字流瀉著年少以來的濃稠詩情。黨的可畏，革命的可怕，在瞿秋白與何其芳的命運裡，讓我看得特別明白。我無法忘記一九八三年的那個夜晚，那是第一次讓我深刻思考，詩學與政治的相容或相剋。在星光的照耀下，我終於寫下這樣的句子：「北斗七星垂直閃爍時，你或已沉睡。我依稀辨識你解衣散髮，寧靜地讓裸露的身軀舒放在黯淡的星光下。這是第幾度，我又與你相遇在蒼茫沉鬱的夜色中。」察覺到自己可以把故鄉的土地當作情人那樣來傾訴時，便清楚意識到在政論的文字以外，我還保留著一些詩情，可以與台灣展開詩意的對話。完成這篇散文時，我掙脫了詩學與政治之間的苦惱，在我血管裡流動的情緒，原來是我對詩的不滅嚮往。

二〇一五．五．二十一　政治大學台灣文學研究所

夢境與夢外

1.

坐在街角的咖啡廳，望著窗外寒流過境的洛杉磯城市。那是一九八三年元旦過後不久的下午，天色很暗，走過的人影有些迷離。其實在這裡已經居住兩年，內心很清楚，我不屬於這個大都會。年節才過不久，咖啡店內的節慶裝飾猶在，只是缺少喜悅的氣氛。這不是我常常造訪的地方，因為湊巧路過，便折進來整理自己的情緒。稍早接到來自台灣的電話，告知文化大學政治系主任盧修一突然遭到逮捕。經過美麗島事件之後的台灣，並沒有因為反對人士被捕就平靜下來。看不見的騷動，常常在什麼時候什麼地方閃現。事件餘緒恐怕比事件本身還來得巨大，至少權力在握者仍然活在震盪之中，死神的陰影未嘗離開我的故鄉海島。政府與民間的感情，從來沒有那樣疏離過，好像所有的信任已全然消失無蹤。

舉杯飲著咖啡之際，內心不斷追問：盧修一是誰？一個大學教授，而且是政治系主任，為什麼捲入台獨案？在那段緊張時期，仍然還有知識分子繼續投入政治運動。美麗島事件的全島大逮捕，似乎沒有產生遏阻的作用。經過那個事件之後，新世代的民主運動者巍然崛起。黨外雜誌更是密集地發行，代表了一個全新論述時代的誕生。所謂新世代，指的是戰後的世代，同時也是嬰兒潮的世代。他們夾帶全新的思維，不再背負太平洋戰爭或國共內戰的歷史包袱。他們誕生時，台灣與中國已經產生隔絕，中華人民共和國的誕生顯然與他們的生命毫不相干。這種世界觀與歷史觀，決定了他們對台灣未來的看法。比起一九三〇年代出生的世代，他們的思考似乎更加活潑，看待台灣社會的態度也更加落實。美麗島受難人是他們的前行代，是屬於戰爭思考的最後世代，也是企圖提出歷史問題的一代。而戰後的新世代，則是開始尋找具體的歷史答案。

我也是屬於嬰兒潮世代的一員，出國留學之後，更覺得中國與我的生命尤其疏離。如果對中國具有任何感情，那並不是由土地、人民、歷史、社會培養而成，而完全是接受黨國教育所得到的扁平知識。感情應該是立體的，與生俱來的，不是從強制教育的手段而獲得。如果我的前行代不可能產生中國感情，則我這個世代，更加不可能具有任何關懷。在整個受教過程中，所謂中國，絕對沒有任何現實基礎，而是國民黨宣稱具有中國法統而製造出來的知識。其中有太多的欺罔、矇騙、謊言，甚至是神話。我所獲得的國家概念，永遠停留在四萬萬五千萬的人口，我所理解的中國版圖，始終都包括外蒙古在內。對於一九四九年以後中國內部的變化，台灣的學子完全一無所知。教育應該是帶來啟蒙，但黨國教育卻是精心製造蒙蔽。看不見的中國，是一個神祕而遙遠的領域，在那樣的教育下，許多知識分子各自追求自己的身分認同，應該是相當合情合理的事。

出生於一九四一年的盧修一，留學於比利時，在那裡開始接觸左翼思想。那個時代的留學生，其實就是台灣社會延伸出去的觸鬚，去探索黨國以外的廣闊知識。如果到達異域，還遵循著國民黨的教育與教條，那無疑是一種自我矮化的行為。掙脫特務的鷹犬監視之後，稍有自覺的知識分子，都會去汲取異質的知識泉源。社會主義或左派思想，對於人文學科或社會科學的研究者，往往具有致命的吸引力。閱讀左派書籍，其實就是對台灣黨國體制的一種抵抗與批判。從政治大學畢業的盧修一，很早就開始接觸社會主義書籍。在歐洲留學之際，也與流亡海外的革命家史明開始接觸，並且以台灣共產黨作為博士論文的主題。撰寫論文期間，他特地飛往東京，住宿於史明所經營的飯店，大量研讀日據時代左翼運動的史料。橫跨歐亞的漫長旅路，其實就是戰後台灣知識分子的曲折道路。

當我在苦思盧修一是誰時，許信良立即給了我答案：「盧修一是我大學的同學。」許信良接觸左派思想，是在蘇格蘭的愛丁堡大學。他與盧修一求學的地點不同，但是對左派思維的嚮往，則完全相同。他們追求的道路，也正是後來我正要趕上的。與左翼思想的任何接觸，自然具有高度的政治暗示，那等於是在觸探黨國所畫出的禁區。在島內可以為所欲為地查禁任何思想，但在廣闊的海外，則是無窮無盡的天涯。左翼思想並非稀有的知識，也無須鑽研高深的理論。所謂左，其實是對腐敗資本主義的批判，也是一種追求公平與正義的思維，更是讓傾斜的社會回到正常世界的手段。盧修一是我那個時代的象徵，企圖讓封閉的台灣得到精神出口。他勇敢回到台灣，並且在政治學研究得到一定的尊敬。

他所投入的台獨運動，其實是要揭露國民黨統治的虛構本質。戒嚴時期，在格局有限的島上，置放一個過於龐大的法統體制，顯然是一個可笑的存在。稍有良心的知識分子，都無法接受這種不合理的統治。台獨是一種相體裁衣的政治思考，如果國家是由人民與土地所構成，則當時存在於島上的萬年法統，則是一襲包藏腐臭的虛偽外衣。這個法統，從來沒有獲得人民選票的承認。左翼思想無疑是站在被壓迫的人民立場，讓荒謬的政治生態注入正義而合理的價值。盧修一突然遭到逮捕，反而使我更加相信，美麗島事件後的台灣，並不可能永遠保持沉默。當前行代為了追求理想而坐牢。後來者應該繼承他們的志願，使民主運動源源不絕延伸下去。

不久之後，史明從東京打來越洋電話，詳細告訴我他與盧修一的過從。他說，盧修一的博士論文，在於撰寫日治時期台灣共產黨的始末。那是一個突破的議題，這種研究根本不容於保守的教育體制。他也提到，盧修一在東京向他學習時，研讀日文史料特別勤勞，每天與他過著規律的起居生活。許多日文的檔案史料，都由史明幫他翻譯，盧修一則是用法文寫成論文。幾乎可以想像，那種多重語言的跨越，顯然是艱鉅的挑戰。我不能不在內心喟嘆，他為了追求體制外的知識，不僅要在地理上進行長途飛行，也要在心理上從事不同語境的跋涉。非常時代的知識分子，所承受身體與精神的任務，簡直就像魯迅所說「肩起黑暗的閘門」，容許光可以照射進來，可以看清楚自己時代的處境，也可以瞭望整個社會的未來出路。

我所不認識的盧修一，他的形象於我是相當模糊，他所寫的博士論文，於我也相當隔閡。在洛杉磯時期，我也正在整理日治時期台灣左翼運動的史料。那時我有一種覺悟，要尋找精神出口，絕對不可能遵循國民黨所留下來的極右派思維。我也深深覺得，自由主義的道路有它一定的侷限，至少對於資本主義的批判，絕對不可能展開任何格局。我也是在日文檔案中，辛苦摸索著殖民地政治運動者的精神面貌。他們的思考與行動，彷彿是在看不見光的隧道裡踽踽前進。在那些宣言、文告的紀錄深處，隱隱存在著一個理想的社會。他們並不覺得那是烏托邦，而是可以在具體的實踐中慢慢形塑起來。而我相信，盧修一所閱讀的史料，大約與我有重疊之處。他在論文裡表達的思維模式，也許與我的閱讀也相當接近。我不知道盧修一是誰，卻不知道為什麼他變成了我熟悉的朋友。兩人之間，完全沒有對話，卻迂迴地在史料爬梳中辨識了他的靈魂。那是相當奇妙的感覺，當我在深夜的洛杉磯谷地繼續書寫時，好像也隱約體會了盧修一在歐洲撰寫論文時的心情。我們隔著不同的時空，卻面對著相同的台灣命運。

2.

我與我的世代始終懷抱著一個永恆的夢想，夢想著台灣有一天可以變成沒有傷害、沒有欺負、沒有歧視的土地。每當我說出這樣的夢想時，總是會引來恥笑，認為那是永遠不可能獲得實現。有些朋友甚至表達犬儒的態度說，甚至像美國這樣民主的國家，依舊有著種族歧視，依舊有著貧富不均。美國人都不可能做到，台灣豈可輕易幻想。這確實是一個事實。美國建國一百年之後才發生南北戰爭，他們的歷史才到達解放黑奴的階段。還要再經過一百年，美國的黑人民權運動才正式展開。美國是這個地球上的民主典範，他們的歷史尚且走得如此坎坷、曲折。那麼渺小的台灣，甚至還沒有拿到跨進歷史的入場券。他們說，台灣在當前最迫切的任務，就是從事建國運動。只要有了國家人格，才有可能談到自由民主，最後才有公平正義。這是我在海外所習以為常的言論，他們使始終迷信台灣獨立是萬靈丹，只要在國際獲得承認，則所有人權的議題都可得到合理的解決。

這樣的討論，是在元旦聚會時激烈展開。對美國人而言，從聖誕節到跨年的一個星期，是他們的黃金假期。《美麗島週報》在假期之前發行最新一期後，也暫時獲得一段喘息的時間。能夠與朋友相聚，一起度過春節，未免是太奢侈了。但是每次的家庭聚會，總是陷於無盡止的辯論。建國與民主的兩個議題似乎是對立的，甚至到了水火不容的地步。尤其盧修一事件發生在黃金假期結束之後，似乎使建國派的言論更加高漲。夾在兩派之間，我一直相信民主實踐在建國過程中其實並不衝突。追求族群平等、性別平等、階級平等的理想，為什麼必須要等到建國之後才能實踐？一個真正的革命者，為什麼不能在政治運動過程中，就展現對不公平現象的關懷？

在家庭聚會的那個晚上，窗外的霧洶湧襲來，完全無法辨識庭院裡的樹木，稍遠的街燈則完全隱而不見。室內的激烈討論，彷彿把整個世界都關在外面。這是知識分子的典型脾性，只要脫離現實，所有的思考都可以成立。我們彷彿在霧裡看花，在受到遮蔽的屋內旁觀台灣歷史。即使在辯論的高漲情緒裡，每個人仍然像紳士那樣，手持一杯威士忌，侃侃說著建國之夢。坐在客廳角落的燈下，靜靜看著每位紳士淑女的神情，彷彿有一種幸福瀰漫在溫暖的室內。只是覺得內心有些不安，建國這樣的重大工程，豈是可以用清談的方式來進行？

我讀過太多人類的建國歷史，深深理解一個國家的誕生，必須要經過多少流血革命。即使革命成功，也還要經過多少鬥爭與清理，才能慢慢進入一個新的國家秩序。我們的台獨運動，卻是在溫文儒雅的家庭聚會中進行辯論，而且是在距離台灣土地那麼遙遠的另一個海岸。在我內心，從來不覺得離開校園來參加週報的編輯，就是一種革命行動。如果可以定義為革命，那也只是對於個人生命的劇烈改造，不可能對整個時代大環境產生任何波動。我那時的信念是，如果真的要投入革命行動，就有必要優先整頓自己的思維模式。

在明亮的餐桌上，在水晶燈的照耀下，主人擺設了來自故鄉的土產與食物。看見美麗的瓷盤上，整齊排列著烏魚子切片，不免想起在左營度過年節時，也未曾享有過如此的盛宴。像我們這樣知識分子的聚會，彷彿置身在神話的情境裡，距離革命的烽火不免是太過遙遠。盧修一事件給我很大的衝擊，與其奢談未來的建國道路，不如先從個人的思想改造做起。台灣獨立，建國革命，絕對不可能發生在我的有生之年。在洛杉磯時期，我才正要進入生命中的盛年，歲月的地平線還正遙遠，還有太寬闊的空間供我馳騁。深深覺得革命或者建國，絕對不是我能介入。如果可以介入，應該優先思考公平與正義的問題。

我從不否認，自己是一個感傷的浪漫主義者。帶著一定的熱情，無可救藥地懷抱太多夢想，到底能不能實現也在所不計。這樣的浪漫精神，在那荒涼的年代，簡直是不合時宜。參加政治運動本身，無疑是浪漫的行動，連自己也感到相當訝異。親身涉入這樣的浪潮，確實感受到時代力量是那樣的洶湧而絕情。如果選擇不要介入，或許永遠在舊有的夢境繼續過著，也許並不那麼幸福，卻是非常安靜的生活。一個浪漫主義者走出夢外時，才察覺所有的安靜與幸福原來都是屬於虛構。走到這麼荒涼的異域，也走進那麼困難的政治運動，不免覺得幸福的年少時期是何等荒謬。在無知狀態，生命確實是無比幸福。

只是殘酷的現實，終於還是把我從夢境中搖醒，我不免想起魯迅所說「鐵屋裡的吶喊」。一旦看清楚政治權力的醜惡，看清楚現實世界的墮落，才發現自己從來就是住在牢不可破的鐵籠子裡。憑藉著血脈裡燃燒的熱情，也憑藉著與生俱來作夢的能力，我慢慢走出鐵屋之外。左派書籍的接觸，似乎引導我去發現另外一種思想層次。在我原來的生活裡，從來只是存在著以右眼看待事物的習慣，整個世界不免是傾斜的。美麗島事件的衝擊，再次點燃了我骨子裡的浪漫熱情。如果沒有投入這滔滔的洪流，也許不可能讓我有機會使用左眼看世界。在神祕的時刻覺醒，想必遠在歐洲的盧修一，也應該有同樣經驗。

歷史把我們這個世代帶到如此遙遠的海岸，似乎有它一定的意義。盧修一必須旅行到那麼偏遠的西方帝國，才找到另外一條思想出路。我從來不覺得左派就特別高貴；但是，不能具備左的視野與觀點，就很難蓄積批判的精神。台灣社會在右派霸權的操控之下，使我這世代的知識分子不能不淪為幫閒或共犯。跋涉了那麼長遠的旅路，或許也不純然在左右兩條道路上抉擇。在成長歲月裡的長途啟蒙中，一直受到教育體制的遮蔽與蒙蔽，集體被引導到充滿偏見與偏頗的世界裡。在那裡看不到左的思考，甚至「左」已經變成一個髒掉的字眼。這是一種屈辱的教育，也是人格受到扭曲的惡意誤導。如果我還信守那種價值的思考，不也就成為威權體制的共犯嗎？

到達北美西岸時，海外的釣魚台運動逐漸進入尾聲。那場運動為我帶來相當洶湧的左翼思想衝擊。那時不斷收到有關釣運的油印刊物，左的思考與左的言論可以說到達相當氾濫的程度。釣運退潮後，重新檢視那些宣傳刊物，才知道他們所謂的左派，其實是中國的代名詞，或甚至是中共的同義詞。所謂左派精神，不都是要與政治權力保持疏離關係，或者是對於權力在握者進行批判？為什麼反對國民黨而投靠共產黨，就可以自稱左派？這樣搖擺依違的態度，只是機會主義者而已，完全褻瀆了真正的左派精神。盧修一事件給我很大的衝擊，他的台灣共產黨研究，絕對不是在政權之間做選擇。他想要釐清的是，台灣本土左派的歷史根源究竟何在。縱然台共歷史已經湮滅在歷史迷霧，那個時代的政治運動者所揭示的批判態度，對於所有右派政權一直還是具有批判效用。而右派政權包括了日本殖民統治，戰後的國民黨戒嚴統治，甚至是今天中共的極右獨裁統治。那年在左派史料的閱讀中，蟄伏已久的心靈逐漸甦醒。過去所習慣的右派安逸思維，完全把我關在夢境裡。當我一步一步走向歷史的台共，我的靈魂才慢慢遁出夢外。夢醒時，才感知人間痛苦四面席地而來。

二〇一五・七・一　政大台文所

回家的方式

1.

望鄉的心情，從來都是處於焦慮狀態。由於書信遭到攔截，電話遭到竊聽，行蹤遭到監視，在我內心的台灣形象逐漸演化成一座牢房。那時多麼希望可以回到自己的土地，並且也到監獄去探望美麗島受難人。午夜夢迴時，才察覺自己也在坐牢。尤其距離學術越來越遙遠，距離文學創作也越來越陷於隔絕，好像自己的靈魂懸掛在風中，來回擺盪，完全沒有任何著力點。有時不免會自問自答，若是身體不能回去，精神可不可以回去呢？在洛杉磯谷地停留那麼久之後，越來越感覺那是一個囚牢。縱然可以不時接收到台灣的信息，但都是停留於文字的傳達，整個身體還是處在真空狀態。那是傳真機之前、網路之前、手機之前、視訊之前的時代，僅憑藉文字，很難穿透網羅密布的邊境。

彷彿被鎖在時間與空間的井底，不能不依賴文字的密碼完成精神旅行。在阿罕布拉

（Alhambra）的公寓裡，夜晚時聽著兩個孩子入睡時呼吸的聲音，內心總是懷著高度歉意，不能給他們一個安穩的故鄉，也不能給他們一個固定的住所。那麼幼小的心靈，就跟隨自私的父親漂泊。常常從窗口仰望星空，當整個谷地都熄了燈光，每一顆星反而都清晰可辨。北斗七星就成為我的指引，凝視著北極星，我假想著台灣的方位，似乎那脆弱的心靈可以飛越海洋，偷渡那樣回到台灣。在最絕望的時刻，偷渡的唯一方式也只有文字而已。如果政論文字不能寄達黨外雜誌，或許可以重新提筆去寫詩或散文，發表在故鄉的文學刊物。

在《美麗島週報》使用了三十餘個筆名，為的是要掩飾自己的身分，或許也可以用同樣方式，偷渡回到台灣。一九八二年夏天，暗自決定使用「陳嘉農」的筆名，復出台灣文壇。那時寫出的第一首詩就是〈未竟的探訪〉，寄給在高雄發行的《文學界》。稿子寄出後，不敢確定是否到達。到了秋天才收到主編鄭炯明的來信，表示在下期就會刊登出來。那首詩其實是寫給林義雄，但似乎也是要寫給所有高牆內的受難人，在深夜裡一行一行鏤刻著自己的心情，好像也在安慰著衰弱的靈魂：

我僞裝成一道微弱的陽光
穿過細方格子的鐵窗
投射到你潮濕的小房

落在你的床緣時
我的微光或已冷卻
但是，我只想讓你知道
爲了專注而筆直地射入鐵窗
我是凝聚了多少畝灼熱的陽光

或者，容我化成一粒卑微的水珠
假裝不經意地躍入鐵窗
落在你已夠潮濕的小房
且莫懊惱
爲了這次的探訪
爲了越過重重的欄柵
我是藉助了多少哩長龐沛的雨水

那是我最早的返鄉方式，縱然肉體缺席，也要讓精神在場。文字是我的幽靈，是我傳送給海島土地的密碼。這彷彿是我被貶謫到另外一個星球，眼睛卻專注地瞭望藍色的地球。每一詩行都是我沉重的鄉愁。在那漂流的年代，詩中字句絕對不可能夾帶任何重量，卻是那段時期我最真實的見證。那首詩藉由陽光、雨水、微風的意象，傳達靈魂井底所暗藏的千言萬語。不會有人記得我寫過那樣的詩，甚至我自己也幾乎淡忘了。只是在重新回顧時，又一次在記憶深處打撈，終於看見那被棄擲許久的詩行。獨自捧讀時，似乎可以感受那年血脈裡的心跳。偷渡回鄉的詩行，恰好有人拾起，或許可以辨識其中的溫情與哀傷。在異鄉星空下所寫的詩，想必不可能拯救任何人，卻足以讓失落於陌生土地上的自己得到救贖。窗外的星，以不眠的眼，定定注視著桌上空白的稿紙，似乎在引導我跋涉那空白的版圖。久未寫詩的手，顛躓於方格密布的紙上，那樣寸步難行，好像時間就停頓在那裡，似乎找不到任何出口。等到一個字一個字緩緩浮現時，驟然感覺有一條跡線隱隱與海島銜接起來。詩行完成時，也似乎帶著我走出情緒的困境。

詩，成為我逃逸的密道，容許我從凌虐的鄉愁中脫困。那是我精神返鄉的起點，通過那最簡單的形式，所有的痛苦、折磨、挫折，都壓縮在那詩行之間。發現自己的詩行在台灣發表時，我好像在風雨過後又重見天日，我的語式與句法似乎開始呼吸著島嶼的空氣，也接受了久別朋友的凝視。詩不可能講話，但是可以與故鄉讀者進行無語的對話。他們或許可以想像，遠洋有一艘漂泊的船隻，正在黑夜的海上頻頻打著燈號。那艘破浪前進的船，為的是證明它從未沉沒。那意義不明的燈號，並非是在呼救，而是在傳遞它那不滅的故鄉之愛。詩的訊息也許並不那麼準確，只要讓人們在黑夜裡看到明滅的光，便知道那靈魂一直都在。只要沒有沉沒、沒有死亡，一息尚存的詩行，就足夠傳達遠方不滅的意志。

遠洋的迷霧再也無法鎖住我望鄉的心，負載著飽滿的憤怒，豐沛的感情，在北半球展開返鄉之旅。詩行在故鄉發表之後，我決心繼續寫出禁錮已久的散文。傲慢的當權者，可以切斷我的回鄉道路，卻不可能切斷我的思想與精神。我終究要回到歷史現場，那是一個不容缺席的言論戰場。當各種意識形態在那土地上蔓延時，我當想盡辦法爭取發言權。我最早的回家方式，便是介入一九八三年的台灣意識論戰。每當政治氣候在醞釀轉變時，似乎可以從一些微妙的跡象嗅聞出來。這場論戰，牽動了中國意識與台灣意識的版圖消長，也鬆動了國民黨當權派長期劃下的思想禁區，更帶動了長年被壓抑的台灣主體意識。這是一個全新的言論場域，相較於一九七七年的鄉土文學論戰，台灣意識論者的主動出擊，完全改變了長期遭到扭曲、醜化、羞辱的劣勢。

一九八〇年代出現了許多新的歷史轉捩點，似乎都在暗示盤踞在島上那體型龐大而行動笨拙的中國體制，已經露出老化的疲態。那曾經是華麗而堅固的城堡，再也無法掩飾崩塌的裂痕。站在遠方，我清楚看見它那搖搖欲墜的姿態。論戰爆發時，縱然身在海外，我不可能允許自己置身事外。在《美麗島週報》上，我開始詳細介紹這場意識對決與消長的實況。台灣的黨外新世代，在美麗島事件之後，終於不再保持沉默。他們正在集結新的力量，也在尋找新的出口。從台灣寄來的黨外雜誌，展現了前所未有的氣象，潛藏在社會底層的年輕思想，都浩浩蕩蕩湧現出來。那時所收到的黨外雜誌，《深耕》、《生根》、《關懷》、《鐘鼓樓》、《博觀》、《縱橫》、《進步》，猶如正在升起的地平線，拉開極為寬闊的前景。這是一條前所未有的戰線，再也不像美麗島時期的孤軍奮戰，而是以集體的力量，宣告新的時代就要到來，也預告蟄伏已久的心靈正在甦醒。

如果那是歷史的召喚，遠方遊子也必須歸隊。我的返鄉之旅，便是在這個關鍵時期啟程。我的論述時代，正是在這個時候開始構築。為了區隔我不同的發言方式，決定使用三個筆名，首先是施敏輝，專注於政論的書寫。其次是宋冬陽，集中在文學評論與歷史論述。最後是陳嘉農，集中於詩與散文的營造。好像整個生命終於進入了我的文藝復興時期，滿腔的悲情與憤怒再也不能止息下來。猶似有一株毒藤，沿著血脈持續蔓延滋長，只要說話或書寫，就會開出妖豔的花朵。那樣的人格，再也不是我的舊友能夠認識。那種不尋常的文字演出，充分顯示了我已徹底背叛島上的黨國教育。

2.

精神返鄉的旅程是如此迂迴，又是如此細微。決心讓文字回到歷史現場，那是整個流亡時期最大的轉變。確知自己不可能在最短的時間裡回到台灣，那是相當絕望的等待，好像整個人被拋擲在不見天日的井底，看不見光，也看不見任何救贖，只能日日夜夜舔舐著傷口，嘗試讓自己活下去。讀過那麼多書，才第一次理解什麼是「苦撐待變」的滋味。每天都在苦讀來自台灣的報紙，也認真細讀黨外雜誌的每一個文字，甚至埋首於最新出版的文學書籍。內心隱隱可以感覺，台灣的政治氣候與文化生態正在轉變，似乎正在預告一個全新時期即將到來。一九八〇年代後的台灣，常常被稱為後美麗島時期，顯然有一定的歷史條件。「後」，既有延續的意涵，也有開創的暗示。美麗島精神是什麼？它不僅代表民主與人權，也代表著改革與開放，更意味著本土與在地。在事件之後，新世代黨外運動仍然堅持民主與人權的路線，但是最大不同的地方，他們更勇敢而公開地提出本土精神。遠在洛杉磯，我相當敏感察覺了這微妙的轉變。

後美麗島時期的本土取向，似乎使台灣社會有了全新的方向。那是看不見的政治洪流，許多新的名字都正在冒出。他們的文字是那樣陌生，卻暗藏了新的氣象。他們不再只是停留在政治層面，而是與環保、性別、族群、階級的議題結合在一起。新世代也富有濃厚的歷史意識，而這樣的意識不再朝向中國，他們把終極關懷置放在海島的土地上。本土化一詞不斷在浩繁的文字中提升能見度，它再也不是高度禁忌，也不再是神祕的語彙，而公然成為新世代的普遍認同。正在崛起的新世代，其實就是我所屬的戰後世代，也是與中國完全隔絕的世代，更是二二八事件劫後的世代。我們這一代人與戰爭時期的世代，確實有著截然不同的歷史感受。戰爭與屠殺的陰影，始終盤踞在靈魂深處。尤其見證前世代所承受的白色恐怖，使我們對於改革與開放抱持更迫切的渴望。

我是在台灣缺席的新世代，反而擁有更充裕的空間去閱讀歷史資料。開始為黨外雜誌寫稿時，我開始整理日治時期的左翼運動史實。著手撰寫左翼運動的文字時，意味著我的思想已經重新出發。右派論述支配台灣的政治與文化，占據了整個戰後時期。國民黨的戒嚴令與法西斯，正是右派霸權的最佳例證。如果放棄對台灣左翼史的認識，等於在精神上向右派繳械。被囚禁在陌生的土地上，正好給我窺探歷史上台灣左翼運動的空間。我在《美麗島週報》寫出的第一篇左翼史論文，〈永遠的望鄉人：蘇新的生平與思想初論〉，無疑是我思想斷裂點的一個佐證。這篇四萬字的長文，成功地偷渡回到台灣，並且發表於黨外雜誌《八十年代》。那樣的返鄉，使我有歸隊的感覺，至少也加入了黨外新生代的行列。

那年夏天，楊逵到達洛杉磯訪問，在當地台灣人社區引起騷動。第一次捧讀他的小說集《鵝媽媽出嫁》，依稀記得那是由香草山書屋出版。其中所收的作品〈送報伕〉是一九三二年，楊逵在日本《文學評論》得獎的小說。他是第一位在東京文壇獲得承認的殖民地作家，對於一九三〇年代的文學運動衝擊甚鉅。在歡迎會之前，我特地寫了一首七十行的長詩，〈你逆風而來：為楊逵「送報伕」發表五十週年而作〉。在最後一節，我寫下這樣的詩行：

楊逵來美演講。左起分別為許達然、楊逵、洪銘水。

迎 楊逵
送報伕」發表五

五十年的風，仍狺狺地吹
七十七年的生命仍挺直腰幹
茫茫的天涯
呑蝕不盡你龐大的身影
顚撲的道路
爲你迤邐展開
在疾風勁草的年代
你從容整襟結髮
彈掉身上的塵埃
昂首逆風而來

詩中的五十年，指的是殖民地時代；而七十七年，則是楊逵的歲數。這首詩在於強調，國民黨的統治其實在手法上與殖民地統治沒有兩樣。楊逵所遭到的牢獄之災，反而比殖民地時期還更嚴酷。在洛杉磯機場迎接他時，才發現他的身材不高，一出機場，他就不停抽菸。而且走路的腳步非常快速，陪他同行，我彷彿是一路追趕。他的媳婦同行，可以在旅途上照顧他。他的身體看來還相當硬朗，在公開演講時，展現了十足的氣勢。從來沒有看過那麼多的同鄉出席這樣的演講會，整個會場爆滿。他們可能不熟悉他的作品，但是都願意向這位抗日運動者致敬。他們也知道，楊逵曾經在戰後坐牢十二年，他的身影，其實就是整個台灣史的投射。他的思考清晰，用字精確，一個多小時的演講沒有絲毫倦態。他是我所看到的第一位殖民地作家，一位農民運動領袖，又是一位傑出的小說創作者。縱然聽眾不熟悉他的身世，卻深受他演講精神的感動。

坐在會場的第一排，清楚看見他舉手投足的姿態。總覺得他有一種傲慢，無視於外在世界的喧囂噪音。那是無可輕侮的風範，已經超越世俗的任何價值之上。他在東海花園耕作的生活，顯然是對山外的庸俗政權表達最大輕蔑。他迢迢遠行到北美洲，顯然還有滿腔的話要告訴我們這些後輩。在台灣左翼運動史上，他並非是極端的激進分子，他所信仰的思想，完全可以具體實踐。尤其在一九二〇年代中期後的農民運動中，他從不空談理論，而是與農民的生活緊密結合在一起。在演講時，他顯得特別從容。一位高齡的運動者，毫不懈怠地接受各種提問，面對所有的難題，他顯得游刃有餘。坐下來時，他立刻就點菸靜坐。在煙霧裊繞中，仍然保持目光炯炯的眼神。他果然是一個運動者，永遠都保持不疾不徐的身段。

那天晚上，我邀請楊逵與他的媳婦來家裡晚餐。許信良駕駛那部舊車，相當難得地準時赴約。從來是旁若無人的許信良，看見楊逵時，非常尊敬地向他鞠躬。楊逵很親切稱呼他縣長，因為他定居在桃園大溪，是許信良的支持者。對於這位流亡的縣長，他表達了親切的關懷。坐在客廳裡，其實都是楊逵在說話。我第一次看見許信良坐得那麼端正，相當專注聆聽楊逵說出的每句話。他不僅談到日治時期的農民運動，也談到當下的黨外運動。他一直鼓勵許信良必須回到台灣，而且語重心長地說，「必須要回到現場，運動才能產生力量。」整個晚上的談話，似乎是這句話擊中了許信良的心坎。在深夜離去之前，許信良從口袋裡拿出一個禮物，那是相當精緻的鋼筆。一個文學前輩可以讓一個政治領袖如此謙卑，這樣的印象，讓我特別難以忘懷。

健談的楊逵是個老菸槍（chain smoker），整個晚上一直不斷在點菸，幾乎可以讓我想像他年輕時雄辯的姿態。曾經從事過殖民地農民運動，也參加過新文學運動，身為左派的思考者與行動者，在我內心裡，始終都是一個典範。直到午夜時，才由許信良載他們回到朋友的住處。他留給我相當深刻的印象，也讓我對他的文學更加專注閱讀。他從來不是空談者，而是在理論的基礎上，又繼之以具體的行動。經過那次會面，我返鄉的意志就更加積極而堅定。因為他的刺激，我開始不斷寄自己的稿件回到台灣。遠涉重洋的文字到達台灣的海關時，想必是經過多少的檢查。我不斷更換自己的筆名，並且也委託別人抄寫我的稿件，仍然還是遭到攔截。但總是有漏網之魚，最後在台灣土地上重見天日。那種返鄉的滋味，是何等艱難，又是何等苦澀。文字尚且如此，則我回鄉路途之艱難，更加可以想像。我的心其實已經啟程，只是不知道還要等待多少年，回鄉的願望才得以實現。我定定地注視著北極星，黑暗的天空沒有給我答案。

二〇一五・八・二十一　政大台文所

聖塔摩尼卡的黃昏

1.

晚春初夏之交，總是有帶著溼氣的風，從海洋襲來，迴旋在整個谷地。從高樓之間的縫隙，往往可以望見覆蓋著壓得很低的雲層。此際路邊的行道樹，也變得特別翠綠。走過巨大的樹蔭下，似乎可以感覺這巨大的城市特別友善。陪伴著父親與母親，在行人道上散步，不時讓我產生錯覺。在夢中，有多少次回到故鄉，彷彿父母對我特別疏離。特別是父親，總是帶著嚴肅的表情，似乎在責備我這樣離經叛道的浪子。那些奇怪的夢，常常不斷回來，我看見自己不斷在逃離。父親的面容，卻一直浮現在眼前。他不發一語，眼神卻釋出無盡的責備。同樣的影像，常常在夜裡回來。午夜夢醒時，才知道那是幻影。可能也不是幻影，而是我內心常常在譴責自己。畢竟我是背叛者，完全悖離父親的願望。在他的孩子裡，我可能是模範生。他從來沒有想過，這個孩子已經走到最遙遠的邊境，而且是站在家國的對立面。如果生命道路是可以選擇，我卻選擇了父親願望的對立面。

看著父親早衰的背影，在我前面踽踽而行，好像望見他曾經有過的跋涉。父親是孤兒，六歲失怙，十歲喪母，過早地嘗盡人間炎涼。他出生在左營的廍後，那是從前傳統製糖的地方。日本人開始進行南進政策時，徵收他們的住宅，劃入海軍軍區。父親曾經隔著鐵絲網，指著軍區裡面行道樹的背後說，他從前的房子就在那裡。他感嘆的語氣充滿惆悵，畢竟再也回不去了。十六歲開始與日本廚師學做料理，十八歲在高雄吉井百貨餐館擔任廚師，遇見在專櫃工作的母親。兩人戀愛，未久即宣告結婚，開始過著非常辛苦的家庭生活。那是一九四二年，太平洋戰爭臻於高潮之際。猶記得結婚照片上，新郎的父親穿著像軍服那樣的禮服，似乎嗅不到任何祝福的氣味。他三十歲時，已經有了六個孩子。

陪他來洛杉磯的母親，總是沉默不語，她慈祥的面容，不時帶著欲言又止的表情。她應該是我生命裡的守護神，每當我失去勇氣的時候，母親會適時給我力量。父母都是小學畢業，無法與我做知識上的任何對話，卻不斷讓我學習待人之道。我反抗過父親，不時與他有意志上的對峙。總是在一定的關鍵，母親融化了我。我從未告訴他們人在洛杉磯參加《美麗島週報》的實情，希望一直能夠瞞著他們。在樹蔭下，我扶著母親的手臂散步，總覺得她有很多話要告訴我。父親偶爾駐足望著遠天，忍不住嘆氣說，那好像是童年時的天空，好乾淨的空氣，才會有這麼乾淨的雲。他低聲說，很喜歡這個城市。

我驅車帶著父母到聖塔摩尼卡（Santa Monica）的海邊，去看太平洋的夕陽。父親喜歡看海，在我幼年時，他常常帶著孩子到高雄的西子灣，或者坐渡輪到旗津海邊，常常站在沙灘上，眺望著落日。隱藏在他內心深處，曾經有太多的歷史傷痛。我在成長過程中，父親從來沒有提到他過去的遭遇，只有遠離台灣之後，他才慢慢說出自己在二二八事件發生時的實況。坐在岸邊的長椅上，我們父子一起面對著黃昏，彷彿有太多壓抑的情緒，終於在夕照裡傾瀉出來。他說，軍隊在高雄港登陸時，便展開大屠殺。高雄火車站的地下道，就有許多無辜百姓被槍決。他記得一個下午，有三位持槍的士兵闖入家裡，開始翻箱倒櫃進行搶劫。搜刮淨盡後，父親被槍桿抵著，士兵強迫他一起走到高雄火車站廣場，被迫跪在那裡。經過一個晚上，他才被里長保釋回家。離去前，他的西裝、上衣、手錶、皮鞋都被劫走。

我非常震驚聽著父親說出這段經歷，他選擇在一個遙遠的海岸，說出內心祕密，那是經過多少時間的折磨與凌遲。遠望著即將沉沒的夕陽，似乎感受到一股火焰在我血管裡燃燒。他終於可以傾吐出來，或許可以減輕些許他長年的心理負擔吧。我以帶著責備的語氣質問父親，為什麼從前都沒有告訴我們這些故事？他沉默許久才說，那個事件是很大的政治禁忌，他很害怕再為家裡帶來麻煩。到那時我才真正覺悟，為什麼父親與舅父他們對政治都特別感到恐懼。他們終於成為失憶與失語的一代，原來都是由於肅殺環境所造成。對於公共事務，他們從來不表示任何意見，深怕災難會無端降臨。在父親身上，我清楚看見戰後世代的典型

兒女陪伴我在美奔波。

人格，可以馴服地接受權力干涉，也相當安靜地承受非理的政策。他們安分守己過了一生，容許當權者予取予求，從來不知道什麼叫做抵抗，當然也更不清楚什麼叫做批判。

坐在長椅上迎接海風，父親終於又說出一些故事。他說，事件後有許多朋友失蹤，後來又聽說有人遭到槍殺。父親輕聲嘆了口氣說，事件過後，有許多熟悉的朋友再也沒有看見。他走過那個人口失蹤的年代，他的靈魂可能劃下許多傷口與疤痕吧。他又提起《新英文法》的作者柯旗化，讀師範大學時被羅織而囚禁在綠島。父親說，他與柯家曾經往來甚密，被捕事件發生後便開始疏離了。我在舊城國小讀書時，常常背著書包經過柯家，黃昏下課後，總會看到柯家做好了油麵，忙著在店門口晾乾。小學生站在那裡圍觀，我是其中的一個。母親知道後告誡我，以後不可以在那裡停留。聽父親說完故事後，我更加明白母親當年的牽掛。整個中學時期，我都是捧讀那冊英文參考書。我後來能夠閱讀並書寫英文，柯旗化應該是我私淑的老師。只是我從來不知道，背後暗藏著那樣令人苦痛的事件。對於父親的時代，對於柯旗化的處境，不能不讓我在內心感嘆著，那真是苦悶的台灣。

在父親面前，我未曾告訴他，在《美麗島週報》工作的事情。曾經在寄回台灣的家書裡，我謊稱在洛杉磯市政府教育局工作，為的是讓他們安心。能夠隱瞞久一點，或許可以不致讓父親陷入恐慌。在他們眼中，我一直是遵守規矩的孩子。在小學時期，每年都得到第一名獎狀，曾經帶給父母多少驕傲。他們未曾預料，這個孩子到達海外後，整個心靈已經重新改造，不再是他們心目中的典範。他們不知道，我血液裡潛伏著無窮的叛逆，也燃燒著無盡的憤怒。我曾經想過在日後的恰當時機，會把自己的所作所為都告訴他們。那應該是時過境遷，最後也應該可以獲得他們的諒解吧。

母親從來不發一語，只是坐在旁邊聆聽我們父子的對話。那時我也深深相信，父親願意把從前的傷痛卸下，似乎也在暗示著父子兩人的和解。他把我送到一個黨國教育的機器，內心必定有太多的痛楚，畢竟，我是被教育出來仇視他們的世代。許多價值觀念顯然是南轅北轍。尤其是他曾經被殖民的經驗，常常被視為等同於皇民教育；而我的整個受教過程，其實是把我鍛鍊成一個中華民族主義者。兩個世代的歷史道路，終於注定是背道而馳。他從來不願說出青春時期的記憶，也把戰後的屠殺事件視為最高禁忌，可能是覺得這個孩子的思維方式，絕對不可能對他具有任何同情。政治的乖離，教育的作弄，使我們父子兩代隔離在不同的世界裡。必須要到達遙遠的海岸，當政治恐懼感退潮之際，我們父子才有餘裕，找到互相理解的管道。聖塔摩尼卡的黃昏，留給我相當難忘的記憶。在那裡，我才第一次走進父親祕密的內心。

2.

父親與母親飛越幾千里的海洋，彷彿是前來與我和解。對於父母的身世，我很少主動去理解，好像他們理所當然就是我的雙親。他們的教育程度是日本公學校畢業，從此就投入艱難的求生道路。他們跨越兩個時代，熟悉日文更甚中文。雖然是小學畢業，母親酷嗜閱讀。在我成長歲月，總是看見母親捧讀兩份雜誌。一是《婦人俱樂部》，一是《婦人公論》。她房間的榻榻米上，常常置放著大開本的雜誌，裡面介紹的是烹飪與裁縫，其中還夾帶著電影介紹與小說作品。曾經看見過母親踩著縫紉機，一方面參考雜誌，一方面為我們縫製卡其短褲。

我從來不知道母親有自己的內心世界，更不知道她曾經有過少女的夢。十八歲就結婚的她，很早就被時代傷害成一個母親。她在短短十年內，就生下我兄弟姊妹六人，兩女四男，年齡差距都只間隔一年或兩年。生育的辛苦，使她過早就進入中年。在四十三歲那年，就已經升格為阿嬤。與台灣所有傳統女性一樣，在家庭總是扮演沉默的角色。她分享所有的愛給每一個孩子，並且也給我的父親，卻從來沒有保留給自己。在她面前，我一直是循規蹈矩的小孩。讀書時，總是名列前茅。那大概是我給母親最好的回報。她從來不知道，我內心充滿叛逆的性格。高中時期，受到英文老師的啟蒙，我開始閱讀《文星》與《人間世》，接觸了李敖與柏楊的文字。那是我最雛形的政治意識，暗自欣賞知識分子的批判精神。

父親對於公共事務，保持疏離的態度。他從未給我任何告誡，卻希望我不要在公共場合發言。在台大歷史研究所期間，我曾經提到雷震與《自由中國》。父親的神色似乎有些慌張，只淡淡提起要我專注在歷史研究。在父親面前，我傾向不與他辯論。只是我很清楚，自己的心靈距離父親越來越遙遠。表面上與父親相安無事，私底下卻偷偷閱讀了許多禁書，其中包括魯迅的《阿Q正傳》，以及三〇年代何其芳的詩作。決定出國留學時，台灣正遭逢一連串的國際挫折。從釣魚台事件、退出聯合國，到「上海公報」的宣布。對我這個戰後世代，內心有無盡的波濤正在襲擊。我第一次體會到，台灣社會已經完全不一樣。「中國」一詞再也不能讓我感到榮耀，縱然我與朋友組成一個龍族詩社，卻覺得那古典的符號產生異化了。

父母完全不熟悉我在國外的心情變化。尤其在北國的西雅圖，一個前所未有的思想洗禮，淹沒了我。那是我前半生終結的開始，當我開始大量吸收台灣教育制度所未能給我的知識。作為研究宋代歷史研究的書生，我開始嘗試涉入中國現代史的領域，並且也開啟台灣歷史的閘門。許多陌生的書籍，如果置放在台灣，必然都歸入禁林之列。我清楚察覺，自己純潔的靈魂正要走入禁區。最初捧讀《毛澤東選集》時，內心不免升起不安不潔的感覺。這位被台灣政治教育所妖魔化的領袖人物，終於莊嚴地坐在我的書桌。我第一次對共產黨的建國史，抱持罕有的好奇。當我擁有一套完整的《魯迅全集》時，整個心情開始背對著我所承受的歷史教育。那時才深深感受到，我的啟蒙階段，我的青春年華，都徹底被貽誤了。

當我在圖書館的特藏室，翻閱二二八事件時期的報紙，羞辱感與遲到感都同時抵達我的內心。有多少悔恨盤據我的胸臆，為什麼必須在北國的一個邊城發現台灣歷史？尤其那個悲劇事件，竟發生在我出生的那年，而且竟發生在我的故鄉高雄。我所忠誠閱讀的教科書，想必充滿了各種謊言與欺瞞。如果沒有離開台灣，或許我會以自己的受教為傲，畢竟我是被目為一名品學兼優的學生。在泛黃的報紙鉛字裡，不期然找到我先人的魂魄。我第一次強烈感到，年幼時期在國旗下所接受的獎狀，竟成為日後可恥的印記。我強烈感知，那些被放逐的靈魂，在渺茫的虛空想必漂泊已久，沒有親人、沒有後人前來相認。他們甚至也沒有墓碑，被埋葬到故鄉土地的莫名之處。只要歷史記憶隨風而逝，他們就永遠不再歸來。

坐在圖書館的暗室，看見北國陽光照在陳舊易碎的報紙上，我湧起欲淚的情緒。畢竟受害的那些人，沒有一個名字是我熟悉的。有些受害人的照片，已經漫漶不堪，幾乎無法辨識。他們模糊的面容，其實就是我的先人。有好幾個寂靜的下午，我坐在書架的角落，暗暗抽泣。誰能夠為我做一個合理的解釋？誰能告訴我那是如何發生？窗外是雪地千里，心裡的答案是一片空洞。我的台灣歷史知識，是如此一文不名、又是如此一籌莫展。但是我確知，那是我生命再出發的起點。拭乾眼淚之際，隱隱感受到一個全新的靈魂，降生在我的體內。

晚風習習的聖塔摩尼卡黃昏，容許我與父親在心靈上相互對話。我終於把所閱讀過的事件史料，都毫不保留告訴父親。看著他泛白的雙鬢，我第一次覺悟了他髮絲裡蓄積多少愁苦。那年我已三十五歲，微近中年，第一次嘗到父子兩人終於和解的苦澀。我不知道他是如何走出來的，只記得每當夜晚他獨處時，總是會唱出悲涼的日本演歌。我以童稚的眼睛，看著一位戰後的台灣男人，帶著苦笑，夾雜著沙啞的聲音，被淹沒在無盡的寂寞裡。我始終沒有進入他的內心世界，一如他永遠也不知道我心靈的變化。同在一個屋簷下，父親與他的孩子彷彿是活在兩個世界裡。當我被洗腦，成為中華民族主義者，父親好像被劃歸到敵對的日本那邊，那是多麼荒謬的時代，又是多麼荒謬的教育。父親送我出門受教，卻帶著仇視的靈魂回到家門。眺望著夕陽西下的太平洋，我終於明白父親為什麼從來不提起那悲劇的事件。

父親似乎已經察覺，他的孩子在海外已經塑造全然不同的人格。我好像對事件的始末瞭若指掌，為什麼在二月二十七日晚上發生緝菸事件，竟然釀成一場市民暴動。為什麼第二天，整個城市都陷入騷動。我依照日期的先後，把整個事件過程向父親解釋得非常清楚。夕照下，父親的神情果然有些訝異，卻又靜靜聆聽我所述說的故事。他一輩子過著奉公守法的日子，只希望平淡過完一生。有好幾次，他欲言又止，但最後都抿著嘴唇，讓沉默吞噬了他的心情。遠方的水平線，把火紅的落日切成一半。我想趕在天黑之前，把內心話都傾吐出來。在記憶裡，似乎從未與父親這樣說話過。我總是震懾於他父權式的眼神，而今我才明白，他一生也震懾於那一個更龐大的父權政治。他還要回去台灣，回到那被戒嚴體制所囚禁的土地。我想好好把握與他相處的時光，讓他理解他孩子的心路歷程。

母親坐在長椅的另一端，只是沉默聆聽父子兩人的對話。望著正在漲潮的海水，我猜想，她的心情恐怕是暗濤洶湧。在成長歲月裡，母親一直是我的庇護者。她很少有多餘的言語，因為她知道這個孩子不會學壞。整個青春時期，我似乎贏得她全部的信任。母親朝著海洋，定定凝視著，獨自咀嚼著我說出的每一句話。她可能覺得，這個孩子已經變成一個陌生人。因為在她面前，我從未討論過歷史，更未曾提起政治。必須到達遙遠的洛杉磯，迎接她的竟是一位不認識的孩子。那是應該揭開謎底的時候，畢竟他們已經知道，我已被歸入黑名單的行列。在當權者的眼裡，我是不折不扣的思想犯。夕陽餘暉使我變得勇敢而誠實，我並不想與父母決裂，而是暗自期待與他們和解。我第一次看見那麼豔麗的天空，滿天晚霞都照射在整片沙灘，我沒有說出真實的故事，到底在洛杉磯是從事怎樣的工作，父母的神色彷彿是心照不宣。離開聖塔摩尼卡時，我不禁回望最後一抹夕陽，整個心情彷彿已經步入中年。

二〇一五・九・十八　政大台文所

決裂的道路

1.

遠離華盛頓大學之後，似乎還留下許多牽扯。未完成的博士論文，誠實地說，還一直懸宕在我內心。從大學四年級一直到碩士研究，宋代中國的歷史始終是我學術的重要關切。對於第十世紀到十二世紀的古典歷史，總是不時對我釋放迷人的氣味。那時常常坐在研究生圖書館，翻閱著特藏室借出的線裝書。那陳舊的紙質，泛黃的木刻文字，對我是一種魅惑的顏色。那是稀有版本的史籍，只能供作閱讀，不容許在紙頁上做任何句讀或眉批。坐在圖書館玻璃窗旁邊，謹慎地翻閱著，從不放過任何一字一句。那時候不免產生錯覺，照射在善本書上的陽光，好像是從宋代投射過來。經過時間的旅行，我感受到十一世紀的溫暖與蒼涼。

那是我永恆的記憶，縱然浮沉在政治的洪流，還是不能遺忘多少年前的穩定心情。我不想也不會割捨那份感情，畢竟那是我生命發光發熱的年華。一個台灣青年，從來都未曾到達歷史現場，卻藉由想像朝向那渺不可見的時代，寄託深厚的感情。在文學上，我是浪漫主義者。但是在學術上，我的浪漫情懷未減絲毫。遠在洛杉磯，回想那年在台大的專情與專注，仍然感到相當離奇。如果我的政治意識沒有覺醒，如果沒有涉入整個時代的動盪不安，也許我寧可選擇靜靜坐在書窗裡，讓心靈接受古老時光的梳洗。

在洛杉磯的一個下午，收到楊牧從西雅圖寄來的一本詩集《海岸七疊》。他與我的博士論文指導老師陳學霖是好友，他的書與信總是讓我感到心虛。好像是一個逃學的人，不敢面對北國邊城的母校。楊牧的這冊詩集，展現他成熟的詩風。在遣詞用字時，顯得雍容有度。尤其讀了兩首〈盈盈草木疏〉、〈子午協奏曲〉，可以察覺楊牧對文字節奏的拿捏與掌控，已經到了爐火純青的地步。那時楊牧才新婚不久，詩行之間似乎流動著喜悅的空氣。甚至在某些關鍵段落，還帶著香氣。初入中年的詩人，對語言掌握展現了他過人的信心，他對分行藝術的斟酌，謹慎而細緻，隱隱透漏了他感情的變化，使整個生命顏色呈現圓熟狀態。

坐在陽光窗下，捧讀他的十四首十行詩，錯覺地以為自己還停留在西雅圖。這首長詩是為他的新婚妻子而寫，讓我第一次窺見他血脈裡婉約而細膩的波動。可以想像他坐在書房落筆時，北國綠色的植物圍繞在他四周，一反過去那種憂傷而悲涼的氛圍。詩中浮起的詩人形象，竟是我所不熟悉的楊牧。這樣一個陌生的人格，卻帶給我無邊喜悅，讓我在他抒情的音韻中，彷彿也得到祝福。好幾個下午，在開始工作之前，我會反覆穿梭他的詩行，希冀自己枯萎的心靈又獲得滋潤。讀完他的詩，我才開筆寫起政論。那當然是非常奇妙的感覺，政治與抒情，顯然是悖反的拉扯，卻在午後的洛杉磯取得了平衡。

經過那麼多政治動盪，也見證那麼多生死事件，我已經退守到靈魂裡最偏僻的角落。有時甚至覺得命運已經不能再回頭，我的餘生大概就是這個樣子。讀楊牧的詩，似乎感受到一股力量伸我以援手。那是無可置信的下午，彷彿是乾旱的沙漠迎來驟然的雨。隱藏在體內的文學魂魄，想必是蠢蠢欲動。如果沒有美麗島事件的衝擊，如果沒有林家血案的淘洗，或許還會保留一塊私密的空間，容許詩行持續流動。懷抱著革命情懷南下洛杉磯，好像是把我的生命切成一半，我的前生與餘生正好斷裂在一九八〇年。能夠繼續執筆，批判傲慢的政治權力，就成為我後半生的勞作。從來沒有察覺，詩情仍然一息尚存，潛伏在血管的什麼地方。那是一種隱疾，也許選擇在恰當時刻發作，而且一發不可收拾。捧讀楊牧的詩行，果然就怦然心動，引燃了埋藏已久的礦苗。

靜靜的下午，滿桌都是政治新聞的剪報，我全然置之不理。推開桌上所有的資料夾與書籍，我獨自埋首閱讀其中的一首〈山毛櫸〉：

窗外是一幅年輪的版畫
窗裡也是。蒼勁的盛夏

斜陽曾經裡外應合，戲弄
枝枒和細葉的影，任憑
生長的意志綢繆交疊

我時常想像你靠著長椅
在寧靜的秋光裡小寐
面對山毛櫸正確的形象
讓年輪迴旋的聲音催你入眠
指導勇健的脈搏和呼息

那稠密詩行帶著北國的空氣，瀰漫在南加州的室內。連續兩三年，持續承受著醜惡政治的沖刷，連帶著內心僅剩的一絲詩情，也一併被席捲淨盡。細讀楊牧的婉約詩行時，隱隱感覺體內僅剩的抒情餘燼，又再次燃燒起來。偏愛這首詩，是因為詩人提到年輪的版畫。這裡有他雙重的暗示，一個是他一九七〇年代出版的散文《年輪》，一個是他窗外風景所浮現的樹木年輪。那曾經是我偏愛的一本書，封面印著吳昊的木刻，布滿了褐色的滄桑樹幹。那沉著穩定的質感，曾經讓我年輕的心產生魅惑。書中散文描述著越戰中的美國青年，他們被徵招去參加一場毫無意義的戰爭，好像整個世代的做夢能力完全遭到剝奪，並且被放逐在充斥死亡氣息的中南半島。

那冊散文曾經對我產生召喚，讓我從越戰的迷思中覺醒。我是台灣黨國的反共教育所薰陶出來的，一直到越戰臻於高峰時，一個台灣青年竟然選擇站在美帝國主義的立場。《年輪》以散文形式控訴戰爭的荒謬與悖德，還未離開台灣之前，我未曾找到恰當途徑進入書中世界。必須到達西雅圖後，又見證美軍在越戰的慘敗，才終於體會這部散文的微言大義。在死神的龐大威脅下，能夠獲得救贖的唯一方式，就是追求極致的肉體之愛。就像楊牧所說，「這時你只能想到，愛罷，把對方的蒼白和絕望摟進胸懷。渾身的汗油膩地交融，互相摧毀如海獸，愛就是抗議，向逼近的死亡抗議。」那種反戰的抗議精神，簡直歷歷在目。

詩行中浮現的年輪意象，讓我強烈想起那年捧讀他散文時的心情。楊牧寫出這首長詩，其實已經從當年在柏克萊時期的騷亂心情中掙脫出來。室內的年輪版畫，室外的年輪風景，正好構成強烈對比。那版畫，停留在憤怒的年代；那風景，卻是他獲得心靈救贖的象徵。隱身在洛杉磯谷地，我仍然深深陷在無盡的騷動，太平洋彼岸的台灣，依舊苦惱著我，折磨著我，凌遲著我。懷抱著叛逆的意志，選擇了逆反的方向，我浮沉在勝負未定的政治浪潮裡。

詩的溫柔與政治暴力，是我靈魂裡對立的兩極。那不僅僅是一種拔河，有時是一種割裂。進入三十歲後，常常覺得有一把銀亮的匕首，刺進我的血肉。那一把鋒利的刀，從此就一直插在那裡，可以感覺自己，好像處在失血狀態。在政治運動中陷入越深，那支刀子也就插得更深。從來不知道，自己可以忍受那股痛楚如許之久。從一九八〇年美麗島事件發生以來，內心深處就暗藏強烈復仇的情緒。經歷了一九八一年的林家血案，那股憤恨彷彿就是一座瀕臨爆發的火山。這股澎湃的情緒，押著我進入壯年時期。一直到一九八三年春天，我還在《美麗島週報》發表了一首紀念林義雄母親的詩〈祭林游阿妹〉第三節呈現了這樣的詩行：

死，並不是結束
另一頁干戈的歷史正要開始
在通往黎明的路上
我們是不曾畏懼
拔刀的，必須還之以力
青寒的鋒芒正在前進帶路

憤怒的情緒依舊在血管裡湧動，未曾止息。捧讀楊牧詩行，再次感覺抒情的力量又回到體內。隱隱可以感覺有一條繩索在拉扯，一端是憤怒的抗議，一端是馴良的抒情，整個靈魂深深陷入冰火之間，極冷與極熱相互交纏。自己也非常明白，這種兩極的交錯撕裂了整個生命，讓我深切意識到安穩的歲月再也不會回來。我被迫選擇在兩種矛盾的情緒中活下去，詩是我最高的嚮往，而政治卻是我必須縱身投入。在庸俗的時代，簡直無可選擇，只能在短暫時刻裡，藉由讀詩而獲得的安慰。經過詩行的撫慰之後，又必須再出發而投向政治。

2.

那是一九八三年，夢中的海島又發生騷動。經過美麗島事件的洗禮，我的世代在天涯海角都紛紛覺醒。戰後嬰兒潮的世代如我，都曾經非常安祥接受過黨國教育，服膺著一個虛無飄渺的國家意識。在年少時期，我們深深相信，學校所帶給我們的知識都是真的，不僅真實無比，還升格成為最高的信仰。那些知識構築出來的華麗城堡，護衛著土地與山河。放逐那麼久之後回望，才驚覺那只是海市蜃樓。經過了美麗島事件與林家血案的洗禮，更加清楚看見那座城堡原來是監獄的高牆。這種再啟蒙的旅途，是那樣痛苦而艱難。帶血的匕首，帶刺的鐵蒺藜，讓我看見滿天都在流血，全部都滴在我的髮梢、頸項、肩頭，血淋淋覆蓋了我的記憶。即使到今天回憶，還是懷著滿懷的驚悚，不敢相認那是自己的土地。

覺醒的方式就是回家的方式，被帶到遙遠土地的心靈，最後都選擇回歸，回到那傷痕累累的土地。一九八四年的回歸之旅，顯得特別動人。島上的新生代，也就是我戰後的世代，都不約而同參與了一場龐大的台灣意識論戰。這場論戰帶出了台灣意識與中國意識之間的對決，即使身在異域的土地上，隔海遠觀島上的文字烽火，整個身體髮膚都呈現了燃燒狀態。坐在洛杉磯的辦公室裡，細讀論戰中的每一篇文字，不能不對我這世代所懷有的左翼思維方式感到訝異。國民黨的極右派教育，終於沒有讓新生代的思考完全滅頂。他們文字裡展現的邏輯思維，以及強悍的論辯姿態，不能不使我從心底發出讚嘆。

那年六月，以演唱〈龍的傳人〉知名的侯德健，突然從香港進入中國，前往北京音樂學院進修。這個事件使國民黨當權者頗覺震撼，也使島上左翼統派感到特別興奮。侯德健是黨國體制傳播的中華民族主義所薰陶出來，他因嚮往古老中國而寫出那首歌曲。然而，那種夢想並不能滿足，非得親自踏上中國的土地，否則就無法心安。他是國民黨教育成功的一個典範，也正好反襯官方形塑的中國形象是何等虛擬，何等虛構。抽象的中國圖像，終究敵不過踩上中國的泥土。侯德健的北京之行，一方面捻熄了國民黨的中國之夢，一方面卻點燃了另一批左統知識分子的願望。

那段時間也是中國處於最初改革開放的階段。那曾經充滿政治吶喊的古老土地，開始引進西方資本主義。整個社會還停留在遲疑的階段，反而是台灣的知識分子已經嗅出中國內部的空氣正在轉變。在同一個時期，島上也開始容許跨國公司大量在台灣設廠。整個社會出現了動盪不安的情緒，好像壓抑許久的文化能量正在釋放出來。閱讀台灣寄來的報紙時，不時可以看見社會運動的報導。那時流行一個新的名詞叫做「脫序」，非常鮮明定義了社會的發展方向。所謂脫序指的是，政治力量已經無法掌控民間的不滿狀態。縱然戒嚴令還未取消，卻已經暴露當權者逐漸與整個社會脈動脫節。強人蔣經國正受到糖尿病的嚴重侵襲，健康情況加速向衰老傾斜。島上的威權體制日益崩塌，猶如一座牢固的城堡，出現磚塊鬆動的現象。當所有的縫隙浮現時，曾經被壓抑的思考、觀念、價值，便順勢滲透出來。

侯德健事件終於引發了黨外雜誌年輕世代的論戰。他們所針對的唯一假想敵，竟是陳映真。那樣的過程彷彿是一夜之間爆發，但事實上整個一九七〇年代的鄉土文學運動，就已經在儲備並累積全新的思考方式。如果沒有美麗島事件的發生，或許台灣意識論戰會更早發生。從時序的演進來看，這是一場遲到的論戰。所以一旦開戰後才軋然揭開謎底，原來新生代在精神上很早就武裝起來。我這一代知識分子面對的是兩個假想敵，一是國民黨的意識形態，一是來自海峽對岸的共產黨機器。國共似乎是處在對峙狀態，但是對於台灣意識形態的打壓，卻有著微妙的雷同。陳映真所扮演的角色，正是這兩種力量的具體而微。他所強調的中華民族主義，彷彿呼應了國民黨所堅守的立場。但是他所信仰的馬克思主義，則又於北京遙遙銜接起來。

我閱讀陳映真文學的歷程，從最初的膜拜到後來的困惑，前後長達二十年。一九六八年，他因讀書會事件遭到逮捕，我完全沒有任何訊息。整個大學時期，總是在文學季刊獲讀他的小說。一九七二年，香港朋友寄贈一冊列入「小草叢刊」的《陳映真選集》，於我簡直是如獲至寶。二十開本的書籍，卻厚厚一巨冊常常置於我的床頭。每當睡前，造例是讀完一篇小說，然後才就寢入眠。他的文字像聖經那樣，撫慰著年輕的心靈。依稀記得對他文字的感覺，簡直如詩那般既晶瑩剔透又節奏分明。他訴說的故事，帶著我走到非常遙遠的歷史情境。有時像一首輓歌，有時又像一首頌歌，讓我重新認識了台灣社會。每當台北進入了深夜，我的靈魂死過一次，又復活一次。陳映真的影像就像兄長那樣，引導著我到達另一個再啟蒙的階段。

一九七三年出國之前，因為被他的小說〈我的弟弟康雄〉所感動，輾轉反側之餘，終於也忍不住寫了兩首與小說同名的詩。那或許是我對他致敬的方式，縱然知道他因讀書會而陷入獄中，根本不可能看到我的詩行，卻仍然願意以著靈魂顫慄的有限文字與他對話。我的歷史系朋友，沒有一個人知道陳映真的名字，也沒有人知道我寫詩的心情。在內心我反而非常清楚，必須把這樣的感動轉化成詩行，內心的騷動才有可能平息下來。到達西雅圖時，是北國的秋天。在寒氣冰冷的陌生土地上，不免頻頻向台灣回望。陳映真在一九七五年出獄之後，立即出版兩冊小說集《將軍族》與《第一件差事》。捧讀書前的序文，他以許南村的筆名寫出〈試論陳映真〉，我可強烈感覺他的思維方式與政治意識，已經發生了重大轉變。文字中展現的批判身段，完全不同於他寫下〈鄉村的教師〉那篇小說時的溫暖。在那段時期，我漸漸向他告別，同時也向著我尊敬的詩人余光中揮手遠去。短短的海外生活，也全然改變了我。

我內心有著無盡的惆悵，不僅再也無法認識陳映真，同時再也不能認識自己。徘徊在北國的邊城，我不能不寫下一篇散文〈為了忘卻的紀念〉。這個題目取自《魯迅全集》，他為了紀念左聯五烈士，也是為了紀念自己的弟子，終於不得不寫出矛盾語法的散文題目。如果要紀念就不要忘卻，如果要忘卻就無需紀念。也只有在非常時代的非常心情下，才有可能寫出這個驚動心靈的不朽散文。借用魯迅的題目，我寫下揮別陳映真時的矛盾心境。完成這篇文字時，一條決裂的道路就在我面前展開。曾經有過的膜拜，有過的崇敬，如今都消逝在邊城的秋色裡。這篇散文發表在《中外文學》的徵文比賽，雖然獲得冠軍，我卻毫無喜悅。那是一個跨越的儀式，好像正在追求甚麼，也好像逐漸失去甚麼，彷彿兩邊都落空。我的前半生便是這樣崩塌，而終至毀滅。我必須粉碎自己，把過去的信仰也徹底搗毀，才有可能找到自己的位置。一九八三年，這樣的位置變得尤為鮮明。從那裡寫下我海外第一篇文學論戰的文字，我火熱的目光投向陳映真。

二〇一五・十・二十二　政大台文所

抒情與左傾

1.

從來不覺得自己會接觸左派的書籍，更不覺得在生命過程中會與毛澤東的文字相遇。也許在血液裡，埋伏著一定程度的背叛與批判。終於投入政治浪潮時，為了使自己的思想武裝起來，便情不自禁開始閱讀《馬克思恩格斯選集》，也開始從書架上取出《毛澤東選集》。那是到達西雅圖的最早歲月展開的，一條陌生而歧異的道路便展開在我眼前。凡是在台灣被教育出來的學子，根本不可能有任何機會閱讀左翼書籍。從出生到大學畢業，整個意識形態都是往右傾斜。而且一聽到共產黨或毛澤東的字眼，便不覺會產生污穢、骯髒的聯想。台灣的反共教育，無疑是非常成功。必須離開那個思想的牢獄，才有可能讓自己的心靈開啟，並且接受全然悖反的意識形態。

從一九七五年夏天購買《魯迅全集》之後，彷彿可以感受到一隻看不見的手，引導著我。

那麼早就閱讀這位充滿批判精神的文學家，他的文字帶著致命的吸引力，讓我投向一個無法自拔的黑洞。讀他的《野草》，總是為我的思考敞開一片亂草滋生的原野。生平第一次察覺血液裡湧動著一股奔跑的力量，再也沒有什麼可以阻擋我。遠離台灣的權力監視，我如脫韁之馬在魯迅的世界馳騁。那不是刻意的追求，而是自然而然演化出來。隱藏在內心的人格，也慢慢重新塑造。

從魯迅銜接到毛澤東，距離其實相當接近。只因為這位領導人，尊崇魯迅是「最偉大的文學家，最偉大的思想家，最偉大的革命家」。如此醒目的歷史定位，使我最後還是無法避開閱讀《毛澤東選集》。那時海外的保釣運動，已經到了尾聲。但是不少運動的參與者，往往可以在校園不期而遇。他們有人向我推薦一部中國共產黨的禁書《毛澤東思想萬歲》，而且也碰巧在圖書館可以借閱。從此以後，便如癡如醉徜徉在毛澤東的文字裡。就像演練幾何的基本功課，我在思想過程中學習畫出輔助線。那看不見的細線，便把毫不相干的左翼書籍銜接起來。閱讀過程中，只是為了知道所謂左派的思維方式是什麼。但是在受到薰陶之餘，不免也產生某種程度的嚮往。魯迅文字的接觸，在我走向成熟的生命階段，是一個重要象徵。那是一種跨越，不再受到台灣教育體制的拘束，而且也不再受年少時期所崇拜的現代詩所規範。

整個洛杉磯時期，其實是我研究左派歷史最沉迷的時候。但是我所關切的重心，並不放在中國共產黨，而是我從前毫無所悉的台灣共產黨。這是一個相當重要的斷裂，我第一次認清島上的左派運動，原來與中國共產黨毫不相涉。殖民地的左派知識分子，不可能離開自己的社會現實，而去從事與鄉土命運無關的左翼運動。對台灣共產黨研究的結果，我非常清楚那是屬於台灣歷史脈絡所孕育出來的產物。這樣的認識，至關重要。我不再為後來的中共歷史解釋所苦惱，也不再與台灣的統派知識分子有任何糾葛。

有了這樣的覺悟時，我便走向與陳映真決裂的道路。一九八三年夏天，北美台灣文學研究會在紐澤西的一個農場舉行年會。那年，陳映真也受邀來年會做專題演講。那是我第一次見到我景仰已久的小說家，而且我也被安排與他住在同一個房間。那是一次非常奇妙的經驗。二十歲之後，我便是他的忠實讀者。他迷人的故事情節，曾經魅惑著我青春的心靈，卻從來未能預料我可以如此貼近這位作家。那個農莊種植著蔬菜與水果，清晨時露水特別濃重。記得他在路口下車走來時，他的身軀非常高大，眉宇之間有一股英氣。曾經看過他的照片，但是他本人看來還更具有飛揚的神色。那時我還是欣賞他的文學作品，但是對於他所表達出來的意識形態，已經帶著某種遲疑。

他出獄後所發表的「華盛頓大樓」系列小說，整個風格迥異於他在六〇年代所營造的死亡主題。記憶裡，他所寫的〈一綠色之候鳥〉、〈鄉村的教師〉都充滿著哀傷悲觀。文字之間總是流動著死亡的氣息，那種黯淡色澤的書寫，非常符合那封閉年代年輕人的心靈。我與我的世代之所以著迷於他所構築的故事，也是因為朋輩之間都同樣找不到精神出口。到今天，我仍然必須承認，內心深處始終都供奉著一尊偶像，畢竟這位小說家寫出我們壓抑魂魄裡的鬱悶。在那空氣猶濕的早晨，所有與會者坐在木板陽台上一起早餐，我正好坐在他的對面，可以仔細端詳他的神情。縱然不同意他的觀點，我還是抱持敬謹之心，聆聽他訴說出獄後的小說經驗。在開會之前，與會者一起合照，那是我所保留唯一與他合影的照片。

那天早上，他做了專題演講，如今我已遺忘了內容，但似乎是與第三世界、消費社會的議題息息相關。他是一位雄辯者，發言時丹田有力，展現了他龐沛的雄辯能力。他是一位傑出的演說者，邏輯思考極為清晰，聆聽者都不願錯過任何一段語言。我深深相信，他的文字與演說一定感動許多年輕的心靈。紐澤西的光與影，未曾在我記憶裡褪色，畢竟那是我心路歷程中的重要見證。陳映真飛回台灣之前，又在洛杉磯停留，林衡哲醫師邀請我與他見面。那場私會，更加表現了他的真性情。也許觸及了敏感的政治議題，他多少動了一些脾氣，兩人之間可能有小小的辯論。離去前，他丟了一句話給我：「有種的話你就回來台灣。」顯然，他的言下之意帶著些許嘲弄，認為我只敢在海外主張台灣獨立。那是一九八三年的事，我一直無法取得台灣護照，面對他那樣的挑戰，我無言以對。

與陳映真見面之後，更加確知必須對台灣的左翼運動史深入探索。那是一個關鍵點，也是一個決裂點，終於迫使我投入了左翼台灣的浩瀚史料裡。那時我已經完成幾篇小型的研究，最後的成果必須要在一九九八年出版《殖民地台灣》的那冊專書，才宣告結束對左翼歷史的鑽研。那樣蜿蜒的思想旅程顯得特別崎嶇，因為前人從來沒有留下任何的紀錄，更別提有過任何的研究專書。那是非常寂寞的知識探尋，單獨一個人坐在洛杉磯谷地的角落，在日本警察遺留下來的檔案裡，靜靜攀爬，沒有任何一個對話者。

難忘的紐澤西晨霧，始終繚繞在我的胸懷。更難忘的是，陳映真坐在起居室的木質地板，彈著吉他，唱出他雄渾、低沉、迷人的歌聲。他確確實實是富有男性魅力的歌者，但是我也可以聽出，音色裡夾帶著苦澀與寂寥。我對他的崇拜已經消失，但是對他的尊敬則一直都在。或許他是我的假想敵，卻是一位可敬的敵手。在我思想轉折的過程中，他彷彿是扮演著鞭策的角色，不容許我有任何懈怠。在洛杉磯揮別之後，兩人的道路便分向兩頭了。

2.

個人命運與家國命運，是我在探索左翼運動時不斷糾纏的議題。即使是右翼知識分子，只要發表屬於自由主義的意見，仍然還是無法擺脫當權者的監視與迫害。從戰前的帝國時期，到戰後的黨國時期，見證無數稍具知識良心的青年，往往無端受到權力干涉而失去自由。進入戰後的戒嚴時期，右翼知識分子的困境就更加艱難。如果合法改革的思想都不容於當時的政治環境，則更具批判精神的左翼思想，更加遭到當權者的迫害。即使是一位文學家，也無法遁逃時代的牢籠。在左翼作家身上，讓我看見同樣的命運。楊逵、王詩琅、朱點人、呂赫若，相當鮮明地畫出一道血跡，那條跡線的左側便是思想禁區。

一九八三年，台灣意識論戰展開時，我暗暗告訴自己，絕對不可缺席。開始為島上的政論雜誌撰稿，便是以這個論戰為契機。那年秋天，我寫了一篇很長的論文，題目是〈現階段台灣文學本土化的問題〉，主要是以葉石濤、陳映真兩人的文學觀與歷史觀為主軸。這是我對自己的思考所發表的宣言，即使不能回到台灣現場，至少可以容許自己做文字的參與。那時多少有一些覺悟，如果沒有勇氣解放自己，就不可能對台灣有任何的發言權。撰寫那篇長文時，我向著過去的平面思考告別，從此一個戰鬥的、批判的人格，在我微近中年之際誕生。

那年夏天，洛杉磯的天空一片蔚藍，有時總會錯覺有一個廣大的海洋覆蓋在我髮上。那不是天涯茫茫的暗示，而是一個浩瀚的世界向我敞開。我對自己曾經有過的右翼思考，忽然覺得有些疲憊。那無邊天空似乎捲來了洶湧怒濤，我的後半生大概就在那神祕的時刻延伸出去。我並不覺得左派思考有多麼了不起，但至少藉由馬克思主義的接觸，我開始學習對歷史事件做結構性的分析。或者，落實一點來說，從前的歷史研究，只是在靜態檔案、史料、文件做平面的考證。而左派的思維方式，則是提醒我必須從政治、經濟、社會、文化的不同層面觀察歷史流變。在日本警察的檔案裡，我找到謝雪紅政治活動的片段。她引起我的注意，完全是因為她受到邀請到莫斯科留學。

《謝雪紅評傳》書封。

那是一九二五年的事情，我訝異地發現，這樣一位女性竟然把台灣歷史帶到那麼遙遠的地方。那是冰天雪地的紅色首都，而我臆測她的名字稱為雪紅恐怕就是這樣而來。這位從未受過教育的台灣女性，曾經是一位童養媳，稍後才透過自修而慢慢認識台灣的處境。在一九二〇年代的政治浪潮裡，她開始有了覺悟，台灣的命運就像女性那樣，永遠受到帝國與父權的支配。她最初的名字叫謝阿女，一九二五年到達上海時，她改名為謝飛英，顯然有超越男性的暗示。當她進入謝雪紅的時期，一位卓越的左翼領導者於焉誕生。她後來在美國的報紙裡，曾經被稱為Snow Red，似乎是對照於西方的白雪公主Snow White。謝雪紅的成長過程，絕對不是童話故事，而是充滿了被損害、被壓迫的血淚。

對於這位女性長期遭到埋沒，我反而抱持高度好奇。天下所有的男性都夢想著揚名立萬，但是對謝雪紅而言，她的生命追求是何等艱難而坎坷。她當年在莫斯科受訓時，從來沒有預見自己會變成台灣共產黨的領袖。她的故事實在太迷人了，我情不自禁投入她蜿蜒命運的追尋。每個轉折、每個起伏，總是牽動著我訝異的心；特別是看見她在最黑暗時刻的掙扎，我不免暗自發出驚呼。誕生於一九〇一年的她，距離我的出生幾近半世紀。只是她所散發出來的魅力，使我這樣無力的知識分子也深深著迷。置放在我床前的那部日本警察檔案，常常引誘著我在睡前細細閱讀。由戰前日文所記錄下來的文字，無法阻擋我對她的認識。好像在追求一位女性，讓我徹夜不眠。

有一個晚上，我終於下定決心要為這位台共領導人寫成一部傳記，那時我的生活相當窘迫，整個心境似乎很難安靜下來，想到自己的兩個孩子，兒子六歲，女兒三歲，出生後就隨著我不斷遷徙，對於自己的家庭不時會產生愧疚。只是為了個人的政治理想，為了釋放蓄積已久的批判能量，終於選擇南下洛杉磯，涉入政治運動。捧讀謝雪紅的生命之際，反而覺得她所面對的時代與境遇，比我還要困難百倍。她的時代完全沒有給她任何許諾，當然也不曾賜予她任何希望，而這樣的衰弱女性居然毫無畏懼，而且是勇敢善戰。她在漆黑的時光隧道裡，看不見絲毫光芒，卻從來沒有任何怯意。每思及此，在我精神上就更加受到鼓舞。傳記書寫的決定確立後，我感到釋然。那時未曾預見這個傳記的書寫工程，將耗去我長達四年的工夫。

隔著海洋，旁觀台灣意識論戰持續開展時，我努力收集陳映真在那段時期發表的文字。

當時他的思考裡，大約有兩個關鍵詞，一是第三世界，一是消費社會；前者屬於後殖民思考，後者屬於後現代特質。這是他的論述策略，便是一方面把中國劃入第三世界的範疇，一方面把台灣社會劃入美國資本主義的下游。這種二分法，為的是提升中國在台灣歷史中的地位，同時也在於貶抑台灣社會的主體性。我在解析葉石濤與陳映真之間的區隔時，特別揭示他的「第三世界論」是過於虛構而牽強。那可能是我介入左派論述的最初階段，但是內心非常明白，必須藉由這樣的思維方式，才能貼近我論敵的精神面貌。

向陳映真提出詰問時，我也開始閱讀與謝雪紅相關的史料。我所參與的台灣意識論戰，似乎也是在為自己做思想訓練的準備。我寫的那篇文學本土化的長文，後來也發表在一九八四年一月的《台灣文藝》。在文字裡同時比較葉石濤與陳映真的論點，是一次相當冒險的嘗試。葉石濤是本土左翼，陳映真是統派左翼，兩人雖然都是屬於正統馬克思主義的信徒，但相形之下，葉石濤的思考便顯得非常活潑，畢竟他對台灣歷史源流與台灣文學傳承非常熟悉。而陳映真似乎是未能脫離意識先行的弊病，對台灣歷史的認識不僅極其生疏，甚至對中國近代史的理解也不甚了了，遑論對台灣文學作品的涉獵。葉陳兩人的對話，高下立判分明。我帶著無畏無懼的心情參戰，其實是頗具自信。

曾經是一個蒼白的書生，而且靈魂裡也帶著潔癖，我也非常清楚自己是個抒情的理想主義者。當我開始以具體文字質疑陳映真時，便知道在當時的文壇上，就已經樹敵無數。我很明白當時對陳映真的崇拜者甚眾，站在他的對立面，自然會遭來許多批判。這或許是台灣知識分子的宿命，除非沉默不語，或袖手旁觀，否則一旦提問，就立即變成眾矢之的。

成為一個左傾思考者，並沒有什麼了不起，我只是為了要更精確去面對真實的台灣社會。曾經在一九七二年介入台灣新詩論戰，我也受到許多前輩詩人的批評。但我總是謹守一個原則，我只有論敵，沒有敵人。不會因為詩觀的不同，而貶抑了詩人的藝術成就。當時我強烈批判過《創世紀》詩人，卻並不從此就放棄閱讀他們的作品。新詩論戰過後，我依然捧讀著洛夫、瘂弦、商禽的詩行。涉身於台灣意識論戰，並不減低我對陳映真的尊敬。政治立場容或分歧，藝術價值於我恆在。批評陳映真的長文發表之後，《夏潮論壇》立即出版專輯，針對「台灣結」進行大量批判。閱讀他們的反擊文字之際，我的心情平靜如水。

左派思考開啟了我的後半生，那種結構性的分析引導著我注意到台灣社會的弱勢者。所謂弱勢，意味著社會裡沒有發言權的人，包括女性、同志、原住民。在歷史發展過程中，他們從來都遭到忽視或貶抑。所有歷史與文學的解釋，從來都是掌控主流價值的既得利益者所壟斷。這種不正義的現象，徹底毀壞了人類歷史的美感。左的思考，使我看到台灣社會的殘缺。陳映真站在北京當權者的立場，回看台灣這個土地時，其實已經偏離了公平與正義的信仰。追求更美好的社會，不就是馬克思主義最初的出發點？

詩，是我的文學原型。抒情，則是我生命的原始美感。縱身投入政治運動時，我無法捨棄靈魂裡既有的詩與抒情。在論戰臻於高潮時，我可以批判，可以憤怒，卻並不停留在情緒的發洩，而是為了使自己的文學信仰更加清晰而明確。左傾是一種思維的方式，卻不是用來製造敵人，更不是用來破壞審美原則。如果我在字裡行間為女性、同志、原住民辯護，那是因為我相信台灣社會可以變得更為美好。我在一九八三年建立起來的思考，隱隱約約為我後來的道路指出清楚的方向。或許我與陳映真發生決裂，卻絲毫不影響我對他文學作品的評價。陷身於論戰的硝煙中，指引我前進的力量並不是左派思考，反而是從內心深處湧出的抒情與詩。

二〇一五・十一・二十三　政大台文所

雪落芝加哥

1.

飛機到達芝加哥時，已經是黃昏。初春的中西部大城市，以無邊的燈海迎接我。從窗口俯望，那南北縱橫的棋盤式街道，不免使人感到震懾。北美大陸中西部最大的城市，以閃爍魅惑的燈光逗引著，茫茫的夜霧也輝映莫名光彩。飛機更接近地面時，才驚覺芝加哥已經深深陷在雪地裡。城市之光，呈現了無邊的白，似幻似真，晶瑩剔透。黃昏六點鐘，雪花洶湧而來，為我微近中年的心情添加一份難以定義的惆悵。第一次強烈感受到，漂泊的滋味是如許苦澀。

我是以代表《美麗島週報》主編的身分，來參加芝加哥台灣同鄉會年會，準備做大會的主題演講。來機場接我的同鄉會長，並不知道我原來的名字，逕自稱呼我為「施敏輝」先生。那是我在江湖遊走的代號，也是我埋名隱姓的偽裝。在週報上，那是撰寫政論的筆名。從來沒有預料，這個名字會陪伴我流浪在不同的城市。當然也未曾警覺，這個名字就要引導我涉入許多政治性的論戰。我與陌生的同鄉會長走出機場，樓外的雪篤定持續飄下來，那樣輕盈，那樣緩慢。會長說：「這是乾雪，會慢慢累積起來，明天早上又必須清雪了。」原來雪有兩種，分成乾與濕。濕雪落地即融，乾雪則一片片層疊起來。

通往機場的道路兩旁，開始累積隆起的雪堆，在路燈下蜿蜒迤邐，尤為壯觀。在西雅圖時期，也曾經遇雪，卻未曾目睹如此連綿不斷的景象。坐在轎車裡，望著空茫的野外，無端湧起無邊的鄉愁。身處冰天雪地的什麼地方，好像我被遺忘，更像是刻意被遺落的生命，想望中的歸宿特別飄搖。開車的主人為我播放台灣民謠，那種落拓之感更加鮮明。突然強烈懷念著我的嘉南平原，不僅奢望著南國的陽光，也有一股衝動想念著從平野到山腳的綠色稻田。到達芝加哥時，才驚覺自己離鄉已經九年。在北國我是異鄉人，在南國恐怕也更是異鄉人了。

這個晚上，我將投宿在一個大學校園。芝加哥的同鄉年會似乎每年都選擇在這裡，所有中西部的台灣人從來都是踴躍參與，人數超過四、五百人。目睹這樣的盛會，不免感到訝異。漂泊在北美大陸如許之久，他們總是在鄉音裡找到彼此的認同。在某種意義上，他們其實是選擇自我放逐的生活。對於受到政治監禁的故鄉台灣，代表著精神與肉體的抗議。多少年來，往往在不同的城市，與許多二二八事件的受害家屬不期而遇。那種遠離故土的浪潮，出發最早者大約是一九六〇年代初期。他們的記憶與語言，彷彿凍結在時光隧道裡。每當回答為什麼來美留學，他們都承認是為了追求更大的自由。

我被安排的宿舍，與隔壁共用同一個盥洗室，通常稱彼此為「shower mate」。第二天早上開門時，我才發現鄰居是陳水扁與他夫人吳淑珍。對於他，我毫無所悉，只知道他是美麗島事件的辯護律師。與他一起早餐時，內心充滿了敬謹。那段時期，敢於為事件受難人辯護的律師，不僅受到國內民眾的尊敬，遠在海外的台灣人也都崇拜他們近乎神。他是屬於「後美麗島時期」的世代，也被視為民主運動的明日之星。與他同桌用餐時，就被許多同鄉團團圍住。他操一口流利的台語，可以感知他是辯詰無礙的律師。他發亮的前額，隱隱暗示著他將是台灣民主運動的明日之星。

他的演講被安排在早上，整個會場都坐滿了聽眾。那種氣氛似乎反映了美麗島事件後的心情，他們期待有一個精神號召者出現，以彌補民主運動頓挫後的空虛。可以想像，島內的台灣社會恐怕也是呈現這種狀態吧？陳水扁說話的語氣頗具煽惑，完全不同於黃信介或姚嘉文那個世代。聽眾好像陷入某種暈眩中，他的每句話彷彿都精確擊中他們的心坎。我坐在第一排，清楚看見他手握拳頭，嘶聲吶喊，那可能是我所見證最憤怒的抗議身姿。在他鏗鏘有力的演說裡，我也陷入了癡醉的情境。終究我也是受到事件傷害的戰後世代，陳水扁大約小我五歲，他的許多思考與情緒，其實是可以與我互通。如今再也記不起來他當時的言談內容，但是他的身影，以及現場聽眾的沸騰場面，依舊非常生動留在我心底。

午餐時，他又繼續被簇擁在餐廳一隅。言談中，可以察覺事件的傷痕依舊鏤刻在許多心靈底層，很深很深。他們關切的議題，大多集中在黨外運動是否能夠再起？他們說得特別激動，甚至還有人也議論著革命的可能。他們的思考中，總是對選舉路線感到絕望。那種心情，純然是出自知識分子的無力感。陳水扁並不正面回答，只是靜靜聆聽不同意見。我清楚聽見吳淑珍質疑說：「你們都說愛台灣，為什麼你們不回去呢？」這句話使所有圍繞桌邊的同鄉頓時沉默下來。這麼多年來，我已經習慣了這種清談式的討論。敢於主張革命的發言，總是獲得較多的掌聲。即使是面對著台灣來的民主運動者，他們仍然毫無愧色地高談革命。吳淑珍只是輕輕發問，卻精準揭露了海外知識分子的虛妄。

在那時刻，我當然也自覺羞慚。寫了那麼多的政論文字，顯然也無法掙脫書生空議論之譏。被迫困居在那麼遙遠的北地，所謂的行動，無非只是訴諸靜態的文字，無論表達多麼激烈，多麼憤慨，對於整個世界都無法改變絲毫。而我也只能依賴文字，別無他途可循。只是不要過度膨脹自己，絕對不能幻想書寫可以完成真正的變革。或許透過這樣的媒介，只能找到心靈相通者，彼此分享對故鄉台灣的熱情。縮小範圍來說，政論書寫的批判，為的是讓自我救贖變成可能。只有在埋首疾書之際，才不致於被傷心事件所擊敗。那其實是在拯救自己，如此衰弱的文字根本無法撼動龐大政治體制於萬一。「為什麼不回去呢？」多麼強烈的質問啊，在芝加哥，我聽到那震耳欲聾的召喚。

當天晚上，樓外的雪花無盡無止、無聲無息地落下。我被安排做專題演講，那可能是平生面對那麼多聽眾的場合，而且也是我生命裡第一次使用台語演說。

事前準備好的講稿，全然無法派上用場。站在台上，驟然感到詞窮，竟然發現自己說台語是何等狼狽。大約四十分鐘的演說，讓我好像過了漫長的一生。原來我與母語之間的距離是這般遙遠。我覺得窘迫無比，能夠寫出雄辯的文字，卻無法以台語傳達我的理念。最後只好半用國語半用台語，好不容易才結束那場尷尬的演出。走下講台時，我不知道如何對主辦單位交代。

因為坐在第一排，我看不到背後聽眾反應的表情。我只好注視著接下來的晚會表演，忽然覺得自己是一個多餘的人。廣大廳堂充塞著歡笑聲，他們好像很入戲，專注觀賞著同鄉自導自編的娛樂節目。我反而陷在氣餒的情緒裡，彷彿毀掉了一個期待已久的許諾。短短兩年之前，我還囚禁在學院的氛圍裡，根本未曾預料自己會不顧一切縱身於江湖。我努力改造自己，努力擺脫書巾氣，努力放棄自視甚高的脾性。但是，又不願意像某些政治運動者說出不誠實的語言。人格改造絕對不是一朝一夕所能企及，涉入政治海領域後，也許需要調整閉鎖的心態，但也無須夸夸其談。我可能不適合做政治演說，更不適合做煽情的表演。

置身在混亂的情緒裡，我不時觀望著樓外大雪。整個身軀變得冰涼異常，似乎是凍結在荒涼的郊野。我以冰柱那般的心情，徹底檢討自己在海外運動中的身分。陌生的芝加哥，以雪落千里的道路迎接我。洶湧而來的寒氣，層層籠罩在那不知名的大學校園。微微燈光下，落盡枯葉的樺樹與柏樹，瘦骨嶙峋地羅列在路途上。翻飛閃爍的雪花，也一片一片落在我內心無邊的曠野。

2.

芝加哥之旅，讓我明白自己並不適合做政治演講。在那大雪紛飛的城市，第一次發現我性格上的極限，在大庭廣眾之前，無法說出誇張不實的宣傳，更無法對群眾講出情緒性的語言。第二天早上離開會場時，雪已經停止了。那簡直是寸步難行的道路，白雪與污泥交融，路面上的白線全然被覆蓋了。驅車前行的朋友說，「每年冬天一定下雪，但從來沒有這麼大。」車子沿著湖濱大道緩緩挺進，可以望見廣邈密西根湖。那麼壯觀的湖面，即使在陰天裡，依然晶瑩得令人難以置信。

對芝加哥的最早印象，來自美國詩人桑德堡（Carl August Sandburg）的作品〈Chicago〉，其中有兩行形容這個城市：「暴躁，魁梧，喧鬧／肩膀寬闊的城市」。這首詩寫於一九一四年，相當寫實地描繪出那是一個污染的工業城。我到達時是一九八三年，已經橫跨了將近七十年。我所目睹的都市風景線完全改觀了，遠遠望去，摩天大樓高低起伏地襯托出它的乾淨與偉大。在台灣現代小說裡，我也從白先勇的作品〈芝加哥之死〉，留下極其黯淡的形象。那時還不知道這個城市的景觀，只覺得那是絕望的芝加哥。小說中的吳漢魂對於畢業後的前途充滿悲觀，最後選擇投湖自盡。吳漢魂，暗示著中國的靈魂，也隱喻著這位主角的中國意識認同，在那寂寥的異域終於失去了自我定位。拿到博士學位的知識分子，精神出口顯然遭到封鎖，他唯一的道路就只能通往死亡。文學裡的芝加哥，太早給我灰暗腐朽的意象，以致看到真實的城市時，簡直無法對應起來。

冰封的湖濱大道，容許我完整看見大樓羅列的天際線。這絕對是高度現代化的都會，較諸我熟悉的西雅圖，洛杉磯，舊金山，它擁有的幅員真是無邊無際。向北的密西根湖，看來極像一個深邃的海洋，膨脹了我整個心胸。寒風凜凜似乎也無法阻斷我的瞭望，看不見湖的對岸那邊，就是加拿大的國境了。北國的遼遠的土地，讓我能夠接納的就只是那麼渺小。或是換過來說，這綿延的大地，其實並沒有我棲身之地。對北美的疆土而言，我是難以吞嚥的一隻番薯。桑德堡的詩，無疑是在對抗現代的到來，在這巨大的城市，他似乎對曾經有過的田園生活懷有強烈鄉愁。白先勇筆下的吳漢魂，懷抱著太過沉重的懷鄉情緒，完全不知道自己的歸宿究竟是在何處。到達這麼遙遠的城市之後，我突然都明白了。時間的疏離，空間的異化，不能不使人嘗到流亡的苦澀。

冰封的湖濱大道。

第一次見證了雪國的風光，我是那樣格格不入。大規模的寂寞圍攏而來，我深深意識到自己遠離家鄉是那樣絕望。這不是我抉擇的自我放逐，卻是因為懷抱的理念與價值不容於粗暴的當權者。我是被迫的放逐者，純粹是一個思想犯。那時才正要跨過三十六歲，竟然無端興起了餘生的感覺。看著車窗外的水色，一時不知道身在何處，更不知道鄉關何處。強烈的流浪感，伴隨著襲人的寒氣，不免讓我對自己的時代，對自己的家國，抱持無以名狀的怨毒。而我內心也很清楚，意志不能有任何畏怯與退卻，更不能有任何讓步與妥協。我已經是徹底遭到遺忘的人，失蹤在地圖上無以定位的某個角落。思想犯，僅有的武器就是思想。身體可以隨處漂流，但是我能擁有的就是手中的筆以及文字。雪落千里，不就像我攤開的稿紙，只能一步一腳印跋涉下去。

車子停在芝加哥美術館前的廣場，我讓朋友離去。站在龐大建築的廊柱下，不免震懾於美國的文化氣象。在中國歷史研究學界，常常可以聽到嘲弄的語言，他們善於譏笑美國歷史過於短淺。那種沙文主義式的鄙夷，似乎脫離了真正的歷史實況。這個短短歷史的國家，卻有它一定的文化底蘊。館前的兩座青綠獅子雕像，展現了莊嚴的容顏。在這樣冰冷的冬日裡，我是為印象派畫作而來。傳說中的莫內（Claude Monet）《睡蓮》，懸掛在廳堂的中間。畫家把地中海的光與熱完整保留下來，傳送到雪地裡的城市。夏天的橋與水池，水邊的綠草，充滿了溫暖的光線，襯托出樹蔭的影子。就像詩那樣，可以跳過細節描寫，藉由幾個關鍵意象來引渡詩人的感覺。印象派則是借重光源與色彩，放棄工筆式的描繪，讓真實的感覺浮現出來。對印象派我有莫名的著迷，因為那是最友善的美術作品。無須藉用過於深奧的理論，也無須依賴專家的指導，只要通過自我的靈視與凝視，就可進入畫家所形構的世界。

我的美國朋友來美術館接我，他曾經與我在西雅圖共事過。在華盛頓大學打工時，我們同時都在東亞圖書館，他是圖書館員，我是學生助理。如今他在芝加哥大學圖書館擔任專職，特別邀我去看看館內收藏。這個校園的亞洲研究非常頂尖，書庫裡擁有許多珍本與孤本。他知道我正在撰寫台灣共產黨的人物，也許書庫裡會有新的發現。雪後的校園道路也相當泥濘，我們繞過樹林，就進入那收藏豐富的建築。這個學校以理論與詮釋知名，出了不少諾貝爾獎得主。朋友說，午餐時往往會有世界頂級的學者就坐在隔壁鄰桌。

走在書架與書架之間，有一種神祕的寧靜如影隨形，極其肅穆，也極其親切。那大約就是某種知識磁場，彷彿有什麼力量在召喚。特定議題的書籍，想必隱藏在書架某處。敏銳的嗅覺，奇妙地引導我到日本近代史的藏書區。那裡果然有幾本回憶錄與訪談錄，都是與一九二〇年代莫斯科的共產國際相關。這是在美國研究歷史的優勢。縱然美國是強烈反共的國家，卻廣泛收藏許多有關共產黨的史料。這個資本主義社會的左派研究，恐怕比中國的黨史解釋還要開闊。因為不必受到派系之間的干擾，也不必為當權者辯護或維護。

我取下其中一本回憶錄，那是關於日共黨員在莫斯科的經驗回顧。翻閱之際，立即發現他與當年遠赴莫斯科留學的謝雪紅有所過從。坐在窗邊的書桌，我細細讀著他的敘述，字裡行間似乎帶來許多我所不知的信息。到芝加哥之前，我只注意台灣範圍內的史料，總以為日本共產黨與台共非常疏離。這無意中的發現，驟然為我開啟一個全新視野。原來聯繫莫斯科這條路線的史料，還有太多縫隙可以填補。走到如此遙遠的邊城，忽然察覺自己揹負了太多的知識重擔。從事報紙編輯之餘，還要蒐集許多政治新聞，閱讀大量的黨外資訊，又要撰寫散文與文學評論。現在再添加台灣左翼史的研究，不斷涉獵台灣、日本、中國的書籍，簡直看不到旅途的終點。從樓窗望向校園，阡陌縱橫的白雪，似乎就是我旅途的縮影。看來艱難無比，可能需要兩倍的生命才能克服。

芝加哥是一個隱喻，讓我明白自己的極限，也許只能在幕後做純粹的思考工作。拋頭露面的煽情演說，絕對不適合我的性格。或者更精確來說，投入政治可能是一場誤會。如果沒有加入人權組織的工作，大概就不會注意到台灣的政治犯紀錄吧。只因從人權觀念出發，竟掀開了整個醜惡的台灣近代史。然後身不由己捲入了台灣黨外運動，直到美麗島事件發生，繼而又見證了林家血案的殘酷。那麼多巨大的力量推湧著我涉入政治深水區，終至翻滾在時代的浩浩蕩蕩巨流。總是那麼入戲，那麼獻身，那麼義無反顧，才漂流到如此無盡止的遠洋。恰在飄雪的芝加哥，我忽然有了一個看見自己的契機。最尷尬的演講，就發生在這個城市。恰好是那麼窘迫，才更清楚我所該扮演的角色。芝加哥圖書館外的積雪凝滯不融，據說更大的風雪又將襲來。

二〇一六・二・十三　聖荷西

在梭羅墓前

1.

跋涉了整個北美大陸，終於到達大西洋海邊的費城。這裡是美國白人開拓史的起點，也是帝國掌控全球的重鎮。路過費城，為的是出席一場政治討論會，然後轉機北上波士頓。彷彿是投入漫長的星際旅行，一直覺得離開台灣越來越遠。幾年來的異域飛行，全部哩數加起來，足夠讓我來回故鄉十餘次吧。然而，我只能背對著台灣持續漂流。常常在機艙窗口，凝望著遠天。窗外那移動的煙雲，如幻似真，總覺得被置放在虛無飄渺的地方，沒有人可以尋找到我。面對著虛空，總覺得自己是人間蒸發，再也不可能回到故鄉。

在費城的市區裡，彷彿每一條街道都充滿了記憶。這個城市的歷史，是引以為傲的文化座標。當地居民，相當自豪宣稱這是美國誕生的城市，也是再生的城市。因為一七七六年的獨立宣言，就在這裡簽署；一八七六年，南北戰爭後，舉行了美國獨立百年博覽會，等於宣告戰爭所留下的傷痕，又在這個城市宣告縫合。踽踽走在歷史建築的陰影下，彷彿有戰爭的幽靈尾隨著，既親切又陌生，不免讓自己有一股慾望，想要融入時間的洪流裡。

旅行到費城，其實是奉命來參加一場政治討論會。在一個教堂裡面的會議廳，海外的政治團體代表人都匯集在這裡。除了少數團體的代表使用真名，其餘每個人都攜帶著假名，我也沒有例外。那時我以施敏輝的筆名，出入在公共的場合。教堂窗外的春天，似乎讓所有的草木又恢復生機。楓樹與橡樹的新葉，在風中微微顫動，似乎可以感覺陽光帶來了初暖。我已經忘記當時在政治討論會上做了怎樣的發言，距離台灣現場那麼遙遠，所有的政治意見其實是知識分子無聊的思考。坐在台上桌前，羅列著極左到極右的意識形態。在發言過程中，可能因為政治主張的不同而發生激辯，但是毫無疑問，大家都同意只有訴諸革命手段才能推翻國民黨政權。在辯論過程中，每個人都堅持己見，反而在談到革命時，突然變成所有派系的共識。

那樣的辯論，我察覺自己無法介入。窮極無聊之際，我走到教堂的窗口，仰望著室內的彩色玻璃。從耶穌到聖徒的圖像拼貼在每一個玻璃窗上，看來神聖無比，似乎心靈也受到洗滌。當我回神注視台上的辯論時，更加覺得他們的發言是何等褻瀆。教堂外的花園，其實也是墓園，充滿了歷史記憶的碑石，默默在陽光下矗立著。想必有些人，在南北戰爭時期就已經去世。我到達那裡時，一個世紀已經過去，很難想像一百年前的戰爭光影。那場內戰是為了解放黑奴，那是追求生命尊嚴的戰爭，也是人性光明與黑暗的鬥爭。那時，我相信海外政治運動者，都抱持著虔誠的心情，只為了讓台灣走向美好的境界。

看到台上的辯論越來越情緒化，好像也在進行一場內戰，我只好靜靜走出教堂，去觀察室外墓碑上的文字紀錄。長著青苔的碑石帶著一點點潮濕，那是經過時間的淘洗，暈染著古典的光澤。我蹲踞在一方碑石之前，用手指觸摸著上面鏤刻的文字，果然標示的年代都是屬於十九世紀中期的魂魄。他們在生前，可能也聽聞過戰爭的槍聲，我不知道這些靈魂是否參戰過。但我相信在時代巨流裡，恐怕他們生前也無法抉擇自己的命運。在碑石與碑石之間，我徘徊著，有些徬徨，也有些遲疑。這裡是距離故鄉最為遙遠的城市，面對著大西洋海岸正好是相隔著半個地球。從來未曾預知，我會流浪到這個充滿未知的城市。俯視著墓前的落葉，可以發現幾片蝕破的楓葉，葉面上的缺口，或許是寒霜的咬痕吧。輕輕拾起，掌上可以感覺時間的重量。我不免假想，這些殘破的葉子，大約也見證過墓中人生前徘徊的身影。

生為台灣人，我也有身不由己的選擇。如果沒有經過政治的啟蒙，如果沒有加入人權組織，如果沒有美麗島事件的發生，我或許還坐在西雅圖的書窗，埋首研究著十二世紀宋代中國的盛衰。命運從來是無法辯論的，被它安排之後，完全不能抗拒，就只好俯首接納。對於自己涉入了政治浪潮，我從未感到後悔。我就像墓中的靈魂那樣，有一天也會被安排躺在一個方格子裡，靜靜聽著造訪者的議論。現在已經忘記那個教堂的名字，甚至也忘記在城市的什麼方位，但是費城之旅，偶然讓我有了自我觀照的時刻。走上這條漫漫長路，對於在此之前的生命，以及在此之後的命運，應該有某種高度的暗示與啟示吧。我只能以義無反顧的決心，繼續浪跡在陌生的土地。

教堂內的熱烈辯論持續在發展，極左的團體代表正在發表階級革命的主張，並且指責極右派的妥協與畏怯。而極右派的代表不斷為自己辯護，自始至終他反覆強調，革命主戰場是在台灣，不是在遙遠的美國。兩種極端的言論，迫使我只能扮演旁觀的角色，我從不懷疑他們理念的真誠，縱然無法接受他們的主張，但是他們對台灣命運的關切讓我感動。我非常明白，台灣的政治困境絕對不是由海外知識分子來解決，而必須依賴島上的住民，發揮集體智慧，才有可能找到方向。有多少時刻，在城市與城市之間漂流時，確實感到非常絕望。有時也會自問，我是不是輸掉了一生，再也不可能挽回。所謂意志，其實是相當抽象，有時非常頑強，有時又變得脆弱。在頹廢的時刻，往往需要某種契機讓自己振作起來。在情緒的最低點，可能會捧讀台灣歷史，或者是靜坐下來寫詩。在歷史迷霧中尋找關鍵的事件，可以發現人格的典範，這也是後來我決心投入撰寫《謝雪紅評傳》的理由。

在陌生城市的旅店，我會點燈寫詩，望著窗外迷離的夜景，不時會讓我靈光一閃，讓下沉的心情獲得召喚。那段時期所留下的詩行，幾乎都是以美麗島事件的人物為主題，通過那些人格的描摹，我就不敢容許自己持續沉沒下去。詩是一種救贖，那是看不見的手，把沉溺在水底的魂魄適時撈回。曾經在失落而絕望的夜晚寫下了一首〈我的遺言〉，前面三節是：

焚化我的遺體
請用相思林的木柴
燒我、烤我、煎熬我
把熾熱的鄉愁燃成火焰
若能添加一些木麻黃更佳
這種樹，在嘉南平原隨處可見

葬我的頭骸在新高山的　頂
背向亞細亞大陸
若我的靈魂仍可遠眺
讓我撥開迷濛的煙霧
朝向怒掏洶湧的太平洋
我願爲航行中的台灣守望

留下的骨灰
撒在一把在下淡水溪
若還有剩餘價值
讓我滋養溪中的西瓜田
我樂於看到圓熟的果實
把島嶼的土地膨脹得滿滿的

費城是讓美國誕生與再生的城市，到達那裡時，我再次回顧將近十年的漂浪之路。到今天，我還是無法確定費城帶給我怎樣的意義，只是覺得接近幽靈的時刻，讓內心湧起濃烈的歷史感。生死之間的分界，只是一線之隔。墓室裡的靈魂恐怕聽到我內在的翻滾情緒，想必可以推見某種掙扎的跡象。也許離鄉太久了，無法確認自己的歸期，不免產生了失落感。確知自己還未喪失寫詩的能力時，一絲信心又重新燃燒起來，畢竟，我還可以想像，也還可以作夢，這樣就夠了。詩，可以讓我的餘生繼續發光發亮。

2.

離開費城後，我往北飛行，越過了紐約州。從飛機窗口我看見到處是湖泊的麻州，稱為新英格蘭的這塊土地，竟是那樣翠綠，充滿了勃勃生機。接受當地同鄉會的邀請，我來做一場台灣歷史的演講。那時正在撰寫日治時期台灣的左派人物，從蘇新、林木順到謝雪紅。那是有關台灣共產黨的興亡史，對於海外台灣人，這可能是相當生疏的議題。當時，我正在收集左派歷史的資料，聽說哈佛大學的圖書館收藏一些罕見書籍，我特地前來窺探究竟。歷史撰寫權從來不是掌握在台灣住民的手上，而是遭到戰前帝國、戰後黨國的蒙蔽與壟斷。在每個城市之間流浪，其實也在尋找遺落的史料，我非常明白，沒有歷史記憶的人民，永遠都注定要被外來統治者反覆操弄。經過殖民地時期的肅清，又經過戒嚴時期的追殺，島上的左派運動，其實已經零落不堪。我決心做這樣的工作，為的是讓歷史上浮現過的批判精神能夠再度恢復。

窗外滿地江湖，是我到達波士頓的最初印象。這裡是美國獨立革命的起點，也是美國文學的發祥地。隱約之間，我對十八世紀下半葉的新英格蘭文藝復興有一定的好奇。在大學時代，曾經閱讀過梭羅的《湖濱散記》，總是覺得這位作者是不折不扣的隱士。演講結束後，突然有同鄉邀請去看梭羅（Henry David Thoreau）的華爾騰湖（Walden Pond），這於我是意外的驚喜。仍然記得梭羅曾經自我調侃，他的散文集出版後，全然滯銷，所有的退書都堆積在他自己的書房。他對自己說：「一夜之間，我就著作等身了。」這是梭羅的幽默，卻是美國讀者的遲鈍。

探訪哈佛大學的圖書館時，發現一冊黃石樵所寫的《台灣共產黨祕史》，一九三三年出版。從內容來看，黃石樵對於台共並不友善。他從日本報紙抄寫了台共被捕事件的始末，完全是站在台灣總督府的立場。不過，這本書相當完整保留了當時日本人的審判紀錄。對於日後傳記的撰寫，幫助甚鉅。如果說這本史料是我寫謝雪紅的開端，並不為過。離開哈佛燕京社時，陽光正好，第一次感受到美洲大陸的東北氣候是如此溫煦。車子朝向一個名叫坎坷（Concord）的小鎮疾馳，道路兩旁都是綠色林木，瘦瘦的白楊看來特別孤高，枝幹上的綠葉迎風飄揚，那是北國特有的景致。想像著當年梭羅曾經在這塊土地出沒，他對附近所有的草木都非常熟悉，而且可以叫出每一片葉子、每一個花朵的名字。因為過於崇拜梭羅，也連帶著愛上他誕生的小鎮。

駛入鎮上的街道時，前面矗立著一座高大的教堂，全部都漆成白色，屋頂上懸掛著一口古老的鐘。繞過前面的廣場時，鐘聲突然響起，原來是中午時刻，整個小鎮迴盪著那鐘聲的呼喚。距離教堂不遠處，有一片廣大的墓園，那時不免猜想，梭羅可能就埋葬在這裡。下車後，漫步走到墓園裡，仔細閱讀每一塊墓碑，希望能夠尋獲梭羅的葬地。歷史色澤充塞著園地每一個角落，畢竟墓碑上所銘刻的年代，竟然都遠在十八世紀，比起費城所看見的歷史紀錄，還要早一百年。走在其中，時間感與空間感竟是那樣具體，彷彿很有可能與梭羅錯肩而過。他在這個小城非常有名，但不是稱讚他，而是詛咒他。因為他有一次在野餐時點火，不慎引起森林火災，使得鎮上居民都對他另眼看待。

在那墓園尋找他的名字，完全徒然。後來請教一位訪客，他才指點說，梭羅不葬在這裡，而是葬在沉睡谷（Sleepy Hollow），就在鎮外兩三哩處。再度驅車前往，不久就看到一片低低的山丘，果然那裡的景色，看來特別幽深。十九世紀的新英格蘭，是百花盛放的文壇。以哲學散文聞名的愛默生，便是這裡的精神領袖。露意莎．梅．奧爾柯特（Louisa May Alcott）也在這裡完成她的小說《小婦人》（*Little Women*）。納撒尼爾．霍桑（Nathaniel Hawthorne）所寫的《猩紅字》（*Scarlet Letter*），對當時美國文壇造成極大衝擊，如今都已經升格為文學經典。到達沉睡谷時，微風掠過所有的綠葉。橡樹的葉子呈羽毛狀，楓樹的葉子則是手掌狀，在風裡搖晃，傳出細碎的聲音。風到之處，所有的枝葉傳出一片欣喜。在上坡處，首先看到霍桑的墓園。他們家族所盤據的面積特別大。不遠處又看到愛默生家族更大的墓園，似乎可以猜想他們生前都是屬於豪族。

一時之間，我卻找不到梭羅家族的墓園。站在坡頂，可以感覺到新英格蘭的空氣非常清新。循原路回到坡頂，才看到梭羅家族的墓園。一方碑石充滿了時間色澤，青苔爬滿了基座，想必那是從十九世紀末期就累積下來。梭羅的墓碑顯得特別矮小，只比泥土高出二十公分，看來極為謙卑。碑前草地插滿了許多鉛筆向梭羅致敬，這是因為梭羅家族曾經是製造鉛筆工廠。他寫下《華爾騰湖》（*Walden*）時，便是用鉛筆慢慢刻寫出來。他的日記，也是用鉛筆寫成。這位生前相當落魄的作家，死後卻變成眾人膜拜的神。來探望梭羅墓地的訪客，似乎特別多，遠遠超過了愛默生和霍桑。

在我早年的閱讀經驗裡，相當折服於梭羅對自己故鄉一草一木的珍惜。他是本土主義者，畢生從未離開過新英格蘭，但是他的文字卻成為世界的經典。《華爾騰湖》有許多版本，其中一種版本附有他的政治言論，那就是「公民不服從」（Civil Disobedience）。那是反抗權威的書寫中最知名的一份。他拒絕向聯邦政府繳稅，因為他認為當時的白人政府，使用人民的稅金去支持黑奴制度。他是最早的人權鬥士，堅定地站在黑人人權這一邊。他曾經協助許多黑奴，讓他們從新英格蘭從容逃往加拿大。公民不服從

梭羅的安息之處。(Victor Grigs,CC Licensed)

的概念，對二十世紀的民權運動造成相當大的衝擊。從事印度獨立革命的甘地，提倡不合作主義的思想根源，便是來自梭羅。一九六〇年代的黑人民權運動領袖金恩，也是從梭羅文字獲得無窮的靈感。默默住在北美東北角的文學家，生前從來沒有贏得家鄉的尊敬，卻在死後產生餘波盪漾的效應。文學的力量，在此又獲得印證。

涉入政治運動的浪潮時，我從未忘懷曾經閱讀的經典。受邀參加費城的政治討論會時，便已經計畫要飛往新英格蘭向梭羅致敬。這是一場漫長的旅行，好像是天路歷程的追尋。在梭羅墓碑前面，我看到一朵風中顫抖的小花微微昂起。或許是一株雛菊，弱不禁風。坐在他的墓前，總覺得梭羅的靈魂藉由那株小花前來與我對話。在我迢迢的生命旅途上，那是難得一見的神聖時刻。那麼謙遜的靈魂埋葬在那裡，對我卻是那麼崇高龐大。那時靜坐在他墓前，從未預知他的公民不服從理念，有一天會傳播到故鄉台灣。許多歷史往往是不經意發生，卻為後來的生命投射高度暗示。在太陽花學運時，我聽見學生正在議論什麼是公民不服從。坐在群眾中間，我強烈想著那年坐在墓園與梭羅低語的時刻。

那個晚上，坐在客棧的床前，潦草地寫了一首不完整的詩〈墓前花〉。我並不覺得自己可以理解梭羅的一生，墓前花的意象卻停駐在我的心底許久。文學與政治的距離其實並不那麼遙遠，那時坐在燈下，翻閱剛剛購得的《梭羅日記》，第一次察覺我可以讀懂他的思想脈絡。他喜歡在日記的字裡行間，用鉛筆畫出橡樹的葉脈，他的筆法相當靈巧，描繪得非常生

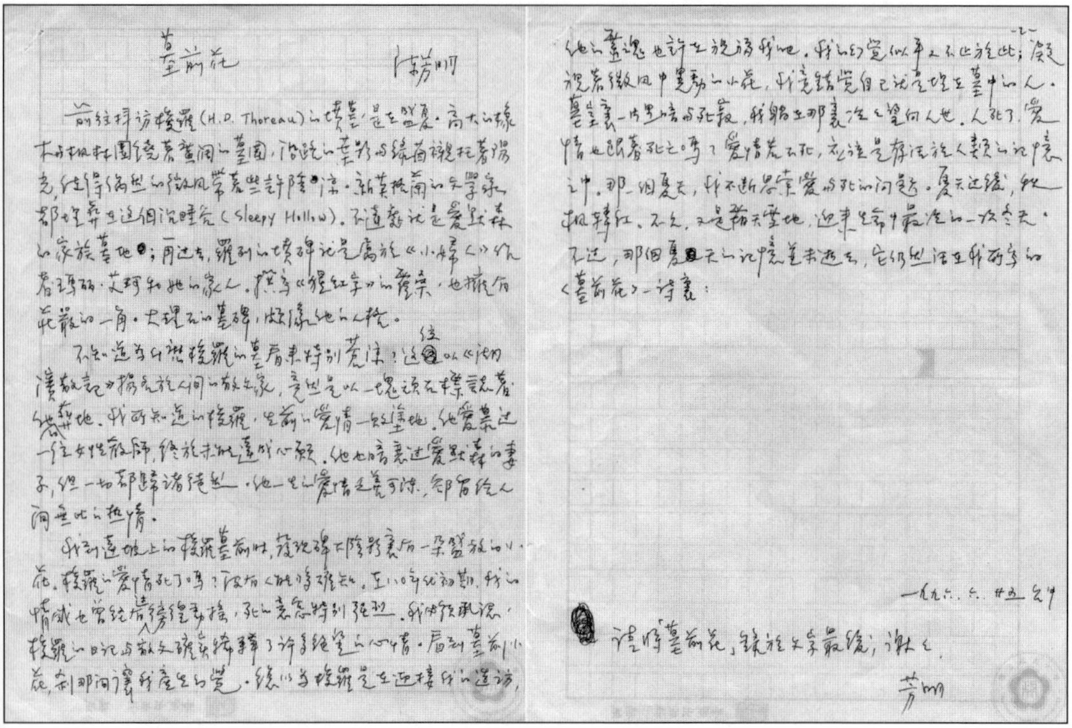

〈墓前花〉手稿。

動。讀他的文字時，有一種秋天的錯覺，羽狀葉子的素描不時灑落在他日記的許多書頁。那是他閱讀季節的筆記，也是閱讀自我生命的紀錄，隱隱之間似乎在傳達他祕密的鄉土之愛。他的故鄉坎坷鎮遙遙對著大西洋，我坐在旅館裡，卻強烈想念著太平洋彼岸的台灣。那個晚上，鄉愁說有多濃就有多濃。我抱著梭羅的日記，久久不能成眠。

二〇一六・三・十八　政大台文所

INK PUBLISHING 文學叢書 483

革命與詩

作　　者　陳芳明
總 編 輯　初安民
責任編輯　孫家琦　宋敏菁
圖片提供　陳芳明
美術編輯　林麗華
校　　對　孫家琦　陳芳明　宋敏菁

發 行 人　張書銘
出　　版　INK印刻文學生活雜誌出版有限公司
新北市中和區建一路249號8樓
電話：02-22281626
傳真：02-22281598
e-mail：ink.book@msa.hinet.net
網　　址　舒讀網http：//www.sudu.cc

法律顧問　巨鼎博達法律事務所
施竣中律師
總 代 理　成陽出版股份有限公司
電話：03-3589000（代表號）
傳真：03-3556521
郵政劃撥　19000691　成陽出版股份有限公司
印　　刷　海王印刷事業股份有限公司

港澳總經銷　泛華發行代理有限公司
地　　址　香港新界將軍澳工業邨駿昌街7號2樓
電　　話　(852) 2798 2220
傳　　真　(852) 2796 5471
網　　址　www.gccd.com.hk

出版日期　2016年3月　初版
ISBN　978-986-387-094-4

定　價　330元

國家圖書館出版品預行編目資料

革命與詩 / 陳芳明 著；
--初版，--新北市：INK印刻文學，
2016.03　面；　公分（文學叢書；483）
ISBN 978-986-387-094-4（平裝）
855　　105005038